Klarant Verlag

Die gebürtige Ostfriesin, ***Sina Jorritsma***, aus der Krummhörn studierte in Hamburg Germanistik und Philosophie, bevor sie wieder in ihre Heimat zurückkehrte. Sie veröffentlicht unter Pseudonym, weil sie ihre Umgebung genau beobachtet und Ereignisse aus ihrem Leben in ihre Geschichten einfließen. Das Romaneschreiben ist ihr kleines Geheimnis, das nur wenige Menschen kennen. Bei einer großen Kanne Ostfriesentee mit Sahne und Kluntjes kann sie halbe Nächte durchschreiben, tagsüber hält sie sich mit Joggen fit. Sina Jorritsma lebt mit ihrer Familie in einem kleinen Ort bei Emden.

Sina Jorritsma

Friesenwahn

Ostfrieslandkrimi

Klarant Verlag

Klarant Verlag, www.klarant.de – www.ostfrieslandkrimi.de
ISBN: 978-3-95573-622-4
1. Auflage 2017
Umschlagabbildung: Klarant Verlag

Printed in the EU.

Kapitel 1

„Es gibt eine Brandleiche am Hoge Hörn.“

Mit diesen Worten wurde Kommissarin Mona Sander von ihrer Polizeikollegin Grietje Smit per Funk alarmiert. Mona hatte ihren Dienst auf der Polizeiwache Borkum gerade erst begonnen. Es war noch früh am Morgen, trotzdem füllte sich die Strandstraße, an der sich das Revier befand, bereits mit Touristen. Die erste Fähre des Tages brachte auch in der Vorsaison Scharen von Erholungssuchenden und Kurgästen auf die beliebte Nordseeinsel.

Mona griff zum Mikrofon.

„Gibt es schon nähere Erkenntnisse, Grietje?“

„Am besten kommt ihr hierher und macht euch selbst ein Bild.“

„Okay, wir sind schon fast auf dem Weg. Inzwischen könnt ihr ja den Leichenfundort sichern und absperren.“

„Darauf wäre ich ja nie gekommen.“

Mona beendete kopfschüttelnd den Funkkontakt, was Grietje natürlich nicht sehen konnte. Irgendwann würde die Kommissarin ein ernstes Wort mit der Polizeimeisterin sprechen müssen. Grietjes Frechheit nervte sie manchmal, aber das war jetzt nebensächlich.

Mona ging ins Büro ihres Vorgesetzten, nachdem sie angeklopft hatte. Hinrich Oltbeck hob seinen kahlen Kopf und schaute die Kommissarin fragend an.

„Wir fahren hinaus zum Hoge Hörn, Herr Hauptkommissar. Frau Smit hat einen Leichenfund gemeldet.“

Der Dienststellenleiter seufzte. Oltbeck betrachtete jedes Gewaltverbrechen auf Borkum als einen persönlichen Angriff auf seine innere Ausgeglichenheit.

„Dann wollen wir mal hoffen, dass es sich nur um einen angespülten Ertrunkenen handelt, Frau Sander. Sie erstatten mir später Bericht?“

„Selbstverständlich, Herr Hauptkommissar.“

Mona schloss die Tür wieder und schaute auf die Uhr. Sie hatte ihrem Vorgesetzten wohlweislich verschwiegen, dass ihr Dienstpartner Enno Moll noch nicht erschienen war. Seine Schicht hätte vor einundzwanzig Minuten beginnen müssen. Der große, stämmige Ostfriese kam sonst nie zu spät zur Arbeit. Ob etwas passiert war? Mona widerstand dem Impuls, ihn auf seinem

Smartphone anzurufen. Stattdessen wandte sie sich an den Kollegen vorn im Wachlokal.

„Kannst du mir einen Gefallen tun, Hauke? Wenn Enno kommt, dann sage ihm, dass er zum Hoge Hörn fahren soll. Ich würde dort auf ihn warten."

„Wird gemacht", erwiderte der semmelblonde Polizeimeister, der die Ausbildung erst vor kurzer Zeit abgeschlossen hatte.

Mona nickte ihm zu und verließ das Revier. Sie überlegte, ob sie den Dienstwagen nehmen sollte. Aber dann entschied sie sich dagegen. Es gab auf Borkum nur ein ziviles Polizeifahrzeug, nämlich einen Opel Vectra. Dieses Auto konnte besser Enno benutzen, wenn er sich später zu ihr gesellte. Wenn Monas schwergewichtiger Dienstpartner mit dem Fahrrad zum Einsatzort gelangen sollte, würde zu viel wertvolle Zeit vergehen. Mona besaß keinen Privatwagen. Stattdessen schwang sie sich in den Sattel ihres Hollandrades und düste los.

Ein kräftiger Nordwind trieb Schleierwolken über die Nordsee, aber eigentlich war es ein schöner Frühlingstag. Da Mona sich mit morgendlichem Joggen und gelegentlichem Krafttraining fit hielt, war sie gut in Form. Die Kommissarin erreichte innerhalb kürzester Zeit das Ostland von Borkum. Hier war die Landschaft von mit Strandgras bewachsenen Dünen geprägt. Auf dem Parkplatz unterhalb der Steernklippdünen erblickte sie den Streifenwagen, der von Grietje und ihrem Dienstpartner Hinderk Ekhoff benutzt wurde.

Mona ließ ihr Fahrrad dort zurück und ging zu Fuß hinunter zur Landzunge des Hoge Hörn. Es gab einen Wanderpfad, der durch Pfähle markiert wurde. Bei Hochwasser verschwand hier das Land unter den graublauen Fluten der Nordsee. Das Hoge Hörn stellte den östlichsten Inselzipfel dar.

Der Wind wehte nach wie vor stark. Aber jetzt brachte er Brandgeruch mit. Mona musste sich nicht lange fragen, woher der Gestank stammte. An der Wasserlinie lag ein halb verkohltes Holzboot, das offenbar angetrieben worden war. Daneben standen ihre uniformierten Kollegen Grietje und Hinderk, wobei der schlaksige Polizeimeister einen Feuerlöscher in den Händen hielt. Offenbar hatte er die Flammen erstickt. Außer den Polizisten sah Mona auch noch eine wohlbekannte Gestalt.

„Moin, Herr Manning!“, rief Mona im Näherkommen. „Haben Sie wieder Vögel beobachtet?“

Der Pensionär nickte eifrig. Große Teile von Borkum galten als Ruhezonen für Vögel und andere Wildtiere, somit war die Insel ein Paradies für Hobby-Ornithologen. Mona und ihre Kollegen hatten Manning allerdings eher in Verdacht, nackte Frauen am FKK-Strand anzugaffen und seine Leidenschaft für Piepmätze nur vorzuspielen. Bisher war jedoch nie eine Strafanzeige erstattet worden. Außerdem hatte der rüstige Senior der Polizei schon manchmal wertvolle Hinweise gegeben.

„Jawohl, Frau Kommissarin“, erwiderte der Angesprochene zackig. „Ich bin im Morgengrauen aufgebrochen, weil gestern ein paar Lach- und Silbermöwen meine Aufmerksamkeit erregt haben. Da bemerkte ich die Flammen. Erst dachte ich, dass Rowdys im Naturschutzgebiet ein Lagerfeuer entfacht hätten. Das darf natürlich nicht geschehen. Doch dann erkannte ich sehr schnell, dass dieses Boot brannte. Ich lief hinunter zum Strand. Als ich die Wasserlinie erreicht hatte, schaute ich über die Bootskante. Und dann sah ich ... dieses Ding.“

„Die Überreste eines menschlichen Körpers, so eine Art Super-Brikett“, ergänzte Grietje. Sie gab sich locker. Aber Mona erkannte, dass die Entdeckung einer Brandleiche die sommersprossige Polizeimeisterin nicht kaltließ.

„Daraufhin habe ich sofort die 110 gewählt. Und Ihre Kollegen waren wenig später vor Ort“, sagte der Vogelliebhaber.

„Die Flammen ließen sich im Handumdrehen ersticken“, meinte Polizeimeister Ekhoff.

Mona nickte. „Ich werde ein Spurensicherungsteam vom Festland anfordern“, erklärte sie. „Die entscheidende Frage lautet allerdings, ob ein Unfall, ein Freitod oder ein Verbrechen vorliegt.“

„Man muss nicht Sherlock Holmes sein, um das zu erkennen“, platzte Grietje heraus. „Das Boot hat keinen Außenbordmotor und auch keine Riemen. Wie soll die spätere Leiche sich auf See fortbewegt haben?“

Mona schüttelte den Kopf.

„Die Riemen können auch abgetrieben worden sein.“ Sie wandte sich an Manning. „Befand sich das Wasserfahrzeug noch auf dem Meer, als Sie das Feuer zuerst bemerkten?“

Der Zeuge nickte.

„Ja, es trieb ungefähr zehn Meter vom Strand entfernt. Aber die Flut und die Strömung haben es dann schnell gegen das Ufer gedrückt. Bis ich das Hoge Hörn erreicht hatte, wurde es ans Ufer gespült.“

Grietje blinzelte.

„Es ist ja auch ganz schön weit vom FKK-Strand bis hierher, nicht wahr, Herr Manning?“

Der Senior machte große Augen.

„Wie meinen Sie das, Frau Smit? Ich war doch heute gar nicht am FKK-Strand.“

„Wobei *heute* das entscheidende Wort sein dürfte. Soll ich Ihnen mal eine SMS schreiben, bevor ich nach Dienstschluss textilfrei baden gehe?“

Mannings Blick bekam etwas Träumerisches. Ob er sich soeben Grietje nackt vorstellte?

„Wenn Sie mich so fragen ...“

„Schluss mit dem Unsinn!“, fauchte Mona. Am liebsten hätte sie ihre junge Kollegin sofort zusammengefaltet. Drehte Grietje jetzt völlig durch? Oder war das ihre Art, diesen grausigen Anblick zu kompensieren? Wer solche Situationen nicht aushielt, hatte nach Monas Ansicht bei der Polizei nichts verloren. Jetzt hätte sie gern Rückendeckung durch Enno gehabt, aber der Oberkommissar glänzte nach wie vor durch Abwesenheit. Und von Hinderk konnte sie keine Unterstützung erwarten, der war ja seiner scharfzüngigen Dienstpartnerin selbst nicht gewachsen.

Mona merkte, dass ihr berüchtigtes Temperament mit ihr durchzugehen drohte. Sie atmete tief durch und sprach mit erzwungener Ruhe zu dem Hobby-Ornithologen.

„Haben Sie Personen am Strand gesehen, Herr Manning? Lief vielleicht jemand fort? Oder gab es ein anderes Wasserfahrzeug, das Kurs aufs offene Meer genommen hat? Eine Yacht beispielsweise?“

Der Zeuge zog seine Augenbrauen zusammen und richtete seinen Blick auf die Schaumkronen der Nordsee, die sich in der Brandung brachen. Der Wind hatte weiter aufgefrischt, wodurch der Brandgeruch sich noch verstärkte. Oder bildete Mona sich das nur ein?

„Mir sind keine Menschen aufgefallen. Und andere Boote oder Motorengeräusche habe ich auch nicht bemerkt.“

„Nackte Frauen hätten Sie garantiert nicht übersehen“, behauptete Grietje. Mona hätte ihr gern den Hals umgedreht. Merkte diese kleine Kröte gar nicht, dass sie sich selbst in Teufels Küche brachte?

Die Kommissarin versuchte, die Situation zu retten.

„Meine Kollegin ist nach der langen Nachtschicht gestresst, da dürfen Sie nicht jedes Wort auf die Goldwaage legen, Herr Manning. Einstweilen wollen wir Sie nicht länger aufhalten. Könnten Sie bitte im Lauf des Tages zur Polizeistation kommen, um Ihre Aussage schriftlich niederlegen zu lassen?“

„Selbstverständlich, Frau Sander.“

Manning schien glücklicherweise nicht beleidigt zu sein. Vielleicht waren ihm Grietjes Sticheleien nicht so sauer aufgestoßen wie Mona. Die Kommissarin hatte den Kanal voll. Sobald der rüstige Senior außer Hörweite war, legte sie los.

„Hast du eigentlich zu heiß gebadet, Grietje? Du kannst doch einen wichtigen Zeugen nicht so einfach als Spanner abstempeln!“

„Warum nicht? Wir wissen doch alle, was Manning so treibt. Der Kerl kann ruhig wissen, dass wir ihn im Visier haben.“

„So, haben wir das? Was lernt ihr eigentlich heutzutage auf der Polizeischule? Schon mal was von der Unschuldsvermutung gehört, Grietje?“

„Du hast es gerade nötig“, feuerte die junge Polizeimeisterin zurück. „Es ist doch überall bekannt, wie mäßig deine Leistungen in der Ausbildung waren, Mona. Da fragt man sich doch, weshalb du überhaupt Kriminalkommissarin werden konntest.“

Mona öffnete den Mund, um ihre Kollegin verbal niederzumachen. Aber dann änderte sie ihre Absicht. Grietje gehörte zu den Menschen, die einen eigenen Fehler nicht zugeben können. Sie würde eher ihren Job riskieren, als einzuräumen, dass sie sich gegenüber Manning nicht korrekt verhalten hatte.

Und das wäre schade, denn Mona hielt Grietje eigentlich für eine gute Polizistin. Wenn sie nicht gerade ihre frechen fünf Minuten hatte. Die Attacke der jungen Kollegin tat ihr deshalb besonders weh, weil sie einen wahren Kern enthielt. Mona hatte die Ausbildung mit einer äußerst mittelprächtigen Note abgeschlossen. Sie war eben keine Theoretikerin.

Die Kommissarin wollte sich auf keine weitere Diskussion einlassen. Sie wandte sich von Grietje ab und schaute sich das Boot näher an. Es handelte sich um ein gängiges Wasserfahrzeug aus

Holz, in dem zwei Personen bequem nebeneinander auf der Ruderbank sitzen konnten. Die Planken und die Bordwände waren von dem Feuer geschwärzt, ansonsten war der Boden mit Überresten von Löschschaum bedeckt.

Mona konnte ihren Blick nicht von dem bis zur Unkenntlichkeit verbrannten Körper eines Menschen abwenden. Hinderks Miene wirkte wie versteinert. Nur seine unnatürlich blasse Gesichtsfarbe zeigte, dass ihm dieser Leichenfund an die Nieren ging.

Auch Mona fühlte sich beim Anblick des Leichnams nicht wohl in ihrer Haut. Aber sie war momentan die ranghöchste Polizeibeamtin vor Ort, da Enno immer noch nicht erschienen war. Die Kommissarin räusperte sich, bevor sie das Wort ergriff.

„Der Tote muss so schnell wie möglich zum gerichtsmedizinischen Institut nach Oldenburg transportiert werden. – Grietje, könntest du bitte die Vermisstenanzeigen checken? Und damit meine ich nicht nur Meldungen aus Borkum, sondern aus ganz Ostfriesland und den angrenzenden holländischen Provinzen."

Die junge Polizeimeisterin nickte. Jetzt schien sie sich halbwegs beruhigt zu haben. Mona hörte ein schnaufendes Geräusch hinter sich. Enno kam durch den feuchten Sand auf seine Kollegen zugestapft. Der zwei Meter große Hüne mit der grauen Stoppelfrisur trug einen beachtlichen Bierbauch vor sich her. Wer aber glaubte, sich mit dem schwergewichtigen Oberkommissar anlegen zu können, zog schnell den Kürzeren. Enno trainierte nämlich fleißig Ringen im griechisch-römischen Stil.

„Hast du den Wecker überhört?", fragte Mona.

Ihr Dienstpartner brummte etwas Unverständliches und wich ihrem Blick aus.

„Was liegt an?", wollte er wissen. Die Kommissarin berichtete ihm von den wenigen Fakten, die ihr bisher bekannt waren.

„Könnte ein Unfall gewesen sein", meinte Enno, während er das Boot an der Wasserlinie umrundete.

„Also, das kann ich mir nicht vorstellen. Ich will der Kriminaltechnik nicht vorgreifen, aber hier war offensichtlich Brandbeschleuniger im Spiel. Und wo ist der Kanister, in dem sich die entflammbare Flüssigkeit befunden hat? Über Bord gespült worden ist sie wohl kaum bei dem geringen Seegang."

„Du musst immer alles besser wissen, nicht wahr?", schnauzte Enno sie an. „Das geht mir schon länger auf den Wecker."

Mona zuckte zusammen. Sie arbeitete seit einigen Jahren mit dem Oberkommissar zusammen. Sie konnte sich nicht erinnern, dass er jemals unfreundlich zu ihr gewesen wäre. Normalerweise war Enno die Ruhe selbst. An diesem Morgen machte er einen ungewöhnlich düsteren Eindruck. Außerdem schien er mit seinen Gedanken ganz woanders zu sein. Ob Enno private Probleme hatte? Mona nahm sich vor, ihn später darauf anzusprechen. Aber das wollte sie gewiss nicht in Gegenwart der beiden uniformierten Kollegen tun.

„Okay, dann fährt Grietje mit uns zusammen zur Wache zurück, während Hinderk den Leichenfundort sichert", sagte Mona. Enno nickte geistesabwesend.

Grietje schien begriffen zu haben, dass sie ihre Zunge momentan besser im Zaum hielt. Dafür war Mona ihr durchaus dankbar. Das war aber auch das einzig Positive an der Situation. Monas Fahrrad kam in die Halterung des Dienstwagens, und dann ging es unter bedrückendem Schweigen zurück zur Polizeistation. Enno fuhr. Er machte weiterhin einen sehr mürrischen Eindruck.

„Wisst ihr, woran mich der Leichenfund erinnert?", fragte Mona, um die Stille zu durchbrechen. „An ein Wikingerbegräbnis. Wenn so ein nordischer Recke in der Schlacht gefallen war, dann wurde er von seinen Kameraden mitsamt seinen Waffen in ein Boot gelegt, das man dann anzündete und auf die offene See hinaustreiben ließ. Damit seine Seele nach Walhalla auffahren konnte."

„So ein Blödsinn kann auch nur von dir kommen", knurrte Enno. Mona warf ihm vom Beifahrersitz aus einen Seitenblick zu. Bei jedem anderen Menschen hätte sie eine wütende Antwort vom Stapel gelassen. Doch bei Enno fühlte sie sich einfach nur gekränkt und verletzt. Was hatte sie ihm denn getan? War am gestrigen Tag etwas vorgefallen, wodurch Mona das Missfallen ihres Kollegen hätte erregen können? Sie durchforstete ihr Gedächtnis, aber ihr fiel beim besten Willen nichts ein.

Es war ein ganz normaler Polizeiarbeitstag auf Borkum gewesen. Die beiden Zivilfahnder hatten einen Taschendieb verhaftet, seine Personalien festgestellt und ihn wieder laufen lassen, da er einen festen Wohnsitz nachweisen konnte. Außerdem hatten sie mit Angestellten verschiedener Hotels eine Sicherheitsschulung abgehalten. Der Tag war unspektakulär und sogar ein wenig langweilig verlaufen. Enno hatte Mona freundlich einen schönen Feierabend gewünscht und war dann nach Hause gefahren.

Ob der Oberkommissar Streit mit seiner Frau gehabt hatte?
Einstweilen musste diese Frage im Raum stehenbleiben. Nach der Ankunft in der Wache erstatteten die Ermittler beim Dienststellenleiter Bericht. Eigentlich redete nur Mona, aber Oltbeck nahm daran keinen Anstoß.
„Ich hoffe, dass die Kollegen von der Spurensicherung heute noch eintreffen können“, sagte der Hauptkommissar. „Überprüfen Sie, welchen Weg das Boot genommen hat. Es erscheint mir unrealistisch, dass das Ruderboot vom Land aus mithilfe von Muskelkraft nach Borkum gelangt ist. Ich vermute, dass es sich an Bord oder im Schlepptau eines größeren Schiffs befand.“
„Wer hätte das für möglich gehalten?“, höhnte Enno.
Bei Mona schrillten die Alarmsirenen. Dass der Oberkommissar mit ihr rüde umsprang, war schon schlimm genug. Aber nun wurde er auch noch gegenüber dem Vorgesetzten unverschämt. Mona erlebte an diesem Morgen eine Premiere nach der anderen. Darauf hätte sie liebend gern verzichten können.
Oltbeck antwortete in scharfem Tonfall.
„Ich erwarte, dass Sie dieses Vorkommnis so schnell wie möglich aufklären. Der erste Schritt muss darin bestehen, die Identität der Brandleiche zu klären.“
„Wir arbeiten mit Hochdruck daran“, sagte Mona schnell, bevor Enno sich mit einer weiteren Bemerkung unbeliebt machen konnte. „Sie erfahren sofort, wenn sich in dem Fall neue Entwicklungen ergeben, Herr Hauptkommissar.“
Der Dienststellenleiter gab sich damit einstweilen zufrieden. Die Besprechung war beendet.
„Was ist denn in dich gefahren?“, zischte Mona, sobald sie mit Enno in ihrem gemeinsamen Büro allein war.
Enno ließ sich auf seinen Stuhl fallen, der unter der plötzlichen Gewichtsbelastung protestierend knarrte. Der Oberkommissar öffnete den Mund. Mona fürchtete schon, dass er ihr eine neue Gemeinheit an den Kopf werfen würde. Aber dann kam unter seiner unfreundlichen Fassade ein wenig der alte Enno zum Vorschein. Er warf seiner Dienstpartnerin einen langen Blick zu, wobei er seinen mächtigen Schädel auf die Hände stützte.
„Es geht um Birte.“
„Hast du dich mit deiner Frau gestritten? Ich habe zwar selbst nie Glück mit meinen Männergeschichten, aber ihr seid schon so lange

verheiratet. Wenn Geschirr zerschlagen wurde, lässt es sich auch wieder kitten."

Ein trauriges Lächeln erschien auf Ennos Lippen.

„Nein, es gibt keine Eheprobleme. – Birte hat Krebs."

Kapitel 2

Mona war geschockt.

Sie hatte Ennos Frau einige Male getroffen, was auf einer Insel wie Borkum gar nicht ausbleiben konnte. Die Kommissarin hielt Birte Moll für eine fröhliche Frau Anfang fünfzig, die das kleine Friesenhaus des Ehepaars tipptopp in Ordnung hielt und sich ansonsten voller Leidenschaft dem Krimischreiben widmete. Birte Moll war nicht ganz so füllig wie ihr Gatte, sie backte leidenschaftlich gern und kochte traditionelle ostfriesische Gerichte wie Updrögt Bohnen, Grünkohl oder Snirtjebraten. Wenn Enno gelegentlich ihren selbst gemachten Mehlpütt mit zur Arbeit brachte, ließen sich alle Borkumer Polizisten gern mit der traditionellen ostfriesischen Süßspeise verwöhnen.

Und diese patente Frau sollte an einer tückischen Krankheit leiden?

Es hatte Mona die Sprache verschlagen, und das kam nicht gerade oft vor.

Enno schaute sie traurig an. Mona musste endlich etwas sagen, weil sie die Stille selbst nicht mehr ertragen konnte.

„Steht denn die Diagnose schon fest? Ich bin keine Krebsexpertin, aber ich gehe regelmäßig zur Vorsorgeuntersuchung bei meinem Frauenarzt. Aber auch ein Mediziner ist nicht unfehlbar. Man könnte eine zweite Meinung einholen, beispielsweise bei einem Spezialisten auf dem Festland."

„Diagnose?", echote der Oberkommissar. „Es gibt keine seriöse Diagnose, wenn du mich fragst. Birte hat ihre Brust abgetastet und glaubt, verdächtige Knoten festgestellt zu haben. Daraufhin ist sie zu diesem Jeremias Brock gegangen. Ihre Freundin Silke hat ihr den Floh ins Ohr gesetzt."

„Diesen Arzt kenne ich noch gar nicht. Arbeitet er im Stadtkrankenhaus oder in einer Kurklinik?"

„Weder noch, Mona. Brock ist ein Geistheiler. Und seit Birte mit diesem Hokuspokus angefangen hat, ist sie wie ausgewechselt."

Mona runzelte die Stirn.

„Das klingt überhaupt nicht gut. Darf dieser Typ denn überhaupt praktizieren?"

Enno seufzte.

„Brock hat keine medizinische Ausbildung. Solange er nicht direkt eine ärztliche Tätigkeit aufnimmt, kann ihm jedoch niemand am Zeug flicken. Was er den Leuten über feinstoffliche Schutzwesen erzählt, mag zwar obskur sein, ist aber nicht verboten.“

„Also leidet deine Frau womöglich gar nicht an Krebs? Diese Knoten, falls sie überhaupt vorhanden sind, könnten auch eine gutartige Geschwulst sein.“

„Das hoffe ich ja auch, Mona. Aber Birte ist felsenfest davon überzeugt, Brustkrebs zu haben. Und sie glaubt, dass Brock ihr als einziger Mensch helfen kann. Deshalb kam ich heute Morgen zu spät zum Dienst. Birte ist zu ihm gezogen. Ich habe versucht, sie davon abzuhalten, aber sie ist genauso stur wie ich.“

„Deine Frau wohnt jetzt bei diesem Scharlatan?“

Enno zog die Augenbrauen zusammen.

„So ist es. Er behandelt mehrere Leute, wenn man das so nennen will. Sie müssen angeblich immer in seiner Nähe bleiben, damit er die kosmischen Schwingungen einfangen und auf sie übertragen kann. Das war jedenfalls Birtes Erklärung. Man könnte darüber lachen, wenn sie nicht so verblendet wäre. Wir kennen uns nun schon seit dreißig Jahren, aber so habe ich sie noch nie erlebt.“

Der Oberkommissar wirkte sehr unglücklich.

Mona sprang auf, umrundete die Schreibtische und nahm Enno in die Arme. Er war für sie immer ein guter väterlicher Freund gewesen, und sie war erleichtert darüber, dass seine miserable Laune nichts mit ihr zu tun hatte.

„Birte muss von einem echten Arzt untersucht werden, Enno. Dann wird sich dieses ganze Wahngebilde in Wohlgefallen auflösen. Ich werde mal von Frau zu Frau mit ihr reden.“

Der Oberkommissar erwiderte nun Monas Umarmung.

„Ja, das wäre gut. Ich komme nicht mehr an sie heran. Es tut mir leid, dass ich vorhin so unausstehlich gewesen bin.“

„Schon vergessen.“

In diesem Moment wurde die Tür aufgestoßen. Grietjes helle Stimme erklang.

„Ich unterbreche eure Schmusestunde ja nur ungern, aber da ist eine Melderin, die etwas von einem Mord faselt.“

Mona löste sich von Enno und drehte sich zu der Polizeimeisterin um.

„Okay, ich kümmere mich um die Frau."
Enno straffte sich, wobei er zum Telefon griff.
„Und ich werde herausfinden, welche Wasserfahrzeuge während der Nacht und dem frühen Morgen die Schifffahrtsrouten in der näheren Umgebung passiert haben."
Mona und die uniformierte Kollegin gingen gemeinsam hinaus.
„Hast du schon etwas wegen der vermissten Personen erreichen können, Grietje?"
„Wie man es nimmt. Aktuell werden in den angrenzenden ostfriesischen Landkreisen drei Menschen vermisst, in der holländischen Provinz Friesland fünf. Zwei davon kann man ausklammern, weil es kleine Kinder sind. Der Leichnam ist ja schätzungsweise mindestens 1,80 m groß, wobei der Körper durch das Feuer noch schrumpft."
Das wusste Mona natürlich auch. Grietje deutete mit einer Kopfbewegung Richtung Bürotür.
„Was ist denn jetzt mit Enno? Benimmt er sich wieder normal?"
„Sicher. Und was ist mit dir? Du wirst dich mit deinen Sprüchen eines Tages noch richtig in die Nesseln setzen."
„Lass das nur meine Sorge sein", erwiderte Grietje und wandte sich ab. Mona hatte sich schon gedacht, dass sie unbelehrbar sein würde. Sie ging zu der Frau, die auf einer Holzbank vor dem Besuchertresen wartete.
Die Melderin war schätzungsweise Anfang dreißig, brünett und schlank. Mit ihrer hellen Windjacke und der beigen Jeans sowie einem blau-weißen Ringelpulli wirkte sie auf den ersten Blick wie eine typische Nordseetouristin in der Vorsaison. Allerdings spiegelte ihr Gesichtsausdruck eine ungeheure innere Anspannung wider.
Sie zuckte zusammen, als Mona sie ansprach.
„Moin, ich bin Kriminalkommissarin Mona Sander. Meine Kollegin sagte mir, dass Sie ein Verbrechen melden wollen?"
Die Frau nickte eifrig. Dabei schaute sie sich verstohlen um. So, als ob sie befürchtete, dass ihr Gespräch mit Mona belauscht werden könnte. Aber es war nur Grietje in Hörweite, die den beiden Frauen den Rücken zugekehrt hatte und eifrig telefonierte.
„Wie heißen Sie denn?"
„Mein Name ist Laura Welling. Ich mache hier auf Borkum Urlaub."
„In Ordnung, und was genau ist geschehen?"

Laura Welling schaute Mona ungläubig an. So, als ob die Kommissarin etwas sehr Dummes gesagt hätte.
„Noch ist überhaupt nichts geschehen. Aber es wird einen Mord geben."
„Und wer soll umgebracht werden?"
„Ich."
Mona stellte sich allmählich die Frage, ob Laura Welling nicht besser bei einem Nervenarzt aufgehoben wäre.
„Dann hat es also konkrete Todesdrohungen gegen Sie gegeben?"
Die Melderin schüttelte den Kopf.
„So unvorsichtig ist er nicht."
„Wer?"
„Na, mein Mörder."
Mona versuchte, sich zusammenzureißen. Sie hatte sinnbildlich gesprochen eine verkohlte Leiche am Hals. Und Zeitverschwendung konnte die Kommissarin absolut nicht ausstehen.
„Hat Ihr zukünftiger Mörder denn auch einen Namen?"
Die Antwort kam flüsternd.
„Ja, aber den darf ich nicht laut aussprechen. Sonst merkt er, dass ich bei Ihnen Hilfe suche."
„Wenn Sie jemand konkret bedroht hat, dann kann die Polizei Sie schützen", sagte Mona mit erzwungener Ruhe. „Wir können ein Kontaktverbot erwirken, ich kann einen direkten Platzverweis erteilen oder eine Gefährderansprache vornehmen."
Mona nahm eine ihrer Visitenkarten aus der Tasche und drückte sie der Frau in die Hand.
„Hier, Sie können mich jederzeit anrufen, wenn Sie in direkter Gefahr sind. So groß ist die Insel nicht, ich oder meine Kollegen sind im Handumdrehen bei Ihnen. Und nun sagen Sie mir, wer Ihnen Schwierigkeiten macht, dann knöpfe ich mir den Dreckskerl höchstpersönlich vor."
„Nein!" Laura Welling sprang auf. „Sie dürfen nicht zu ihm gehen, sonst schöpft er Verdacht!"
„Und wie soll ich den Mord an Ihnen verhindern?", rief Mona genervt. „Vielleicht durch eine Verhaftung per Telepathie?"
Darauf erwiderte die Frau nichts. Stattdessen rannte sie aus der Polizeiwache, als ob ihr Höllenlegionen auf den Fersen seien. Grietje tippte sich mit dem Zeigefinger gegen die Stirn.

„Ich dachte mir schon, dass die Tante nicht ganz knusper ist. Aber erst mal sollte man ein Hilfegesuch ja ernst nehmen."

Mona nickte.

„Den Anfangsverdacht einer Straftat sehe ich jedenfalls nicht. Wenn ich nicht weiß, wer die Melderin mit dem Tod bedroht, kann ich auch nicht tätig werden."

„Wahrscheinlich existiert dieser Mörder nur in ihrem Kopf", mutmaßte die junge Polizistin. Das glaubte Mona auch. Trotzdem nahm sie sich vor, noch einmal in Ruhe mit Laura Welling zu reden. Wenn die Frau auf Borkum Urlaub machte, musste sie über die Kurverwaltung zu finden sein. Das musste allerdings warten, denn zunächst wollte sie Enno unterstützen. Die Ermittler mussten herausfinden, wer das Boot zu Wasser gelassen und die Leiche verbrannt hatte.

Dieses Vorhaben erwies sich als schwierig. Zwar erschienen im Lauf des Tages die Kriminaltechniker vom Festland, um mit der Spurensuche in dem Ruderboot zu beginnen. Aber es handelte sich um ein gängiges Fabrikat, von dem tausende Exemplare auf der ganzen Welt existierten. Mona hatte schon am Strand bemerkt, dass die Leiche nicht in einem richtigen Rettungsboot abgelegt worden war. Ein solches Wasserfahrzeug verfügte über eine Registrierungsnummer und konnte daher leicht einem bestimmten Schiff zugeordnet werden.

Nach einem weiteren erfolglosen Telefonat mit einer Reederei ließ Mona den Hörer sinken und wandte sich an Enno.

„Sind wir uns denn einig darüber, dass das Boot wissentlich und mit voller Absicht auf Borkum angelandet werden sollte?"

„Davon würde ich ausgehen. Wenn die Täter die Leiche einfach nur hätten verbrennen wollen, wozu dann die aufwändige Inszenierung mit dem Boot? Du weißt selbst, wie dünn besiedelt viele Gegenden auf dem ostfriesischen Festland sind. Dort könnte man einen Menschen verbrennen und dann im Moor versenken, ohne dass er jemals gefunden wird. Und vergiss bitte meinen Spruch, mit dem ich deine Überlegung mit dem Wikingerbegräbnis abgebügelt habe. Da könnte wirklich etwas dran sein."

Mona stand auf und ging zur Wand, an der eine große Seekarte befestigt war.

„Angenommen, das Boot sollte wirklich in brennendem Zustand auf Borkum angetrieben werden. Dann müssen sich der Täter und seine Komplizen verflixt gut ausgekannt haben. Wenn sie nämlich den Leichnam zu früh auf seine letzte Reise schicken, dann brennen die Planken durch und der Kahn geht unter, bevor er die Insel erreicht.“

Enno nickte.

„Du gehst also von mehreren Verbrechern aus?“

„Ja, denn ein Einzeltäter würde vor einer Herkulesaufgabe stehen. Er müsste die Leiche ins Boot schaffen, mit Brandbeschleuniger übergießen, anzünden, selbst schnell von Bord springen und das schwimmende Grab dann auf seine letzte Reise Richtung Borkum schicken. Ich tippe darauf, dass es zumindest einen Helfer gegeben hat.“

Der Oberkommissar griff zum Telefon.

„Wen rufst du an, Enno?“

„Kapitän Lorenzen. Er wird beurteilen können, an welcher Stelle das Boot losgeschickt worden ist.“

Mona ärgerte sich, dass sie selbst nicht auf die Idee gekommen war, den Kommandanten eines Patrouillenfahrzeugs der Küstenwache um Hilfe zu bitten. Aber andererseits freute sie sich darüber, dass Enno wieder konzentriert bei der Arbeit war und seinen privaten Kummer vergaß. Die Kommissarin nahm sich vor, diesem merkwürdigen Geistheiler gründlich auf den Zahn zu fühlen. Vielleicht konnte man ihm kriminelle Machenschaften nachweisen und dadurch Birte Moll die Augen öffnen.

Enno hatte den Kapitän erreicht und schilderte ihm den Sachverhalt. Da der Oberkommissar den Telefonlautsprecher eingeschaltet hatte, konnte Mona Lorenzens Antwort mithören:

„Eine Ferndiagnose kann nie ganz exakt sein, Oberkommissar Moll. Ich kenne beispielsweise weder die Bauart des Ruderboots noch das Gewicht der Leiche. Aber aufgrund der Strömungsverhältnisse und der Windgeschwindigkeit der vergangenen Nacht behaupte ich, dass das Boot etwa eine Seemeile westlich der Kachelotplate losgeschickt worden sein muss. Der Wind blies mit Stärke sechs, daher wird das Boot in weniger als einer halben Stunde Borkum erreicht haben.“

„Wir können also davon ausgehen, dass der Kahn gegen sechs Uhr morgens in Brand gesteckt wurde?“

„Das wäre meine Vermutung“, erwiderte Kapitän Lorenzen. Enno bedankte sich und beendete das Telefonat.

„Dadurch können wir unsere Suche schon enorm eingrenzen“, sagte Mona. „Größere Schiffe haben zu viel Tiefgang, um so nah an die Kachelotplate heranzukommen. Kein Kapitän wird riskieren, dort auf Grund zu laufen. Also müssen sich die Täter an Bord einer Motoryacht befunden haben.“

„Keine Segelyacht?“

Mona schüttelte den Kopf.

„Eher nicht. Gegen den Wind kreuzen und dabei noch ein Ruderboot mit Leiche zu Wasser bringen, das übersteigt die nautischen Fähigkeiten der meisten Freizeitkapitäne.“

„Das ist ein Argument.“

Mona rief bei der Hafenmeisterei an und erfuhr, dass zur fraglichen Zeit drei Motoryachten auf offener See gewesen waren. Die *Cassandra II* und die *Phoebe* hatten nach Sonnenaufgang den Yachthafen von Borkum angelaufen, während die *Lydia Martens* Borkum mit Kurs auf Langeoog verlassen hatte.

Die Kommissarin griff nach ihrem Anorak.

„Lass uns hinunter zum Alten Hafen fahren. Mal sehen, was die Besatzungen der Yachten uns für ein Seemannsgarn auftischen. Du kannst davon ausgehen, dass man an Bord eines so kleinen Wasserfahrzeugs nicht heimlich ein Ruderboot zu Wasser lassen kann. Also werden alle Anwesenden wie Pech und Schwefel zusammenhalten.“

„Wenn wir die Identität des Toten kennen würden, könnten wir mögliche Verbindungen zu einer der Yachten beweisen.“

„Schon richtig, Enno. Aber willst du warten, bis das Obduktionsergebnis oder der kriminaltechnische Untersuchungsbericht vorliegt? Man muss das Eisen schmieden, solange es heiß ist.“

Der Oberkommissar nickte. Er wirkte immer noch etwas in sich gekehrt, aber er verhielt sich schon wieder fast normal. Trotzdem waren Ennos Gedanken bei seiner Frau. Das wurde Mona bewusst, als die beiden Ermittler wenig später auf der schnurgeraden Reedestraße Richtung Hafen unterwegs waren. Mona hatte sich schnell den Zündschlüssel des Dienstwagens geschnappt. Sie wollte lieber selbst fahren, da sie Ennos Konzentrationsfähigkeit momentan kritisch sah.

„Ich möchte wirklich wissen, was dieser Blender mit Birte angestellt hat, Mona! Sie ist doch kein unerfahrenes junges Ding mehr, das auf einen Schaumschläger hereinfällt."

„Glaubst du, dass deine Frau fremdgeht?"

Kaum hatte Mona diese Frage gestellt, als sie sich am liebsten auf die Zunge gebissen hätte. Warum konnte sie nicht nachdenken, bevor sie etwas von sich gab? Aber zum Glück schien Enno an ihrer Bemerkung keinen Anstoß zu nehmen. Er schüttelte lediglich den Kopf.

„Darüber habe ich mir auch schon den Kopf zerbrochen, ich glaube es eigentlich nicht. – Wir leben zwar im einundzwanzigsten Jahrhundert, trotzdem ist der Aberglauben nicht auszurotten."

„Meinst du wirklich, dass dieser Geistheiler deshalb Erfolg hat, Enno?"

„Ausschließen kann man es jedenfalls nicht. Hier auf Borkum waren die Männer in früheren Zeiten den größten Teil des Jahres fort, weil sie als Besatzungen auf Walfängerschiffen anheuerten."

„Ich weiß, schließlich wohne ich in der Walfangerstrate. Und diese Zäune aus Walknochen kann man auch nicht übersehen, wenn man mit offenen Augen durch den Ort radelt."

„Die Menschen fühlten sich damals einem übermächtigen und unbegreiflichen Schicksal ausgeliefert. Ich bin mir nicht sicher, wie stark diese Mentalität bis in die heutige Zeit strahlt."

„Aber du bist doch auch ein Inselfriese und kommst mir nicht wundergläubig vor."

„Danke für das Kompliment, Mona. Aber ich habe ja auch das logische Denken einer kriminalpolizeilichen Spezialausbildung genossen."

Enno machte eine kleine Pause, dann sagte er: *„Tüsken Rysmer un den Wydumer Toren/hebben de Hexen en Line schoren."*

„Wie bitte?"

Der Oberkommissar grinste.

„An deinem Plattdeutsch musst du noch arbeiten, Mona. Ich habe gesagt: ‚Zwischen Rysum und den Wirdumer Toren haben die Hexen eine Linie gespannt'. Das war früher ein gängiger Spruch in Ostfriesland, mit dem man auf eine angebliche magische Stolperschnur zwischen den beiden Orten anspielte. Heute schmunzelt man darüber. Wer noch an übersinnliche Dinge glaubt, behält es für sich. Man kann den Menschen eben nicht in die Köpfe schauen."

„Wenn ich zaubern könnte, würde ich diesen Geistheiler jedenfalls weghexen", sagte Mona. „Ich will nicht, dass er euch Kummer macht."

Enno strich mit dem Zeigefinger über Monas Wange.

„Du bist doch die Beste. Wie wäre es mit einem zweiten Frühstück im Café zur Heide? Mir ist der heutige Morgen richtig auf den Magen geschlagen."

Mona stimmte begeistert zu, obwohl sie eigentlich gar keinen Appetit hatte. Aber es war ein gutes Zeichen, dass Enno wieder Gefallen am Essen fand. Sie parkten neben der Traditionsgaststätte und gingen in die „gute Stube", wo sie frühstückten. Der starke Ostfriesentee tat Mona gut.

„Grietje wird immer unverschämter, Enno. Ich mag sie, aber eines Tages wird sie sich den Ärger des Jahrhunderts einhandeln."

Der Oberkommissar schmunzelte.

„Ich erinnere mich an eine andere junge Kollegin, die vor nicht allzu langer Zeit ihre Zunge ebenfalls nicht im Zaum halten konnte."

Mona musste grinsen.

„Den Wink mit dem Zaunpfahl habe ich jetzt verstanden. Auch ich kann nicht garantieren, dass ich nicht wieder von meinem Temperament überwältigt werde."

„Das schätze ich ja so an dir. Nun lass uns nachschauen, was es mit diesen Yachten auf sich hat."

An diesem sonnigen Frühlingsmorgen gab es noch etliche freie Liegeplätze im Hafen, und schon bald hatten die Ermittler den schnittigen weißen Rumpf der *Cassandra* entdeckt. Es handelte sich um einen weißen Kabinenkreuzer mit zwei Motoren.

„Moin", rief Mona, als sie eine blonde Frau auf dem Achterdeck erblickte. „Wir sind Kommissarin Sander und Oberkommissar Moll von der Polizei Borkum. Haben Sie einen Moment Zeit?"

Die Frau trug Jeansshorts, die ihre langen gebräunten Beine betonten. Außerdem war sie mit einem bauchfreien Top und einer offenen Kapuzenjacke aus grauem Sweatshirtstoff bekleidet. Nach Monas Meinung hätte sie besser auf den Laufsteg bei einer Modenschau als auf ein Kajütboot gepasst. Die blonde Schönheit zuckte mit den Schultern und nickte den Ermittlern zu.

„Ja, kommen Sie an Bord. Allerdings weiß ich nicht, was wir mit der Polizei zu schaffen haben sollen."

Mona und Enno traten auf das leicht schwankende Achterdeck.

„Jan?", rief die Blonde in Richtung der Kajütentür. „Es gibt hier Probleme."

Unter Deck rumorte es, und schwere Schritte ertönten. Mona wandte sich an die Frau.

„Warum glauben Sie das?"

„Die Behörden machen doch immer Schwierigkeiten, oder?"

Mona beschloss, sich nicht provozieren zu lassen.

„Unsere Namen haben wir bereits genannt. Aber wir wissen noch nicht, wer Sie sind."

Die Blonde deutete mit dem Daumen auf sich selbst.

„Elske Donker. Und mein Ehemann heißt Jan."

Wie ein Schauspieler, der auf sein Stichwort gewartet hat, tauchte in diesem Moment ein breitschultriger Kerl mit sonnengebräunter Haut aus der Kajüte auf. Mona kam er vor wie ein alternder Surflehrer. Jan Donker trug Shorts und ein hellblaues Polohemd. Auch er schien nicht begeistert vom Besuch der beiden Ermittler zu sein.

„Was haben wir verbrochen?"

Mona spürte, wie sie allmählich die Geduld verlor. Zum Glück ergriff in diesem Moment Enno das Wort.

„Es geht nicht darum, ob Sie eine Straftat begangen haben. Wir erfuhren, dass Sie in den frühen Morgenstunden auf See waren. Momentan suchen wir einfach nur Zeugen. Ist Ihnen etwas Ungewöhnliches aufgefallen?"

Jan Donker kniff die Augen zusammen. Er wirkte misstrauisch.

„Ich weiß nicht, wovon Sie sprechen."

„Ein brennendes Ruderboot wurde heute Morgen am Hoge Hörn angetrieben", sagte Enno. „So ein Objekt müsste man doch schon von Weitem sehen können, zumal es keinen Nebel gegeben hat."

„Mir ist kein Feuer aufgefallen. Wie sieht es bei dir aus, Elske?"

Jan Donkers Frau schüttelte einfach nur den Kopf. Sie schien genervt zu sein.

„Hatten Sie zufällig den Autopilot eingeschaltet und haben ein Nickerchen gemacht?", fragte Mona betont unschuldig. „Ich glaube nämlich nicht, dass man diese hoch lodernden Flammen einfach übersehen kann."

Der Bootseigner zog die Augenbrauen zusammen.
„Wollen Sie mir unterstellen, dass ich lüge?“
„Nein, wir versuchen nur, uns ein Gesamtbild zu machen“, entgegnete Mona. „Sie haben eine schöne, geräumige Yacht. Auf dem Sonnendeck ließe sich gewiss ein Ruderboot transportieren.“
„Ja, wenn es nicht allzu groß ist“, knurrte Jan Donker. „Aber wir haben für Rettungszwecke ein kleines Schlauchboot. Glauben Sie, wir hätten diesen brennenden Kahn auf hoher See zurückgelassen?“
„Das haben Sie gesagt“, stellte Mona fest. Enno hatte sich während ihres Wortwechsels mit dem Eigner auf dem Deck der *Cassandra II* genauer umgesehen, wodurch das Ehepaar sichtlich nervös wurde. Mona hätte gern einen Durchsuchungsbeschluss gehabt. Aber daran war angesichts der dürftigen Beweislage nicht zu denken.
„Sie hätten das Boot gar nicht an Bord hieven müssen“, sagte Enno. „So ein Ruderboot kann man auch ins Schlepptau nehmen, was aufgrund des Gewichts sinnvoller gewesen wäre.“
Jan Donker machte eine wegwerfende Handbewegung.
„Ach, so schwer ist doch so ein Kahn auch nicht.“
„Außer, wenn eine Leiche darin liegt“, stellte Enno fest. „Und das war heute der Fall.“
Diese Information schien das Ehepaar zu schockieren. Oder hatten die Ermittler es mit schauspielerisch besonders begabten Verbrechern zu tun? Mona wusste noch nicht, was sie von den Donkers halten sollte.
„Damit haben wir nichts zu tun“, brachte die Ehefrau nach einer kurzen Pause hervor.
„Warum sind Sie in der Dunkelheit ausgelaufen?“, wollte Enno wissen.
„Wir wollten den Sonnenaufgang auf hoher See anschauen“, sagte der Yachtbesitzer. „Das ist schon hier im Hafen beeindruckend genug. Aber draußen auf dem Meer, allein mit der Natur – das muss man einmal erlebt haben.“
Auch Mona liebte den rauen Charme der Nordsee. Trotzdem kam ihr Donkers Schwärmerei irgendwie unecht vor. Allerdings musste sie sich selbstkritisch eingestehen, dass sie sich schon mehr als einmal in einem Menschen getäuscht hatte. Vielleicht verbarg sich im Inneren dieses abweisend wirkenden Mannes ja ein zarter Romantiker.

„Was machen Sie eigentlich beruflich, Herr Donker?“, fragte Mona.

„Mir gehört ein Unternehmen für Softwareentwicklung in Oldenburg.“

„Und Sie, Frau Donker?“

Die Blonde hob das Kinn.

„Ich male Aquarelle.“

Mona nickte, dann deutete sie auf die rechte Hand des Yachtbesitzers.

„Woher stammt eigentlich diese Verletzung?“

Donkers Fingerknöchel waren mit getrocknetem blutigen Schorf bedeckt.

„Ach, da bin ich ungeschickt gewesen. Meine Hand geriet zwischen Kaimauer und Bordwand.“

„Soso“, erwiderte Mona. Sie glaubte diese Erklärung nicht und tauschte mit Enno einen Blick. Der Oberkommissar nickte kaum merklich.

Solche Wunden entstanden üblicherweise bei einer Schlägerei.

Kapitel 3

Die *Phoebe* lag nur wenige Meter von der *Cassandra II* entfernt vertäut am Pier. Ein grauhaariger Mann mit Vollbart schrubbte gerade die Planken am Bug. Er hatte mitbekommen, dass die Ermittler auf der benachbarten Yacht gewesen waren. Neugierig blickte er ihnen entgegen, als sie sich seinem Schiff näherten.

Die *Phoebe* war etwas kleiner als das Wasserfahrzeug der Donkers. Ansonsten handelte es sich um eine ältere Yacht mit Innenfahrstand und Kabine.

„Ahoi, *Phoebe*!“, rief Mona, wobei sie sich richtig seemännisch vorkam. „Sind Sie der Eigner?“

Der Graubart richtete sich auf.

„In voller Lebensgröße. Mein Name ist Henk Hoogstraat. Was kann ich für Sie tun?“

Mona hielt ihren Dienstausweis hoch und nannte Ennos sowie ihren eigenen Namen.

„Wir haben ein paar Fragen an Sie, Herr Hoogstraat.“

„Kommen Sie doch an Bord, Frau Kommissarin. Dann müssen Sie nicht so schreien.“

Mona und Enno traten auf das kleine Achterdeck. Hier hätte das Ruderboot keinen Platz gefunden. Aber natürlich konnte auch die *Phoebe* ein Beiboot ins Schlepptau nehmen. Mona schaute sich den Eigner genauer an. Sie schätzte, dass Hoogstraat zwischen sechzig und siebzig Jahren alt war. Seine Haut war faltig und tief gebräunt. Offenbar verbrachte er viel Zeit unter freiem Himmel. Der Alte trug ausgebleichte Kaki-Shorts und ein Oranje-Fußballshirt. Die rot-weiß-blaue Fahne am Heck sowie Hoogstraats Akzent deuteten darauf hin, dass er aus dem westlichen Nachbarland stammte.

Enno schaute sich um und nickte anerkennend.

„Schönes Boot.“

„Danke. Kann ich Ihnen einen Tee anbieten?“

Die Ermittler bedankten sich und folgten Hoogstraat die drei Holzstufen hinab in die Kabine. Hier herrschte eine große Unordnung, was Mona aber nicht störte. Der Geruch nach Terpentin überdeckte beinahe den Gestank nach Motorenöl. Die holzgetäfelten Wände waren mit Gemälden geschmückt, ausschließlich Seestücke.

Mona schaute einige Bilder an, während der Gastgeber sich am Herd zu schaffen machte und einen Kessel mit Wasser aufsetzte.

„Sie malen selbst, Herr Hoogstraat?“
„Jawohl. Seit ich pensioniert bin, widme ich mich meinen Hobbys, nämlich Segeln und Malen.“
„Sind Sie Einhandsegler?“, wollte Enno wissen.
Der Alte nickte, während ein Schatten über sein Gesicht zu ziehen schien.
„Meine Frau ist vor drei Jahren gestorben, sie litt an Krebs.“
Enno zuckte zusammen, und nur Mona kannte den Grund dafür. Sie ergriff schnell das Wort.
„Wir untersuchen einen Vorfall, der sich heute im Morgengrauen beim Hoge Hörn ereignet hat.“
„Meinen Sie dieses brennende Boot?“
Monas Puls beschleunigte sich. Jetzt wurde es interessant.
„Dann haben Sie also etwas beobachtet? Erzählen Sie uns bitte davon.“
„Es gibt nicht viel zu berichten, Frau Kommissarin. Ich bin noch in der Dunkelheit rausgefahren, weil ich ein paar Skizzen vom Sonnenaufgang machen wollte. Als ich Borkum hinter mir gelassen hatte, warf ich außerhalb der Fahrrinne ungefähr zwei Seemeilen westlich einen Treibanker. Ich setzte mich an den Bug und begann zu zeichnen.“
Hoogstraat deutete auf einen Skizzenblock, der auf dem Tisch stand. Dann goss er den Tee auf und stellte außerdem für seine Besucher Tassen, Sahne und Kluntjes bereit.
Mona tat ein Stück Kandis in ihre Tasse. Hoogstraat goss das heiße ostfriesische Nationalgetränk hinein, und die Kommissarin fügte etwas Sahne hinzu. Sie hatte während ihrer Dienstzeit auf Borkum gelernt, dass man auf gar keinen Fall umrühren durfte. Mona schaute der Sahnewolke zu, die sich in der dunklen Flüssigkeit ausbreitete. Und sie lauschte dem Zeugen.
„Ich roch den Rauch, bevor ich ihn sah. Mein Blick war Richtung Westen gerichtet. Die Wolken am Horizont hatten es mir besonders angetan. Ich zeichnete und vergaß die Welt um mich herum. Das geht mir oft so. Irgendwann stieg mir scharfer Brandgestank in die Nase. Da drehte ich mich um und bemerkte das Boot. Das heißt, genau erkennen konnte ich es nicht. Dafür war es zu weit entfernt.“
„Warum haben Sie nicht Kurs auf das treibende Wasserfahrzeug genommen?“, wollte Enno wissen. „Es hätten ja Menschen an Bord sein können, die Ihre Hilfe benötigten.“

Der Holländer senkte den Blick.
„Ja, das habe ich nicht getan. Und ich schäme mich dafür, das müssen Sie mir glauben. Im ersten Moment dachte ich nämlich, dass ich mich nicht auf meine Nase und meine Augen verlassen könnte. Ich hielt das brennende Boot für ein Trugbild."
Mona legte die Stirn in Falten.
„Weshalb sollten Sie solche Halluzinationen haben?"
Hoogstraat atmete tief durch, bevor er die Frage der Kommissarin beantwortete.
„Ich habe Ihnen nicht die ganze Wahrheit gesagt, was den Tod meiner Frau angeht. Ja, sie hatte Krebs. Aber ihr Tod wurde durch einen Unfall verursacht. Sie raste mit ihrem Wagen gegen den Betonpfeiler einer Autobahnbrücke und verbrannte in dem Wrack. Seitdem habe ich immer wieder Alpträume von Bränden."
Mona schmeckte ihr Tee plötzlich nicht mehr. Am liebsten hätte sie den Zeugen in ihre Arme genommen. Sie durfte das Schicksal anderer Menschen nicht zu nahe an sich heranlassen, sonst würde sie selbst seelischen Schaden erleiden. Das war allerdings oft leichter gesagt als getan.
„Was taten Sie also?", wollte Enno mit metallisch klingender Stimme wissen. Auch ihn ging Hoogstraats Aussage offenbar an die Nieren, was Monas Meinung nach nur allzu verständlich war.
„Nichts", gab der Holländer zu. „Ich schaute dem brennenden Boot nach, bis ich es nicht mehr erkennen konnte. Und ich redete mir ein, dass ich nur mit offenen Augen geträumt hätte. Aber so war es nicht. Dieses Boot muss es wirklich gegeben haben, sonst wären Sie nicht hier."
Mona nickte.
„Ist Ihnen eine andere Yacht oder sonst ein Wasserfahrzeug begegnet, bevor oder nachdem Sie das brennende Boot sahen? Wir wissen, dass Sie heute Morgen nicht als Einziger von Borkum aus auf hoher See waren."
Hoogstraat schüttelte den Kopf.
„Mir ist keine andere Yacht aufgefallen."
Mona trank schnell ihren Tee aus, Enno folgte ihrem Beispiel. Der Zeuge machte einen abwesenden Eindruck. Vielleicht war er einfach zu sehr mit sich selbst beschäftigt gewesen, um genaue Beobachtungen abgeben zu können. Die Kommissarin bat ihn

trotzdem, seine Aussage im Lauf des Tages auf der Polizeistation schriftlich niederzulegen.

Als sich die beiden Ermittler verabschiedet hatten und wieder auf dem Pier standen, atmete Mona tief durch.

„Hoogstraat scheint die Wahrheit gesagt zu haben. Also lügen die Donkers“, vermutete die Kommissarin.

„Nicht unbedingt. Wir wissen nicht, wie weit sie sich von der Yacht des Holländers und von dem brennenden Boot entfernt befunden haben. Wenn es außer Sichtweite war, konnte es gar nicht von ihnen bemerkt werden. Lass uns abwarten, was die Befragung der Eigner der dritten Yacht durch die Langeooger Kollegen ergibt.“

Die Ermittler stiegen ins Auto und fuhren in den Ort zurück.

„Dieses Ehepaar auf der *Cassandra II* hat Dreck am Stecken, das spüre ich ganz deutlich!“, begann die Kommissarin. „Ich stelle es mir folgendermaßen vor: Jan Donker knockt unser unbekanntes Opfer aus, schlägt es vielleicht sogar tot. Gemeinsam mit seiner Frau schafft er die Leiche ins Ruderboot, das sie ins Schlepptau nehmen. Im Schutz der Dunkelheit fahren sie hinaus aufs offene Meer. Ein paar Seemeilen vor Borkum zünden sie die Leiche an und lassen den Kahn wegtreiben.“

„Eine schöne Theorie, Mona. Aber der Staatsanwalt wird wissen wollen, weshalb sie sich so viel Mühe mit dem Feuer gemacht haben. Es wäre doch viel effektiver gewesen, das Boot mit dem Toten einfach zu versenken. Dann wäre die Leiche wahrscheinlich niemals gefunden worden.“

„Ich gebe dir recht, Enno. Wir kennen das Mordmotiv noch nicht. Vielleicht war das Opfer ihnen so verhasst, dass sie es brennen sehen wollten.“

„Diese Annahme spricht für eine persönliche Beziehung zu dem Ermordeten. Ich schließe Selbstmord oder einen Unfalltod jedenfalls inzwischen aus.“

„Das geht mir genauso. Solange die Identität des Toten ungeklärt ist, stochern wir allerdings im Nebel.“

„Wir sollten bei den Vermisstenanzeigen unseren Radius erweitern, auf ganz Deutschland und meinetwegen auch auf die ganzen Niederlande. Die Person muss nicht zwangsläufig aus einem nahe gelegenen ostfriesischen Landkreis stammen.“

„Ja, die Person", echote Mona. „Wir kennen noch nicht mal ihr oder sein Geschlecht. Hoffentlich kann Oltbeck etwas Dampf machen, damit die Obduktion des Leichnams schneller vorangeht."

Enno erwiderte nichts, weil er gerade telefonierte. Sein Gesichtsausdruck wurde wieder betrübt, als er sein Smartphone wegsteckte.

„Es ist sinnlos. Wenn ich Birte anrufe, springt irgendwann die Mailbox an."

„Ich kann gern mal versuchen, persönlich mit deiner Frau zu sprechen. Immerhin kenne ich Birte ein wenig. Ich weiß, dass ich nicht besonders diplomatisch bin. Doch einen Versuch wäre es wert."

Enno seufzte.

„Dafür wäre ich dir sehr dankbar, Mona. Wenn Birte die Meinung einer Außenstehenden hört, wird sie vielleicht diesen Scharlatan in Zweifel ziehen und sich in eine richtige Behandlung begeben."

Die Kommissarin versprach, nach Feierabend sofort das Haus des selbst ernannten Geistheilers aufzusuchen. Sie konnte nur erahnen, wie Enno sich fühlen musste. Immerhin war er schon seit vielen Jahren verheiratet. Monas eigene Beziehungen zu Männern hatten bisher nie länger als jeweils ein paar Monate gehalten. Darüber wollte sie sich jetzt allerdings nicht den Kopf zerbrechen.

Als die Ermittler die Polizeiwache in der Strandstraße erreicht hatten, stellten sie das Auto auf dem kleinen Parkplatz hinter dem Gebäude ab. Mona fiel ein junger Mann auf, der vor dem Revier herumlungerte. Er stand neben der Skulpturengruppe, die Mona besonders scheußlich fand.

„Geh schon mal vor, Enno. Ich will mir diesen Knaben mal vorknöpfen."

Der Oberkommissar nickte. Er war mit seinen Gedanken wahrscheinlich schon wieder bei seiner Frau. Mona trat auf den Unbekannten zu.

Ob sie einen heimlichen Verehrer von Grietje vor sich hatte? Der lange, schlaksige Kerl konnte nicht viel jünger sein als Monas vorlaute Kollegin. Sein Alter war schwer zu schätzen. Mona fielen sein großer Kehlkopf und seine hervorstehenden blauen Augen auf. Ansonsten war er mit Jeans und Windjacke ziemlich unauffällig gekleidet. Der Nordwind zauste sein schmutzig-blondes halblanges Haar.

„Moin, kann ich Ihnen behilflich sein?"
Mona lächelte, während sie diese Frage stellte. Dabei beobachtete sie ihr Gegenüber genau.
„Sind Sie von der Polizei?"
Noch vor wenigen Monaten hätte Mona entgegnet, dass sie es sei, die hier die Fragen stellte. Aber sie hatte gelernt, dass sie mit etwas Zurückhaltung mehr Informationen von den Menschen bekam. Das fiel ihr allerdings nicht immer leicht.
„Ja, ich heiße Mona Sander und bin Kriminalkommissarin."
Der große Jüngling nickte, als ob die Ermittlerin etwas Selbstverständliches von sich gegeben hätte.
„Was ist denn nun mit der Leiche?"
Mona zuckte zusammen, als ihr Gegenüber diesen Satz vom Stapel ließ. Sie hätte sich denken können, dass der Fund des verbrannten Leichnams nicht lange geheim bleiben würde. Borkum war eben eine Insel. Vielleicht hatte Klaas Manning einfach seinen Mund nicht halten können. Zu einem späteren Zeitpunkt konnte es von Vorteil sein, wenn die Öffentlichkeit in die Fahndung eingebunden wurde. Momentan passte es Mona allerdings überhaupt nicht in den Kram.
„Von was für einem Verstorbenen sprechen Sie? Und wie lautet Ihr Name?"
„Lars Schoonebek. Ich bin Reporter."
Der junge Mann richtete sich auf, was gar nicht nötig gewesen wäre. Er war ohnehin viel größer als Mona, die ständig den Kopf in den Nacken legen musste, um mit ihm zu sprechen. Aber das war sie ja von Enno nicht anders gewöhnt.
„Ich würde gern Ihren Journalistenausweis sehen, Herr Schoonebek."
Dieser Wunsch schien Monas Gesprächspartner in Verlegenheit zu bringen.
„Also, einen Journalistenausweis habe ich nicht direkt ..."
„Das ist merkwürdig. Und Sie wollen Reporter sein? Ich kenne eigentlich ausnahmslos alle Ihre Kollegen von der Borkumer Zeitung."
Schoonebek rümpfte die Nase.
„Ich schreibe nicht für Provinzblätter, sondern werde meine Story dem *Spiegel* oder der *Zeit* anbieten!"
Mona war inzwischen fest davon überzeugt, es mit einem Schaumschläger zu tun zu haben.

„Haben Sie dort schon etwas veröffentlicht?"

Der Jüngling atmete tief durch. Die Ermittlerin merkte normalerweise schnell, wenn sie angelogen wurde. Außerdem hätte sie einfach in den Redaktionen anrufen und sich nach Schoonebek erkundigen können. Aber der selbst ernannte Reporter log jetzt nicht, sondern wich ihrer Frage lieber aus.

„Es geht um die verbrannte Leiche am Hoge Hörn. Die Öffentlichkeit hat ein Recht darauf, die Wahrheit zu erfahren."

„Zu laufenden Ermittlungen darf ich mich nicht äußern."

Das war Monas Lieblingssatz, wenn sie es mit aufdringlichen Journalisten zu tun hatte. Damit konnte man diese Herrschaften richtig auf die Palme bringen. Und auch Schoonebek bildete da keine Ausnahme, auch wenn er vielleicht gar kein richtiger Reporter war.

„Diese Einstellung schützt doch nur den Täter! Wie können Sie es mit Ihrem Gewissen vereinbaren, dass ein Mörder weiterhin die Insel unsicher macht?"

Jetzt platzte Mona der Kragen. Ihr Geduldsfaden war ohnehin nicht besonders dick. Kein Wunder, wenn er bei dieser Frage riss.

„Woher wollen Sie überhaupt wissen, dass sich ein Tötungsdelikt ereignet hat? Halten Sie womöglich mit Informationen hinter dem Berg, die für unsere Ermittlungen wichtig sind?"

Schoonebek hatte mit Monas heftiger Reaktion nicht gerechnet. Er trat schnell einen Schritt zurück und stieß dabei gegen die metallene Skulpturengruppe. Einige Touristen waren neugierig stehen geblieben und filmten das Wortgefecht mit ihren Smartphones. Mona hätte ihnen am liebsten auch sofort ihre Meinung gesagt, aber sie konzentrierte sich jetzt ganz auf ihr Gegenüber.

Schoonebek schüttelte den Kopf.

„Ich weiß nichts über den, äh, Leichenfund. Ich hörte nur, dass eine verbrannte Leiche in einem Ruderboot liegt. Und da wollte ich, da dachte ich ..."

Der Jüngling verhaspelte sich. Einen knallharten Kriminalreporter stellte Mona sich anders vor. Sie konnte jetzt wirklich keine Einmischung in ihre Arbeit gebrauchen, schon gar nicht durch einen Traumtänzer.

„Wenn Sie mir in die Quere kommen, können Sie sich auf eine Anklage wegen Behinderung der Justiz gefasst machen", drohte Mona und schaute dem jungen Mann dabei direkt in die Augen. Sie hoffte, dass ihm jetzt sein Herz in die Hose rutschte. Er musste als

Urlauber oder Kurgast auf Borkum sein, ein Insulaner konnte er nicht sein. Andernfalls hätte sie ihn vom Sehen gekannt.

Schoonebek senkte den Kopf und schlich davon wie ein begossener Pudel. In diesem Moment tat er Mona fast leid. Aber die Aufklärung des Mordes und die Rettung von Birte Moll vor dem Scharlatan hatten für sie jetzt absoluten Vorrang.

Mona betrat die Wache durch den Haupteingang.

„Ist das dein neuer Freund, mit dem du da gerade gesprochen hast? Ist der nicht etwas jung für dich?“, wollte Grietje wissen.

„Nein, der ist nicht mein Freund. Er heißt Lars Schoonebek und würde viel besser zu dir passen. Ihr geht mir nämlich beide gewaltig auf den Wecker“, fauchte Mona. Dann eilte sie schnell in ihr Büro, bevor die Polizeimeisterin etwas erwidern konnte. Grietje neigte dazu, immer das letzte Wort haben zu müssen.

Enno blickte auf, als Mona das Zimmer betrat.

„Ich habe vielleicht die Verkäuferin des Ruderboots aufgetrieben.“

„Wirklich?“ Monas Puls beschleunigte sich. „Und wer ist der neue Besitzer?“

„Der Mann hat sich gar nicht vorgestellt.“

Die Kommissarin ließ sich auf ihren Bürostuhl fallen und stieß langsam die Luft aus den Lungen.

„Das wäre ja auch zu schön gewesen, um wahr zu sein. Gibt es andere brauchbare Hinweise auf die Identität des Käufers?“

Enno schüttelte seinen mächtigen Schädel.

„Leider nein. Die Dame heißt Amke Remsma, ist hochbetagt und wohnt in Emden. Sie löst gerade ihren Hausstand auf, weil sie ins Altersheim umzieht. Sie war froh, überhaupt einen Käufer für das Ruderboot gefunden zu haben. Es hat zehn Jahre lang unbenutzt im Schuppen gelegen, sagt sie. Eigentlich gehörte das Wasserfahrzeug ihrem Neffen. Der ist aber nach Amerika ausgewandert und wird es wohl nicht mehr benötigen.“

„Nee, wahrscheinlich nicht. Hast du gerade mit Frau Remsma telefoniert, Enno?“

„Ja. Ich habe ein paar Kleinanzeigenportale überprüft, ob dort Ruderboote angeboten werden. Frau Remsma ist gleich die zweite Person, bei der ich anrief, und bei ihr wurde ich fündig.“

„Falls es wirklich das passende Boot ist“, schränkte Mona ein. „Konnte die Zeugin denn diesen geheimnisvollen Käufer beschreiben?“

„Frau Remsma sagt, dass er einen Vollbart trägt. Die Dame ist ziemlich alt, wie gesagt. Ich weiß nicht, wie gut sie noch sehen kann."

„Logisch, das lässt sich am Telefon nicht feststellen", erwiderte Mona. „Würde sie denn das ausgebrannte Ruderboot als ihr Eigentum wiedererkennen?"

„Das käme auf einen Versuch an. Wir müssten ihr ein Foto des Wasserfahrzeugs vorlegen."

„Konnte sie sich denn merken, mit was für einem Auto der Käufer gekommen ist? Er muss doch einen Anhänger gehabt haben, ein Ruderboot kann man sich jedenfalls nicht einfach unter den Arm klemmen."

Bevor Enno antworten konnte, klingelte das Telefon. Mona nahm den Hörer ab, meldete sich mit Namen und Dienstgrad. Grietje war am Apparat.

„Kann einer von euch mal nach vorn kommen? Hier steht ein Wikinger und will eine Vermisstenanzeige aufgeben."

Bei Mona brannten alle Sicherungen durch. Sie sprang auf und stürmte zur Tür.

„Was ist los?", fragte Enno entgeistert.

„Jetzt hat Grietje den Bogen endgültig überspannt! Ich lasse mir nicht länger von ihr auf der Nase herumtanzen. Mir reicht es mit ihren Frechheiten und ihren dämlichen Scherzen!"

Mona eilte ins Wachlokal, um ihrer uniformierten Kollegin gründlich den Kopf zu waschen. Aber dann hielt sie inne.

Vor dem Tresen stand wirklich ein vollbärtiger Mann in Wikingertracht.

Kapitel 4

Mona starrte den Fremden verblüfft an.

„Da wir momentan unser Augenmerk besonders auf Vermisstenfälle richten, wollte ich dich gleich informieren“, sagte Grietje. „Vielleicht kann der Herr in unserem aktuellen Fall weiterhelfen.“

Die Kommissarin blinzelte. Ihre junge Kollegin hatte vollkommen korrekt gehandelt. Mona führte sich vor Augen, dass Grietje eigentlich eine gute Polizistin war. Nur manchmal stach sie eben der Hafer. Eigentlich ziemlich oft, zugegeben.

Mona nickte ihrer Kollegin zu und wandte sich an den „Wikinger“:

„Ich bin Kommissarin Mona Sander. Folgen Sie mir bitte.“

Der Mann kam hinter ihr her. Er war groß und kräftig, was durch seine Tracht noch betont wurde. Er trug eine Tunika aus grobem Stoff und einen weiten Rechteckmantel, außerdem hatte er eine Streitaxt mit breiter Klinge bei sich. Die Beine steckten in Wadenwickeln, die Schuhe wirkten klobig. Auf dem Kopf hatte er einen Eisenhelm, allerdings ohne Hörner. Mona führte sich vor Augen, dass der Bootskäufer laut Frau Remsma ebenfalls einen Vollbart gehabt hatte. Das musste nichts zu bedeuten haben, aber Mona machte sich innerlich eine Notiz.

Auch Enno sah verblüfft aus, als seine Dienstpartnerin in Begleitung eines nordischen Kriegers in das Büro zurückkehrte. Mona deutete auf ihren Besucherstuhl, und der Recke nahm Platz. Seine Streitaxt lehnte er gegen den Schreibtisch. Mona hatte schon gesehen, dass es sich nur um eine Attrappe handelte. Mit einer echten Hiebwaffe wäre der Bärtige jedenfalls nicht in eine Polizeistation gelangt.

Mona schaute dem Wikinger ins Gesicht, nachdem sie Enno vorgestellt hatte.

„Nennen Sie uns bitte Ihren Namen.“

„Ich heiße Bent Grode. Und ich möchte meinen Freund Dr. Fokke Huizinga als vermisst melden.“

Mona griff zu einem Formular, um die Anzeige aufzunehmen.

„Wo lebt Herr Dr. Huizinga?“

„In Jever. Wir waren aber hier auf Borkum verabredet, zu unserem Wikinger-Thing.“

„Also wird der Vermisste eine ähnliche Tracht anhaben wie Sie selbst?“

„Wir nennen so etwas Gewandung, Frau Sander. Wenn wir unsere Nordmänner-Kleidung anlegen, dann vergessen wir für ein paar Stunden oder Tage den normalen Alltag des einundzwanzigsten Jahrhunderts.“

„Ist Ihr Freund verheiratet?“

„Ja, genau wie ich selbst. Ich habe auch schon versucht, seine Frau anzurufen. Aber sie ist nicht zu erreichen. Ich glaube, dass die Ehe nicht glücklich ist.“

Mona versuchte einen Moment lang, sich in die Gattin des Vermissten hineinzuversetzen. Leider streikte ihre Vorstellungskraft. Es war für sie schon befremdlich genug, verheiratet zu sein. Aber dass ihr Ehemann auch noch in seiner Freizeit einen Helm tragen würde und eine Spielzeug-Streitaxt mit sich herumschleppte – das war zu viel.

„Wissen Sie, ob sich die Ehefrau in Jever aufhält? Oder ist sie mit nach Borkum gereist?“

„Das kann ich Ihnen leider nicht sagen. Bei unserem Thing sind allerdings nur Männer zugelassen.“

„Ich verstehe. Wäre es nicht auch möglich, dass der Vermisste einfach einen dringenden beruflichen Termin hatte und deshalb Ihr Treffen absagen musste?“

Der Hobby-Wikinger nickte.

„Das wäre theoretisch denkbar. Allerdings ist Fokke sehr gewissenhaft und würde uns nicht einfach sitzen lassen, ohne sich abzumelden.“

„Sie sprechen in der Mehrzahl. Demnach gehören also noch mehr Mitglieder zu Ihrem Nordmann-Club?“

„Ja, wir haben gemeinsam ein Ferienhaus gemietet. Es sollte ein verlängertes Wochenende werden, von Donnerstagabend bis Montag. Wir hätten fünf Krieger sein müssen, Fokke eingeschlossen. Aber er ist jetzt schon seit achtundvierzig Stunden überfällig.“

„Wenn es keinen Hinweis auf ein Verbrechen gibt, ist es nicht einfach, nach einer erwachsenen Person zu suchen“, begann Mona. Grode wollte etwas sagen. Sie stoppte ihn mit einer Handbewegung und fuhr fort: „Allerdings haben wir aktuell eine Person gefunden, bei der es sich möglicherweise um Ihren Freund handeln könnte.“

Der selbst ernannte Nordmann erbleichte.

„Wollen Sie damit andeuten, dass es sich um einen Toten handelt?“
Mona nickte.
„M-muss ich ihn identifizieren?“
Schweißperlen traten auf die Wikingerstirn.
„Das wird nicht möglich sein. Wir sprechen von einer Feuerleiche, die bis zur Unkenntlichkeit verbrannt ist. Ich nehme an, dass Herr Dr. Huizinga einen Ehering trägt?“
Grode nickte.
„Ja, und seine Frau heißt Annika. Womöglich ist ihr Name in den Ring eingraviert.“
Mona machte sich eine Notiz.
„Das wird sich feststellen lassen. Kennen Sie zufällig auch den Namen seines Zahnarztes?“
Der Bärtige schaute sie verständnislos an.
„Brandopfer können oft aufgrund ihres Zahnstatus identifiziert werden“, erklärte Enno. „Das ist so gut wie ein Fingerabdruck.“
Grode atmete tief durch, seine breite Brust hob und senkte sich. Mona schätzte ihn auf ungefähr fünfzig Jahre. Sein brauner Bart war mit grauen Haaren durchzogen.
„Ich kann immer noch nicht glauben, dass Fokke tot sein soll.“
„Es ist keineswegs gesagt, dass es sich bei der Leiche um Ihren Freund handelt“, betonte Mona. „Allerdings müssen wir jedem Hinweis nachgehen. Wenn er es nicht ist, werden wir das schnell aufklären können und andere Maßnahmen ergreifen.“
„Also werden Sie Fokke gar nicht suchen?“
Mona antwortete nicht sofort. Sie fragte sich, wie viel von den bisherigen Erkenntnissen sie preisgeben wollte. Schließlich entschloss sie sich dazu, die Karten auf den Tisch zu legen.
„Herr Grode, unter welchen Umständen wurde ein Wikinger in einem brennenden Boot auf seine letzte Fahrt geschickt?“
Der Bärtige schaute sie verständnislos an, bevor er antwortete.
„Das war eine besondere Ehre, die nur Häuptlingen und sehr tapferen Kriegern zuteilwurde. Die Wikinger gaben dem Toten seine Waffen mit. Sie glaubten, dass er direkt nach Walhall auffahren würde. – Heißt das, Fokke wurde auf diese Art umgebracht?“
„Nähere Details darf ich Ihnen nicht nennen“, erwiderte Mona. „Aber es stimmt, dass wir eine Leiche in einem brennenden Boot gefunden haben. Und diese Art der Bestattung, wenn man das so nennen will, war in meinen Augen ganz klar eine Botschaft. Es

würde perfekt zu einem Opfer passen, das sich in seiner Freizeit als Nordmann verkleidet."

Grode war totenbleich geworden. Er schüttelte langsam den Kopf.

„Eines Tages musste es ja so kommen", murmelte er. Mona kniff die Augen zusammen.

„Wie meinen Sie das, Herr Grode? Wurde Ihr Freund konkret bedroht?"

Der Mann in der Wikingertracht schnaubte ironisch.

„Allerdings. Fokke hat diese Dinge heruntergespielt. Trotzdem konnte man merken, dass ihm die Todesandrohungen an die Nieren gingen. Deshalb war es für ihn ja so wichtig, sich in der Freizeit einen Ausgleich zu schaffen. Wenn wir unsere Gewandungen anlegen, können wir in eine andere Welt abtauchen."

„Das haben wir inzwischen begriffen." Die Kommissarin war ungeduldig. „Gab es einen Grund für diese Drohungen?"

Es kam Mona so vor, als ob Grode nicht so richtig mit der Sprache herausrücken wollte. Er zuckte mit den breiten Schultern.

„Fokke war Anwalt von Beruf."

Enno ergriff das Wort.

„Wir als Polizeibeamte haben oft mit Juristen zu tun. Aber nicht jeder von ihnen muss wegen seiner Berufstätigkeit um sein Leben fürchten."

Grode schüttelte den Kopf.

„Nein, nicht jeder. Aber Fokke war hauptsächlich als Strafverteidiger tätig."

Mona zog die Augenbrauen zusammen.

„In diesem Beruf macht man sich viele Feinde. Wenn sich jemand vor Gericht ungerecht behandelt fühlt, reagiert er sich manchmal an dem Rechtsbeistand der Gegenseite ab. Vor allem dann, wenn ein Jurist selbst mit harten Bandagen kämpft."

„Nun, das traf auf Fokke zu. Er war ein harter Hund, wenn man das so nennen will. Aber er hat sich immer strikt an das Gesetz gehalten."

Mona zuckte mit den Achseln.

„Das kann ich nicht beurteilen. Fest steht jedenfalls, dass man sich mit diesen Methoden nicht beliebt macht. Wer hätte denn von Ihrem Freizeit-Thing auf Borkum wissen können?"

„Das ist eine gute Frage, Frau Kommissarin. Wir haben eine geschlossene Facebook-Gruppe gegründet, in der wir uns über unsere Nordmann-Freizeiten austauschen. Aber ich kenne auch nicht alle Mitglieder der Community persönlich."

„Ich werde mich dort mal anmelden", schlug Enno vor. „Jedenfalls habe ich mehr Ähnlichkeit mit einem Wikinger als Frau Sander."

Mona musste grinsen. Sie war froh, dass ihr Kollege trotz seines privaten Kummers schon wieder einen Scherz machen konnte. Das war in ihrem Beruf notwendig, denn sie hatten mehr als genug mit Leid und Tod zu schaffen. Sie wandte sich noch einmal an den Hobby-Wikinger.

„Was ist mit den übrigen Männern, die zu Ihrem Thing gekommen sind? Hatte einer von ihnen Streit mit Fokke Huizinga?"

„Nicht, dass ich wüsste. Außerdem sind sie alle pünktlich eingetroffen. Wir haben Vorräte mitgebracht, das Methorn kreisen lassen und ein paar freundschaftliche Schwertkämpfe ausgetragen. Ich will damit sagen, dass sich keiner von uns abgesondert hat. Also kommt auch keiner meiner Freunde als Mörder infrage."

„Noch wissen wir nicht, ob es sich bei dem Opfer überhaupt um Fokke Huizinga handelt", betonte Mona. Es erschien ihr zwar sehr wahrscheinlich, trotzdem waren immer noch andere Varianten möglich.

„Wo befindet sich Ihr Ferienhaus, Herr Grode?"

„Im Geusenweg. Sie können es nicht verfehlen. Wir haben einen Plastiktotenkopf mit Wikingerhelm über die Eingangstür gehängt. Das kommt mir jetzt ziemlich pietätlos vor, ehrlich gesagt."

„Machen Sie sich nicht selbst verrückt", riet Enno. „Ihre Aussage war für uns sehr wertvoll. Sobald wir gesicherte Erkenntnisse über das Schicksal Ihres Freundes haben, lassen wir es Sie wissen."

„Ich hoffe wirklich sehr, dass Fokke noch am Leben ist", sagte der selbst ernannte Nordmann zum Abschied. Dann griff er zu seiner Streitaxt und ging mit gesenktem Haupt hinaus.

Mona griff zum Telefonhörer und rief im kriminaltechnischen Labor Oldenburg an. Sie gab die Information über den Ehering an die Spezialisten weiter.

„Was hältst du von einer Mittagspause, Enno? Heute Nachmittag könnte es hier noch turbulent werden."

Enno stimmte zu. Sie gingen hinüber in den *Knurrhahn*, wo sie an einem der Stehtische noch einen Platz ergattern konnten. Das legendäre Imbisslokal war gut gefüllt, wie immer um die Mittagszeit. Mona wählte einen Neptunsalat, während sich Enno für Seelachsfilet mit Salzkartoffeln und Remoulade entschied. Dazu tranken sie alkoholfreies Bier.

Während sie auf das Essen warteten, berichtete Mona von ihrer Begegnung mit Schoonebek.

„Ich hoffe nur, dass dieser Hobby-Reporter keine Schwierigkeiten macht. Ich habe versucht, ihn einzuordnen. Leider gibt es ja genug Leute, die sich überhaupt nichts sagen lassen. Ob er zu dieser Sorte gehört, wird sich zeigen."

Enno nickte. Er schien gar nicht richtig zugehört zu haben.

„Man zweifelt an sich selbst, wenn die Ehefrau nach so vielen Jahren kein Vertrauen mehr hat."

Mona legte ihre Hand auf Ennos große wettergegerbte Pranke.

„Eine Krebsdiagnose muss ein Schock sein. Sogar dann, wenn sie überhaupt nicht zutrifft. Birte muss zu einem richtigen Spezialisten, nicht zu einem Quacksalber. Wenn sie erst mal weiß, woran sie ist, wird sie schnell wieder normal werden."

„Hoffentlich."

Als das Essen kam, kehrte Mona gedanklich zum aktuellen Fall zurück.

„Wir sollten die Donkers genau durchleuchten. Für mich sind sie momentan meine Hauptverdächtigen. Ich habe schon genug Prügeleien miterlebt, schließlich war ich mal bei der Bereitschaftspolizei. Donkers Fingerknöchel sind eindeutig bei einer Schlägerei zu Schaden gekommen, auch wenn er uns ein Märchen auftischen will."

„Vielleicht waren die Donkers aber auch nur Komplizen, Mona. Sie haben eine Yacht, mit der sie das Ruderboot hinaus aufs offene Meer schleppen konnten. Den Mord kann jemand anders begangen haben. Womöglich stecken sie in finanziellen Schwierigkeiten und haben Blutgeld kassiert, um die Leiche zu beseitigen."

Mona nickte kauend, bevor sie etwas erwiderte.

„Der Freizeit-Wikinger hat für meinen Geschmack zu schnell die Freundschaft innerhalb der Clique betont. Ich möchte mich nicht darauf verlassen, dass zwischen diesen Nordmännern ausschließlich Friede, Freude und Eierkuchen herrscht. Gerade unter Kerlen gibt es doch oft harte Rivalitäten, oder?"

„Ja, wir sollten uns jeden dieser Wikinger einzeln vornehmen. Dann wird ein Puzzle entstehen, aus dem wir ein Gesamtbild der tatsächlichen Verhältnisse erkennen können."

Als Mona und Enno den Knurrhahn verließen, mussten sie zunächst einen großen Pulk Urlauber vorbeilassen. Soeben war nämlich einer der bunten Borkumer Kleinbahnzüge aus Richtung Fähranleger im Inselbahnhof eingetroffen. Wenn mehrere hundert Neuankömmlinge gleichzeitig in die Fußgängerzone strömten, gab es immer einen kleinen Stau, bis sich alle auf die Pensionen, Hotels, Ferienwohnungen und Kurkliniken verteilt hatten.

Kaum hatte die Kommissarin wieder an ihrem Schreibtisch Platz genommen, als ihr Telefon klingelte. Eike Demgum vom kriminaltechnischen Labor Oldenburg war am Apparat. Mona schaltete den Lautsprecher ein, damit Enno mithören konnte.

„Schieß los, Eike."

„Am Ringfinger des Leichnams konnten wir wirklich einen Ehering sicherstellen. Das Schmuckstück hat das Feuer halbwegs gut überstanden. Die Gravur ist jedenfalls noch gut zu erkennen: *Annika, 11. Mai 1988*."

„Prima, das bringt uns weiter. Habt ihr noch mehr herausfinden können?"

„Als Brandbeschleuniger wurde offenbar handelsübliches Benzin benutzt. Wenn du mich fragst, dann hat man die Leiche einfach damit übergossen und angezündet. Allerdings ist der Täter mit dem Sprit sparsam umgegangen. Entweder hatte er nur wenig Treibstoff zur Verfügung oder er wollte verhindern, dass das Boot vorzeitig unterging. Wenn ich es richtig verstanden habe, dann ist der Kahn ja in brennendem Zustand auf Borkum angetrieben worden."

„Richtig, Eike. Du meinst also, mit einer größeren Menge an Brandbeschleuniger wäre das Boot auf offener See untergegangen?"

„Selbstverständlich. Wenn man beispielsweise den offenen Kanister an Bord gelassen hätte, wäre es zur Explosion gekommen. Dadurch wäre ein Leck in den Boden gerissen worden, das Boot wäre sofort gesunken. Gleiches gilt, wenn man die doppelte oder dreifache Menge an Benzin in den Kahn gekippt hätte. Die Planken wären völlig durchgebrannt, wodurch Wasser hätte eindringen können. Der Täter wollte den Körper verbrennen, nicht aber das Boot. Die Kleidung muss mit Benzin vollgesogen gewesen sein."

„Was hatte der Tote denn an?"

„Lederstiefel, die relativ gut erhalten sind. Außerdem Hose und Hemd aus dickem Leinenstoff, darüber eine Lederweste. Und einen Gürtel, in dem ein langes Messer steckte."

„Ja, kein Wikinger ohne Waffe."
„Wie bitte?"
„Nicht so wichtig, Eike. Vielen Dank erst mal. Wir bekommen dann den schriftlichen Bericht, nicht wahr?"
„Selbstverständlich, Mona."
Die Kommissarin beendete das Gespräch.
„Also wurde offenbar wirklich Dr. Fokke Huizinga umgebracht", stellte Enno fest. „Und über einen Mangel an Mordverdächtigen können wir uns wirklich nicht beklagen."
„Du sagst es. Immerhin wissen wir, dass das Opfer bewaffnet war. Und bei dem Messer hat es sich nicht um eine Attrappe gehandelt, sonst hätte Eike das erwähnt. Entweder hat Huizinga seinem späteren Mörder vertraut ..."
„... oder er wurde völlig überrumpelt und konnte sich nicht mehr wehren", ergänzte der Oberkommissar. „Beide Varianten sind möglich. Huizinga hatte offensichtlich schon sein Wikingerkostüm an, als er getötet wurde. Da fragt man sich doch, wo und wann er seinem Mörder begegnet ist. Ob er schon auf der Fähre seine Gewandung angelegt hatte?"
„Daran wird sich die Mannschaft oder einer der Passagiere garantiert erinnern", vermutete Mona. „Wir müssen die letzten vierundzwanzig Stunden vor Huizingas Tod rekonstruieren. Irgendwo auf diesem Zeitstrahl wird er seinem Mörder begegnet sein. Eine andere Möglichkeit gibt es nicht."
Bevor Enno etwas erwidern konnte, klingelte sein Telefon. Er meldete sich mit Namen und Dienstgrad und schaltete ebenfalls den Lautsprecher ein.
„Oberkommissar Moll, hier spricht Dr. Klaasen vom gerichtsmedizinischen Institut Oldenburg. Es geht um die Obduktion der Brandleiche."
„Ich bin ganz Ohr, Herr Doktor."
„Sie hatten ja den Verdacht geäußert, dass es sich bei dem Toten um einen Vermissten namens Fokke Huizinga aus Jever handeln könnte. Wir sind diesem Hinweis nachgegangen und können es bestätigen. Der behandelnde Dentist hat uns Röntgenaufnahmen von Ober- und Unterkiefer zukommen lassen. Der Zahnstatus stimmt hundertprozentig mit dem der Leiche überein."
„Und was können Sie uns zur Todesursache sagen?"

„Huizinga starb an einer schweren Schädelverletzung, die durch einen Schlag auf den Hinterkopf verursacht wurde. Als Waffe wurde entweder ein grober Hammer oder eine Keule benutzt. Vielleicht auch ein Werkzeug aus Metall. Das lässt sich aufgrund der Wundränder nicht eindeutig sagen."

Beide Möglichkeiten sprachen nach Monas Ansicht sehr stark für einen Mord unter Wikingern. Sie wusste natürlich, dass sie keine voreiligen Schlüsse ziehen durfte. Trotzdem machte sie sich eine Notiz, während sie weiterhin dem Wortwechsel zwischen dem Pathologen und ihrem Dienstpartner lauschte.

„Hat es einen Kampf gegeben?", wollte Enno wissen.

„Das lässt sich schwer beurteilen. Da die Haut stark verbrannt war, können wir leichte Abwehrverletzungen wie beispielsweise Kratzer nicht nachweisen. Ich möchte mich in diesem Punkt nicht festlegen."

„Wann wurde das Opfer erschlagen?"

„Auch diese Frage lässt sich aufgrund des Feuers nicht genau beantworten. Ich würde aber vermuten, dass zwischen dem Mord und dem Verbrennen nicht mehr als vierundzwanzig Stunden liegen."

„Können Sie uns etwas über Huizingas Vorerkrankungen sagen? Gibt es Hinweise auf Alkoholismus oder Drogenmissbrauch?"

„Das kann ich verneinen, Oberkommissar Moll. Die Obduktion ist zwar noch nicht vollständig abgeschlossen, aber die inneren Organe schienen einwandfrei in Ordnung zu sein. Wenigstens ist der Mann nicht bei lebendigem Leib verbrannt, was ein scheußlicher Tod sein muss. In der Lunge befanden sich keinerlei Rußrückstände. Er wurde also erst getötet und dann angezündet."

Enno bedankte sich und beendete das Gespräch.

Der Nachmittag verging mit Recherchen. Schon bald hatten die Ermittler ein genaueres Bild von den letzten Stunden in Huizingas Leben. Er war nicht mit der Fähre, sondern mit dem Flugzeug nach Borkum gereist. Während Enno weiterhin telefonisch die Witwe zu erreichen versuchte, fuhr Mona zum Flugplatz hinaus.

„Das Bodenpersonal konnte sich gut an den Passagier erinnern", rief die Kommissarin bei ihrer Rückkehr Enno zu. „Er hat sich offenbar auf der Toilette des Flughafens umgezogen, kurz nachdem die Maschine aus Emden gelandet war. Eine Servicekraft hat sogar mit ihrem Smartphone ein Foto von ihm gemacht, sie hat es mir geschickt. Schau mal."

Die Kommissarin hielt ihrem Kollegen ihr Handy unter die Nase. Das Foto zeigte einen grauhaarigen Mann mit gepflegtem Vollbart, der mit einer Joppe und Hosen aus grobem Wollstoff bekleidet war. Um die Hüften hatte er einen breiten Ledergürtel mit Metallbeschlägen geschnallt. Und auf dem Kopf trug er einen Eisenhelm mit Nasenschutz.

„Sieht ziemlich kriegerisch aus, der Strafverteidiger“, stellte Enno fest. „Es gibt bestimmt viele Leute, die sich von ihm einschüchtern ließen. Außerdem braucht man ein gesundes Selbstbewusstsein, um in dieser auffälligen Montur durch Borkum zu laufen.“

Mona nickte.

„Für uns ist es ein großer Vorteil, dass Huizinga gleich nach der Ankunft in seinen Wikingerdress gestiegen ist. Es gibt garantiert Zeugen, die ihn vor seinem Tod noch gesehen haben und sich an ihn erinnern können. Auf dem Flugplatz konnte ich leider nicht erfahren, in welche Richtung der Nordmann verschwunden ist oder ob er von jemandem abgeholt wurde. Aber ich habe ja auch gerade erst angefangen, mich nach Huizinga zu erkundigen.“

Enno deutete auf seine Notizen.

„Mir ist es leider nicht gelungen, die Ehefrau zu finden. Auf dem Festnetzanschluss der Huizingas in Jever läuft nur der Anrufbeantworter. Ich habe die Kollegen vor Ort gebeten, einen Streifenwagen vorbeizuschicken. Das Haus macht einen unbewohnten Eindruck. Die Funkwagenbesatzung hat mit einigen Nachbarn gesprochen. Auf diese Weise erfuhren sie wenigstens die Mobilfunknummer von Annika Huizinga. Aber das Handy ist ausgeschaltet.“

„Konnten die Kollegen sonst noch etwas herausbekommen?“

„Ja, Mona. Die Huizingas leben zurückgezogen und pflegen keine Kontakte zu den anderen Ehepaaren in der Einfamilienhaussiedlung. Sie gelten als arrogant und überheblich, sind nicht beliebt. Weder Annika noch Fokke Huizinga sind während der vergangenen Tage gesehen worden. Und das hat offenbar niemanden gestört.“

„Hast du auch bei der Kfz-Zulassungsstelle angerufen?“

„Selbstverständlich. Der Strafverteidiger besaß einen Nissan SUV, seine Frau besitzt einen Toyota Corolla. Der Nissan konnte bereits gefunden werden, er steht auf dem Parkplatz des Flughafens von Emden. Das Auto der Ehefrau habe ich zur Fahndung ausschreiben lassen.“

„Sehr gut, Enno. Noch wissen wir nicht, ob Annika Huizinga in den Mord an ihrem Ehemann verwickelt ist. Wir sollten herausfinden, ob sie sich auf Borkum befindet."

Mona griff nun selbst zum Telefon und rief bei der Kurverwaltung an. Dort war der Name Annika Huizinga allerdings nicht verzeichnet.

„Das muss nichts zu bedeuten haben", stellte Enno wenig später fest. „Du weißt doch auch, dass manche Vermieter ihre Gäste wegen der Kurtaxe erst mit Zeitverzögerung anmelden. Immerhin wissen wir schon mal, wie die Gesuchte aussieht."

Der Oberkommissar schickte ein Foto auf Monas Smartphone. Sie öffnete die Bilddatei und erblickte das Gesicht einer attraktiven Vierzigerin, die nach Botox-Gebrauch aussah.

„Gute Arbeit, Enno. Wo hast du die Aufnahme her?"

„Ich erfuhr von den Kollegen, dass Annika Huizinga einen Kosmetiksalon in Jever besitzt. Der Laden hat eine Homepage, und da habe ich mir das Bild der Inhaberin einfach runtergeladen."

„Ich finde es jedenfalls höchst verdächtig, dass die Ehefrau offenbar völlig untergetaucht ist", sagte Mona. „Entweder weiß sie noch gar nichts vom Tod ihres Gatten oder sie befindet sich längst im Ausland auf der Flucht."

Die Kommissarin stand auf. Sie wollte noch einige mögliche Zeugen befragen, die Huizinga vor seiner Ermordung hätten bemerken können.

„Nach der Arbeit schaue ich mal bei Birte vorbei und rede mit ihr, Enno. Wir sehen uns dann morgen."

In den Augen des hünenhaften Ostfriesen lag ein seltsamer Glanz.

„Ja, das ist sehr nett von dir. Und grüße meine Frau bitte ganz herzlich von mir."

Mona wandte sich schnell ab und ging hinaus. Sie hatte einen dicken Kloß im Hals. Es machte sie wütend, ihren Dienstpartner so traurig und hilflos zu sehen. Sie hoffte wirklich, mit Birte vernünftig reden zu können. Es durfte doch einfach nicht wahr sein, dass eine gestandene und lebenserfahrene Frau sich von so einem Schaumschläger einwickeln ließ!

Zunächst machte Mona mit ihren Befragungen weiter. Sie nahm sich die wenigen Taxifahrer vor, die es auf der Insel gab. Keiner von ihnen wollte einen Mann in Wikingertracht gefahren haben. Die Zeugen kamen der Kommissarin glaubhaft vor.

Sie redete auch mit einigen Insulanerinnen an der Ostfriesenstraße und am Barbaraweg, die in den Gärten ihrer Friesenhäuser arbeiteten. Wenn sie zur fraglichen Zeit ebenfalls vor der Tür gewesen waren, hätte ihnen Huizinga auffallen müssen. Mona sprach ebenfalls Hundebesitzer an, die ihre Vierbeiner Gassi führten. Aber es gab niemanden, der sich an einen Mann mit Huizingas Aussehen erinnerte. Es war, als ob der Nordmann sich nach dem Verlassen des Flughafens in Luft aufgelöst hatte.

Die Busfahrer schüttelten ebenfalls die Köpfe, als sie das Bild des Toten erblickten.

Mona schlussfolgerte, dass Huizinga per Pkw abgeholt worden war. Das würde erklären, weshalb er kein Aufsehen erregt hatte. Aber zu wem war das spätere Opfer ins Auto gestiegen? Zu seinem Mörder?

Bei Einbruch der Dunkelheit machte Mona einstweilen Feierabend. Sie schwang sich auf ihr Hollandrad und fuhr zum Haus des Geistheilers. Es befand sich in Alleinlage am Ende der Upholmstraße, links und rechts von den Binnenwiesen eingerahmt. Auf den ersten Blick unterschied sich das Gebäude nicht von den anderen Ferienhäusern auf der Insel, war allerdings etwas größer. Die Kommissarin hatte erfahren, dass es früher einer kleinen Gewerkschaft als Erholungsheim diente. Nach einer Zeit des Leerstands war es von Brock gekauft und restauriert worden. Offenbar verdiente der Esoteriker genug Geld, um sich so ein großes Objekt auf der beliebten Ferieninsel leisten zu können.

Das Grundstück war mit einer kniehohen Mauer aus Feldsteinen eingefriedet. Am Eingang prangte ein Holzschild mit der Aufschrift *Hafen des Lichts*. Mona ließ ihr Rad zurück und trat in den weitläufigen Garten. Es gab einige Apfel- und Birnenbäume. Unter einem davon machte ein Mann einen Kopfstand, wobei er seine Beine an den mächtigen Stamm lehnte.

Die Kommissarin blinzelte irritiert. Aber da keine andere Person in Sichtweite war, ging sie auf den Kopfsteher zu.

„Moin. Haben Sie einen Moment Zeit?“

Mona fragte sich, ob sie Jeremias Brock persönlich vor sich hatte. Aber das war nicht möglich. Sie kannte das Bild des Geistheilers, es prangte auf seiner Homepage. Dieser Mann hier war mindestens zwanzig Jahre jünger als der Besitzer des Hauses.

Nun löste er sich von dem Baumstamm und kam federnd auf die Beine. Die Kommissarin musste sich eingestehen, dass er gar nicht schlecht aussah. Der Unbekannte war groß und braun gebrannt. Seine Haare standen wirr vom Kopf ab, aber sein offenes Lächeln und der Blick seiner blauen Augen machten ihn für Mona sympathisch.

„Willkommen im *Hafen des Lichts*. Ich bin Klaas. Und wie heißt du?"

Er streckte Mona seine große, kräftige Hand entgegen. Obwohl sie ihn spontan sympathisch fand, ging sie auf Distanz. Unwillkürlich machte sie einen Schritt rückwärts und zeigte ihre Dienstmarke.

„Ich heiße Mona Sander und arbeite für die Polizei Borkum."

„Polizei?" Klaas hob die Augenbrauen. „Ist ein Verbrechen geschehen?"

Mona ging auf die Frage nicht ein.

„Ich möchte mit Birte Moll sprechen."

Klaas nickte.

„Das ist jetzt möglich. Wir haben unser gemeinsames Lichtbad beendet und begeben uns bald zur Nachtruhe."

„Nur Sie mussten noch schnell einen Baum umarmen?"

Klaas schaute Mona tief in die Augen, als ob er bis auf den Grund ihrer Seele schauen wollte.

„Sie können sich ruhig über uns lustig machen, Frau Kommissarin. Aber auch in Ihrem Inneren verbergen sich Dinge, von denen Sie noch gar nichts ahnen."

Und das ist auch gut so, dachte Mona. Sie sagte: „Wo finde ich denn nun Frau Moll?"

„Am einfachsten benutzen Sie den Hintereingang bei der Küche. Dort kommen Sie auf einen Flur. Es ist das zweite Zimmer auf der linken Seite. Wenn Sie wollen, bringe ich Sie dorthin."

„Nein, danke. Ich wollte Sie nicht von Ihren Übungen abhalten."

Klaas ließ ein jungenhaftes Lächeln sehen.

„Wenn man auf dem Kopf steht, betrachtet man die Welt aus einer anderen Perspektive, Frau Kommissarin."

„Ich werde darüber nachdenken, wenn ich meine philosophischen fünf Minuten habe. Wir sehen uns, Herr ...?"

„Ich heiße Kossen mit Nachnamen. Aber es ist mir lieber, wenn man mich Klaas nennt."

Mona nickte dem Mann zu und umrundete das Haus. Irgendwo hörte sie eine Frau singen. Birtes Stimme war es nicht, so viel stand fest. Mona hatte keinen Durchsuchungsbeschluss, aber danach hatte

Klaas auch gar nicht gefragt. Außerdem war sie privat hierher gekommen. Und warum musste sie dem Kopfsteher dann unbedingt ihre Dienstmarke zeigen?

Mona hatte sofort klarstellen wollen, dass sie nicht an den fragwürdigen Künsten eines Geistheilers interessiert war.

Die Küchentür ließ sich problemlos öffnen, denn es war nicht abgeschlossen. Es roch nach Steckrüben, der „ostfriesischen Ananas". Die Kommissarin musste grinsen. Sie hatte angenommen, dass es im *Hafen des Lichts* nur exotische Gerichte geben würde. Mona beschloss, an ihren Vorurteilen zu arbeiten. Trotzdem – einheimische Gerichte und ein freundlicher kopfstehender junger Mann machten ihr diesen Geistheiler noch lange nicht sympathisch.

Mona klopfte an die Tür von Birtes Zimmer und trat dann sofort ein.

Ennos Frau saß auf einem Bett und las in einem Buch. Aber sie war nicht allein. Es handelte sich um ein Zwei-Bett-Zimmer. Die Mitbewohnerin schien ebenfalls in Birtes Alter zu sein. Ennos Frau lächelte, als sie die Kommissarin erblickte.

„Mona, was für eine nette Überraschung! Was machst du denn hier? Ich möchte dir eine gute Freundin vorstellen. Das ist Annika Huizinga."

Mona konnte nicht glauben, mit wem Birte hier zusammenlebte.

Die Ehefrau des Mordopfers kam lächelnd auf die Kommissarin zu.

Kapitel 5

Monas Gedanken wirbelten durcheinander. Eigentlich hatte sie mit Ennos Frau sprechen wollen, um die Ehekrise ihres Dienstpartners zu beenden. Stattdessen sah sie sich nun wieder mit ihrem aktuellen Fall konfrontiert.

Ihr Gesichtsausdruck spiegelte offenbar ihre Verwirrung wider. Birte lachte freundlich und zwinkerte ihr zu.

„Was ist denn los, Mona? Man könnte meinen, du hättest einen Geist gesehen."

Bevor die Kommissarin antworten konnte, wandte sich Ennos Frau nun an ihre Mitbewohnerin.

„Mona ist auch bei der Polizei, genau wie mein Mann. Spürst du auch, wie angespannt sie ist, Annika?"

Die andere Frau nickte.

„Ja, eine Lichtdusche könnte ihr wirklich guttun."

Mona atmete tief durch. Sie führte sich vor Augen, dass sie gleich eine Todesnachricht würde übermitteln müssen. Oder wusste Annika Huizinga längst, dass ihr Ehemann tot war? Birtes Zimmergenossin lächelte so verzückt, als ob sie gerade einen Joint geraucht hätte. Aber darauf deutete nichts hin.

„Es stimmt, ich bin Kommissarin bei der Polizei Borkum. – Vermissen Sie Ihren Mann gar nicht, Frau Huizinga?"

Die Angesprochene wirkte völlig arglos. Oder war sie einfach nur eine gute Schauspielerin?

„Nein, Fokke hat sich für einen anderen Lebensweg entschieden. Er ist leider nicht bereit, dem spirituellen Pfad zu folgen. Jeremias hat mir prophezeit, dass es so kommen würde. Fokkes Vibrationen waren äußerst negativ."

Mona kniff die Augen zusammen.

„Sie sprechen von Ihrem Mann in der Vergangenheitsform?"

Annika Huizinga nickte.

„Ich glaube nicht, dass es für Fokke und mich noch eine gemeinsame Basis gibt. Ich werde mich von ihm trennen. Jeremias sagt, dass man loslassen können muss."

Mona atmete tief durch.

„Leider muss ich Ihnen mitteilen, dass Ihr Mann tot aufgefunden wurde. Es deutet alles darauf hin, dass ihn jemand getötet hat."

Während ihrer Polizeilaufbahn hatte Mona schon öfter Todesnachrichten überbringen müssen. Daher kannte sie die unterschiedlichsten Reaktionen von Angehörigen. Manche brachen sofort in Tränen aus, andere verschlossen die Augen vor der Wirklichkeit. Es gab auch Hinterbliebene, die in Schockstarre fielen.

Annika Huizinga schüttelte nur lächelnd den Kopf.

„Ich fürchte, dass Fokke von seinem Schicksal ereilt wurde. Es ist genauso gekommen, wie Jeremias es vorhergesagt hat."

Birte nickte.

„Ja, seine vorausschauende Weisheit ist verblüffend."

Mona konnte nicht glauben, was sie hier zu hören bekam. Die beiden Frauen zeigten kein erkennbares Zeichen von Bedauern. Bei Birte konnte die Kommissarin es ja noch verstehen. Wahrscheinlich hatte Ennos Frau den Ermordeten überhaupt nicht gekannt. Für die Gefühllosigkeit von Huizingas Ehefrau hatte sie hingegen kein Verständnis. Sie hatte sich soeben erst recht verdächtig gemacht. Und für den Geistheiler galt das Gleiche. Mona hakte nach.

„Also hat Jeremias Brock Ihnen mitgeteilt, dass Ihr Mann einen gewaltsamen Tod erleiden würde?"

Annika Huizinga schaute die Kommissarin an, als ob sie etwas sehr Dummes gesagt hätte.

„So wörtlich dürfen Sie das nicht nehmen. Jeremias redete nicht über Mord. Er hat aber deutlich gespürt, dass mein Mann voll mit negativer Energie war. Seit ich mich diesem schädlichen Einfluss entzogen habe, blühe ich auf wie eine Rose."

Mona hatte große Mühe, ihre Zunge im Zaum zu halten. Die Selbstzufriedenheit der frischgebackenen Witwe war für die Ermittlerin nicht nachzuvollziehen. Ob Annika Huizinga an der Ermordung ihres Mannes beteiligt gewesen war? Falls das zutraf, dann schien sie keine große Angst vor der Strafverfolgung zu haben. Nach Monas Meinung tat sie jedenfalls alles, um den Verdacht auf sich zu ziehen.

„Seit wann sind Sie auf Borkum, Frau Huizinga?", fragte die Kommissarin.

„Seit letztem Mittwoch. Erst wohnte ich allein in diesem Zimmer, dann kam meine liebe Birte zu mir. Es ist, als würden wir uns schon ewig kennen. Wir sind geistige Schwestern."

Ennos Frau und Annika Huizinga umarmten einander. Mona spürte, dass ihre Geduld bald erschöpft sein würde.

„Interessiert es Sie gar nicht, auf welche Art Ihr Mann ums Leben kam? Oder wissen Sie es vielleicht schon?“

Auf Annika Huizingas Gesicht lag immer noch ein überirdisches Lächeln. Nur Birte merkte, worauf die Ermittlerin hinauswollte.

„Was soll das, Mona? Verdächtigst du meine Freundin?“

Die Kommissarin atmete tief durch, bevor sie antwortete.

„Du bist mit einem Kriminalisten verheiratet, Birte. Eigentlich solltest du wissen, dass jeder verdächtig ist, der Motiv und Gelegenheit hat. Für mich klingt es nicht so, als ob die Ehe deiner neuen Freundin besonders glücklich gewesen wäre.“

Annika Huizinga nickte eifrig.

„Das war sie auch nicht. Fokke und ich hatten uns auseinandergelebt. Er konnte nicht verstehen, dass ich dem spirituellen Pfad folgte. Er machte sich sogar über Jeremias lustig.“

Den letzten Satz stieß die Witwe so empört hervor, als ob ihr Mann eine Gotteslästerung begangen hätte. Vielleicht empfand sie es ja wirklich so.

Birte war hellhörig geworden.

„Annika, du solltest nicht so frei von der Leber weg reden. Es kann sein, dass Mona dir den Mord an deinem Mann in die Schuhe schieben will.“

„So etwas tue ich nicht“, widersprach die Ermittlerin. „Birte, das hier ist die Wirklichkeit. Hier geht es anders zu als in den Krimis, die du schreibst. Außerdem schweben wir nicht in geistigen Sphären, sondern halten uns an harte Fakten. Wer unschuldig ist, hat die Justiz auch nicht zu fürchten.“

Mona hatte eigentlich Birtes Vertrauen gewinnen wollen, aber danach sah es im Moment überhaupt nicht aus. Sie wusste allerdings nicht, was sie dagegen tun konnte. Immerhin wusste sie nun, wo sich die vermisste Ehefrau des Toten aufhielt. Aber das war auch kein Trost.

„Ihr Ehemann kam gestern Abend nach Borkum, Frau Huizinga. Wo waren Sie zu der Zeit?“

„Da hatte ich eine Einzelsitzung bei Jeremias, hier im Haus. Er kann bestätigen, wo ich mich aufgehalten habe.“

Und wahrscheinlich war ein halbes Dutzend Geister ebenfalls dabei, dachte Mona. Sie konnte sich gerade noch bremsen, bevor sie diesen Satz aussprach. Sie wollte es sich mit Ennos Frau schließlich nicht endgültig verderben.

„Du siehst, Annika ist vollkommen unschuldig“, sagte Birte triumphierend. Darauf erwiderte Mona nichts.

„Ich möchte gern mal euren Jeremias kennenlernen“, sagte sie stattdessen. Die Witwe schüttelte den Kopf.

„Momentan hat er eine Einzelsitzung mit Paula und darf nicht gestört werden.“

Mona seufzte. Sie hielt es für besser, den Geistheiler gemeinsam mit Enno zu befragen. Wenn sie mit der Brechstange an Informationen zu kommen versuchte, würde sie letztlich nichts erreichen. Das war ihr in der Vergangenheit leider nur allzu oft passiert. Die Kommissarin kündigte an, Jeremias Brock auf die Wache vorladen zu wollen. Dort konnte er gewiss besser vernommen werden als hier im *Hafen des Lichts*, inmitten seiner Anhänger.

„Sie können mit dem gerichtsmedizinischen Institut Oldenburg Kontakt aufnehmen, Frau Huizinga“, erklärte Mona abschließend. „Nach der Obduktion werden Ihnen die sterblichen Überreste Ihres Mannes übergeben. Normalerweise beauftragen die Angehörigen einen Bestatter mit der Abwicklung.“

Annika Huizinga schien nur halb zugehört zu haben.

„Fokkes Geist ist jetzt von seinem gierigen und unzufriedenen Körper befreit.“

Mona hatte einstweilen die Nase voll. Sie musste das Haus dringend verlassen. Aber zuvor nahm sie noch Birte beiseite.

„Enno vermisst dich sehr. Und ich finde, du solltest dich von einem Spezialisten auf dem Festland gründlich untersuchen lassen. Danach kannst du immer noch zu deinem Quacksal... äh, Geistheiler zurückkehren.“

Birte lächelte.

„Sage Enno, er soll sich keine Sorgen machen. Es geht mir hier so gut wie noch niemals zuvor.“

Mona war bedient. Wie hatte sich Birte nur so verrennen können?

Als die Kommissarin am nächsten Morgen ihr Büro betrat, war Enno schon da. Er warf ihr einen hoffnungsvollen Blick zu.

„Moin, Mona. Hast du mit Birte gesprochen?“

Der hünenhafte Ostfriese konnte jetzt eine gute Nachricht dringend gebrauchen. Leider hatte Mona in der Hinsicht nichts anzubieten. Besonders gut geschlafen hatte sie außerdem nicht. Nach ihrer unerwarteten Begegnung im Hafen des Lichts war Mona noch in der

Traditionskneipe *Seekiste* eingefallen, um sich einen steifen Grog zu genehmigen. Das geistige Getränk hatte ihr dabei geholfen, Abstand von dem Geistheiler und dessen Gefolgschaft zu gewinnen. Aber da sie nicht viel Alkohol vertrug, war ihr Kopf an diesem Morgen schwer.

Mona erzählte, mit wem Birte sich jetzt ihr Zimmer teilte.

„Enno, auf mich macht deine Frau einen gesunden Eindruck. Wir müssen es schaffen, dass ein Krebsspezialist deine Frau untersucht. Und das wird uns gelingen, wenn wir Brocks Glaubwürdigkeit unterminieren. Er gibt Annika Huizinga ein Alibi, aber vielleicht ist er selbst nicht ganz koscher?“

Enno nickte entschlossen. Er versuchte, sich seine Enttäuschung nicht anmerken zu lassen. Mona gegenüber gelang das nicht.

„Ich schicke diesem Quacksalber eine Vorladung“, sagte die Kommissarin. „Und dann werden wir den Knaben gründlich durchleuchten. Außerdem sollten wir schon mal beim Landeskriminalamt anfragen. Womöglich wurde in anderen Dienststellen bereits gegen ihn ermittelt. Wir müssen jede Information sammeln, die wir bekommen können. Was hältst du davon, wenn wir den Donkers noch einen Besuch abstatten?“

Der Oberkommissar schaute Mona zerstreut an.

„Weshalb?“

Sie konnte sich selbst gerade noch davon abhalten, mit den Augen zu rollen.

„Weil wir jetzt den Namen des Mordopfers kennen. Ich habe gestern Abend noch die Einzelverbindungsnachweise von Huizingas Handy angefordert. Er hat während der letzten Wochen mehrfach mit Elske Donker telefoniert. Wenn dieses saubere Ehepaar eine Bekanntschaft mit Huizinga jetzt leugnet, dann haben wir sie am Kanthaken. Wenn die Donkers Huizinga nicht umbrachten, so dürften sie auf jeden Fall das Boot aufs offene Meer geschleppt haben. Ich glaube nicht, dass Hoogstraat etwas damit zu tun hat. Es käme also nur noch die Besatzung der *Lydia Martens* infrage.“

„Ach, das hätte ich beinahe vergessen“, erwiderte Enno. „Die Kollegen haben angerufen. Die Eigner dieser Yacht wurden befragt. Sie gaben an, ein Feuer bemerkt zu haben. Aber sie meldeten es nicht der Küstenwache, weil sie die Flammen weit achteraus am Strand erblickten. Sie glaubten, das wäre keine große Sache.“

„Wahrscheinlich war das Boot zu dem Zeitpunkt schon angelandet“, murmelte Mona. Sie fand die Tatsache viel schlimmer, dass Enno dieses wichtige Ermittlungsergebnis beinahe unabsichtlich verschwiegen hätte.

„Die *Lydia Martens* gehört einem gewissen Jens Bonner“, sagte Enno. „Ich habe schon eine Personenabfrage gemacht. Polizeilich liegt gegen ihn bisher nichts vor. Ob es eine Verbindung zwischen Bonner und Huizinga gibt, müssen wir noch herausfinden.“

Mona fuhr ihren Computer hoch.

„Ich bin gespannt, ob wir die Donkers im System haben – hey, das glaube ich jetzt nicht!“

„Was ist denn los, Mona?“

„Die Hamburger Kollegen haben Elske Donker vor drei Jahren verhaftet. Die Anklage lautete auf Beischlafdiebstahl. Sie hat zu der Zeit als Prostituierte gearbeitet. Die Strafe wurde zur Bewährung ausgesetzt, allerdings muss sie sich noch regelmäßig bei ihrem Bewährungshelfer melden. Vor einem Jahr hat Elske geheiratet, zuvor trug sie den Nachnamen Hofmann.“

Der Oberkommissar fuhr sich nachdenklich mit der Hand über seine graue Kurzhaarfrisur.

„Eine ehemalige Prostituierte als Ehefrau eines erfolgreichen Unternehmers? Für manche Leute ist das immer noch ein Tabu. Womöglich wurden die Donkers dadurch erpressbar. Und das ist allemal ein überzeugendes Mordmotiv.“

„Ich bin gespannt, was sie zu unseren neuen Erkenntnissen zu sagen haben.“

Mona und Enno stiegen in ihren Dienstwagen und fuhren zum Hafen hinunter. Es versprach, wieder ein schöner Tag auf Borkum zu werden. Die bunte Kleinbahn brachte eine große Ladung Neuankömmlinge Richtung Inselbahnhof. Nach einigen Minuten hielt Mona die Stille im Auto nicht mehr aus.

„Enno, es geht deiner Frau gut. Ich bin keine Ärztin, aber ich glaube nicht, dass Birte wirklich an Krebs leidet. Wenn wir diesen Scharlatan entzaubern können, dann wird alles wieder gut.“

„Am liebsten würde ich dem Kerl jeden Knochen im Leib brechen“, knurrte Enno gefährlich leise. Mona erschrak. Ihr Kollege war normalerweise die Ruhe selbst und neigte nicht zu übertriebener Gewaltanwendung. Sie konnte sich nicht erinnern, jemals zuvor eine solche Drohung aus seinem Mund gehört zu haben. Hinzu kam, dass

Enno von seinen Kräften her sehr wohl in der Lage war, seinen Worten Taten folgen zu lassen. Er war bärenstark.

Die Kommissarin fragte sich, ob es wirklich eine gute Idee war, Brocks Befragung gemeinsam mit Enno durchzuführen. Wenn ihr Dienstpartner die Nerven verlor, konnte er dadurch seine Polizeikarriere ruinieren. Und das so wenige Jahre vor der Pensionierung!

„Du musst dich zusammenreißen, Enno. Darf ich dich erinnern, mit was für üblen Typen wir schon fertiggeworden sind? Da werden wir doch nicht vor so einem merkwürdigen Geistheiler die Segel streichen."

Enno grinste und schaute auf seine großen Pranken, mit denen er das Lenkrad hielt.

„Wenn du dabei bist, dann wird schon alles gut gehen. Du passt auf mich auf, ja?"

Normalerweise war der Oberkommissar beherrschter und abgeklärter als seine jüngere Kollegin. Nun kam es Mona so vor, als ob sie ihre Rollen vertauscht hätten. Sie wusste nicht, so sie sich darüber wirklich freuen sollte.

Immerhin befand sich die *Cassandra II* noch an ihrem Liegeplatz, als Mona und Enno auf die Yacht zukamen. Elske Donker saß wieder auf dem Achterdeck. Sie hatte ihre nackten Füße gegen die Bordwand gestemmt und lackierte ihre Zehennägel.

Als die beiden Ermittler die Yacht betraten, blickte sie auf.

„Ich kann mich nicht erinnern, Sie an Bord gebeten zu haben."

Mona ging nicht darauf ein.

„Moin, Frau Donker", sagte sie freundlich. „Wir dachten uns, dass es Sie interessieren würde, wie die Brandleiche in dem Boot hieß. Der Name war Fokke Huizinga. Sagt Ihnen das etwas?"

Die Lider der jungen Frau flatterten. Aber vielleicht bildete Mona sich das auch nur ein.

„Huizinga? Nein, von diesem Menschen habe ich noch nie gehört."

„Das ist seltsam", schaltete sich Enno ein. „Wir wissen, dass Sie mehrfach mit ihm telefoniert haben."

Elske Donker zuckte zusammen. Sie leugnete immer noch.

„Es kann sein, dass hier jemand angerufen und sich verwählt hat."

„Aber mit so einem Menschen telefoniert man doch keine acht Minuten am Stück", stellte Mona energisch fest. „Nun mal *Butter bei die Fische*, wie man hierzulande sagt. Was wollte Huizinga von Ihnen? Haben Sie etwas mit seinem Tod zu tun?“

Elske Donker begann zu weinen.

In diesem Moment kam ihr Ehemann aus Richtung Fährhafen auf die Yacht zu. Unheilverkündend zog er seine Augenbrauen zusammen.

„Was ist denn hier los, verflucht? Elske, was haben die Bullen mit dir gemacht?“

„Nicht in dem Ton“, sagte Mona scharf. „Wir haben Ihrer Frau eine ganz normale Frage gestellt.“

„Ich werde hier als Mörderin abgestempelt“, brachte Elske Donker hervor. Sie schien ihren Gefühlsausbruch überhaupt nicht im Griff zu haben. Jan Donker ballte die Fäuste und sprang an Bord, aber Enno baute sich vor ihm auf.

„Tun Sie nichts, was Sie später bereuen könnten, Herr Donker.“

Der Oberkommissar erhob seine Stimme nicht. Aber seine imposante Erscheinung überragte den Wüterich fast um Haupteslänge. Donker stieß langsam die Luft aus den Lungen. Immerhin wurde er nicht handgreiflich, was Mona schon als Teilerfolg wertete. Sie legte beruhigend ihre Hand auf Elskes Schulter.

„Sie werden verstehen, dass wir diesen rätselhaften Todesfall aufklären müssen. Und wenn Sie die Unwahrheit sagen, dann geraten Sie natürlich ins Fadenkreuz unserer Ermittlungen. Es wäre am besten, wenn Sie uns jetzt erzählen würden, was wirklich geschehen ist.“

Elske rang nach Luft. Ihre Nase war rot, ihre Unterlippe zitterte, die Wangen glänzten von ihren Tränen. Sie hatte buchstäblich Rotz und Wasser geheult. Aus geröteten Augen schaute sie Mona an.

„Meinen Sie wirklich?“

„Kein Wort, Elske!“, rief ihr Mann, der immer noch von Enno abgeschirmt wurde. „Unser Privatleben geht die Polizei nichts an.“

„Wir wissen, dass Ihre Frau eine Prostituierte gewesen ist“, sagte Mona. „Um dieses Geheimnis müssen Sie sich also keine Sorgen machen. Aber Ihnen ist der Ernst der Lage offenbar immer noch nicht klar. Wir führen hier eine Morduntersuchung.“

„Wollen Sie nicht noch etwas lauter schreien, damit gleich der ganze Yachthafen über Elske Bescheid weiß?“, fauchte Donker. „Also gut, wir werden mit Ihnen sprechen. Dann aber in der Kabine.“

Mona hatte gar nicht laut geredet. Sie glaubte auch nicht, dass jemand auf einem der anderen Boote ihre Worte mitbekommen hatte. Immerhin zeigten sich die Donkers nun entgegenkommend. Ob sie den Kriminalisten Lügen auftischen würden, war allerdings eine ganz andere Frage.

Mona und Elske stiegen in die holzgetäfelte Kabine hinunter, gefolgt von Enno und Jan Donker. Der Oberkommissar behielt den Ehemann im Auge. Sie setzten sich um den am Boden festgeschraubten Holztisch, wobei Mona sich gegenüber der ehemaligen Prostituierten setzte. Enno nahm neben ihr Platz, Jan gesellte sich zu seiner Frau. Elske legte ihren Kopf an seine Schulter.

„Sie müssen verstehen, dass ich eben so außer mir war", sagte Elske mit matter Stimme. „Die Zeit auf dem Strich war ein einziger Alptraum für mich. Ich hätte es damals nicht für möglich gehalten, dass ich diesem Sumpf jemals würde entkommen können. Aber dank Jan habe ich es geschafft."

Sie warf ihrem Ehemann einen verliebten Blick zu.

„Wie lernten Sie einander kennen?", wollte Mona wissen. Donker lachte ohne Humor.

„Dreimal dürfen Sie raten, Frau Sander. Wie lernt ein Freier eine Prostituierte kennen? Ich war damals mit Geschäftsfreunden in Hamburg, wir machten eine St.-Pauli-Tour und landeten irgendwann in einem Bordell. Dort traf ich Elske. Und es war für uns beide Liebe auf den ersten Blick. Sie können ruhig lachen."

Mona schüttelte den Kopf.

„Ich finde nicht, dass Liebe etwas Lächerliches ist."

„Jan war ganz anders als die Dreckskerle, die sonst zu mir kamen", betonte Elske. „Er hat gleich bei unserem ersten Treffen gesagt, dass er sich für mich ein anderes Leben wünscht. Das war so süß von ihm, ich muss heute noch weinen, wenn ich daran denke."

Und wirklich wurden Elskes Augen wieder feucht. Jan strich beruhigend über ihren Rücken.

„Ich will es kurz machen. Für mich war die Vorstellung unerträglich, dass meine Freundin von diesen Widerlingen angefasst wurde. Also einigte ich mich mit ihrem Zuhälter."

„Sie haben Ihre Frau freigekauft?", vergewisserte sich Enno.

„Ja, so ist es. Ich musste eine Zeit lang verhandeln, aber ich bin ein guter Geschäftsmann. Letztlich konnte ich Elske aus dieser Hölle loseisen, und wir heirateten so bald wie möglich."

„Diesen Teil der Geschichte haben wir verstanden“, sagte Mona. „Und wo kommt Huizinga ins Spiel?“

Donker wollte wieder das Wort ergreifen, aber seine Frau kam ihm zuvor.

„Huizinga muss mich gestalkt haben. Vielleicht hat er mich auch nur zufällig gesehen und wiedererkannt. Er hat wohl öfter beruflich in Oldenburg zu tun, und auf Borkum ist er dann ja leider auch aufgetaucht. Ich weiß nicht, woher er meine Telefonnummer hatte. Huizinga rief mich mehrmals an.“

„Und was wollte er von Ihnen?“

„Sex, was sonst?“, beantwortete Elske Monas Frage. „Huizinga hat mich wiedererkannt, so viel steht fest. Wahrscheinlich ist er in Hamburg einer meiner Kunden gewesen. Ich konnte mich nicht an ihn erinnern. Für mich hatten alle diese Männer gar kein Gesicht. Es gibt nur einen, den ich wirklich anschauen will.“

Elske schmiegte sich enger an ihren Mann. Es kam der Kommissarin nicht so vor, als ob das Ehepaar für die Polizei eine Show abzog. Ihre Gefühle füreinander schienen echt zu sein. Das war allerdings auch ein erstklassiges Mordmotiv.

Enno wandte sich an Jan.

„Jetzt geht es um Sie, Herr Donker. Und wir möchten zur Abwechslung erfahren, was wirklich mit Ihrer Hand passiert ist.“

Der Unternehmer verzog den Mund, aber dann begann er zu erzählen.

„Elske hat sich mir anvertraut. Sie berichtete von Huizingas telefonischen Belästigungen. Er wollte sie unbedingt wiedersehen, wenn er nach Borkum käme. Meine Frau sollte keine Schwierigkeiten machen, sonst würde er ihre Vergangenheit an die große Glocke hängen. Ich muss dazu erklären, dass ich zu Elske stehe und keine Probleme mit ihrem Vorleben habe. Aber einer der wichtigsten Kunden meiner Firma ist die Abendländische Liga.“

„Diese erzkonservative Partei?“

„Ja, Frau Sander. Ich hätte also geschäftliche Probleme kriegen können, wenn Huizinga an die Öffentlichkeit gegangen wäre. Dieser wichtige Auftraggeber ist nicht so weltoffen wie ich. Trotzdem wollte ich mich von dem miesen Anwalt nicht erpressen lassen.“

„Dann wussten Sie also, womit Huizinga sein Geld verdiente.“

„Das ist ja nun kein Geheimnis. Er hatte Elske telefonisch angekündigt, wann sein Flugzeug auf Borkum eintreffen würde. Ich fuhr dorthin, um ihn abzuholen. Als ich Huizinga in seinem Wikingerkostüm den Flughafen verlassen sah, glaubte ich an einen schlechten Scherz."

„Was taten Sie daraufhin?"

„Ich lud ihn in das Auto, das ich mir von einem anderen Yachtbesitzer geliehen hatte. Huizinga war unglaublich dreist. Er glaubte im Ernst, dass ich ihn zu Elske bringen würde, damit er es mit ihr treiben könnte. Stattdessen verpasste ich Huizinga einen kräftigen Kinnhaken."

Donker grinste bei der Erinnerung an diesen Moment.

„Wehrte sich Ihr Gegner?"

„Kein Gedanke, Frau Sander! Dieser Kerl hatte sich als Wikinger verkleidet, aber er war nicht furchteinflößender als ein frisch geschlüpftes Küken. Huizinga schlug nicht zurück. Ich verpasste ihm noch einen weiteren Schlag und warnte ihn. Er würde sterben, wenn er sich meiner Frau näherte. Dann hielt ich an und warf ihn mitsamt seinem Gepäck hinaus."

„Wo war das?"

„An der Ostfriesenstraße."

„Die ist lang."

„Es muss ungefähr auf Höhe des Geflügelhofs gewesen sein, aber beschwören kann ich das nicht."

„Und später haben Sie Ihre Drohung dann wahr gemacht?", wollte Enno wissen.

Donker schüttelte energisch den Kopf.

„Nein, ich habe Huizinga nicht auf dem Gewissen. Er bekam von mir zwei Schläge ab, mehr nicht. Er war putzmunter, als ich ihn dort ausgesetzt habe."

„Gibt es irgendwelche Zeugen, die Huizinga dort erblickten?"

„Ich habe keine Ahnung, Frau Sander. Da ich so wütend war, habe ich mich schnell aus dem Staub gemacht. Sonst hätte ich diesen Mistkerl noch umgebracht!"

Woher sollen wir wissen, dass du es nicht getan hast?

Diese Frage stellte Mona dem Verdächtigen nur in Gedanken. Sie sagte: „Gut und schön, Sie haben also Huizinga lebend mitten auf Borkum zurückgelassen. Am nächsten Morgen wird seine verbrannte Leiche in einem Boot angetrieben, eine echte Wikinger-Bestattung. Und Sie, Frau und Herr Donker, behaupten steif und fest, den Flammenschein auf hoher See nicht bemerkt zu haben. Die

Besatzungen der beiden anderen Boote, die am frühen Morgen unterwegs waren, konnten das Feuer genau sehen. Was würden Sie an meiner Stelle von dieser Aussage halten?“

Die Eheleute schauten einander in die Augen.

„Wir müssen es wohl sagen“, brachte Elske schließlich hervor. Mona rechnete schon mit einem Mordgeständnis. Aber dann bekam sie etwas anderes zu hören.

„Es ist die Wahrheit, wir haben die Flammen nicht bemerkt. Als das brennende Boot auf den Borkumer Strand zugetrieben sein muss, hatten wir den Treibanker geworfen und befanden uns in der Kabine.“

„Weshalb, Frau Donker?“, wollte Mona wissen.

„Wir hatten Sex“, erklärte die ehemalige Prostituierte mit belegter Stimme. „Für uns gibt es nichts Aufregenderes, als es auf offener See im Morgengrauen zu tun.“

Kapitel 6

Es geschah selten, dass Mona sprachlos war. In diesem Fall fehlten ihr jedoch wirklich einige Momente lang die Worte. Enno löste die Situation auf, indem er sich erhob.

„Ich denke, wir haben für den Moment genug gehört. Herr Donker, wir konnten die Dame ermitteln, die dem Täter oder seinem Komplizen ein Ruderboot verkauft hat. Wären Sie mit einer Gegenüberstellung einverstanden?“

„Selbstverständlich“, erwiderte der Softwareunternehmer. „Ich habe nichts zu verbergen. Wenn ich auf diese Weise meine Unschuld beweisen kann, will ich es gern tun.“

„Gut. Die Emder Kollegen werden sich darum kümmern. Sie müssten dann aufs Festland fahren, wenn es so weit ist.“

„Das Ruderboot wurde in Emden gekauft?“, hakte Elske nach. „Aber Jan war die ganze Zeit bei mir, das kann ich beschwören.“

„Sie werden verstehen, dass unter den gegebenen Umständen Ihre Aussage angezweifelt werden könnte“, sagte Mona.

Die ehemalige Prostituierte öffnete den Mund, wollte protestieren. Aber ihr Ehemann legte seinen Arm um sie. „Es ist in Ordnung, Schatz. Diese Leute tun nur ihre Pflicht. Ich habe nichts zu befürchten. Du weißt doch, dass ich das Boot nicht gekauft habe.“

Elske seufzte und senkte den Kopf.

„Ja, das stimmt. Ich habe einfach nur so große Angst, dich zu verlieren.“

„Muss Liebe schön sein!“, stieß Mona hervor, nachdem sich die Ermittler verabschiedet hatten und auf dem Kai außer Hörweite waren. „Ich weiß wirklich nicht, ob die beiden uns gerade eine Schmierenkomödie vorgespielt haben oder jedes einzelne Wort wahr gewesen ist.“

„Ich glaube schon, dass Elske und Jan bis über beide Ohren ineinander verliebt sind“, brummte Enno. „Das macht sie allerdings nicht gerade unverdächtig. Huizinga macht sich an Elske heran, ihr Ehemann ist ein temperamentvoller Typ – und schon ist es geschehen. Die beiden wollen sich nicht ihr restliches Leben ruinieren. Wenn Jan ins Gefängnis muss, würde Elske mit etwas Pech vielleicht wieder in die Prostitution abrutschen. Das soll auf keinen Fall geschehen. Also haben sie die geniale Idee, das Wikingerbegräbnis zu inszenieren.“

„Aber das Ruderboot wurde doch schon zuvor gekauft."

„Ja, Mona. Womöglich wollten sie es wirklich als Beiboot benutzen oder einfach mal eine Runde rudern. Jan ist ein kräftiger Mann. Wenn er sich in die Riemen legt, könnte so ein Boot ganz schön Fahrt aufnehmen. Wie auch immer, jetzt muss das Boot als nasses Grab für Huizinga herhalten. Sie fahren im Schutz der Dunkelheit hinaus, übergießen die Leiche mit Benzin und schicken den Nordmann auf seine letzte Fahrt nach Walhalla."

„Das klang sehr überzeugend, Enno. Aber wie erklärst du dir, dass Jan Donker der Gegenüberstellung so gelassen entgegensieht?"

„Ich habe mit der Zeugin ja nur am Telefon gesprochen. Vielleicht ist die alte Dame ja schon halb blind. Wenn sie einen großen, kräftigen Mann mit Vollbart gesehen hat, dann könnte ich dir zwischen Inselbahnhof und Promenade mindestens zehn mögliche Tatverdächtige liefern."

„Wo du recht hast, hast du recht", erwiderte Mona seufzend. „Trotzdem müssen wir die Gegenüberstellung abwarten. Bei der momentanen Beweislage werden wir wohl keinen Haftbefehl für Jan Donker bekommen."

Diese Einschätzung teilte auch Hauptkommissar Oltbeck, dem Mona und Enno nach ihrer Rückkehr zur Polizeistation Bericht erstatteten.

„Also hat der Tatverdächtige die Körperverletzung zugegeben, aber den Mord oder Totschlag geleugnet?"

Mona beantwortete die Frage des Dienststellenleiters mit einem Kopfnicken.

„Huizinga kann Donker nicht mehr anzeigen, weil er einen Kinnhaken abbekommen hat. Andererseits sagt das Ehepaar Donker aus, dass Huizinga die Ehefrau genötigt haben soll."

„Das könnte auch eine Schutzbehauptung sein, um von dem Tötungsdelikt abzulenken. Die Angelegenheit ist noch zu verworren, um sie jetzt schon der Staatsanwaltschaft zu übergeben. Immerhin haben die Verdächtigen einen festen Wohnsitz und sind berufstätig. Da würde wohl kein Staatsanwalt angesichts der dürftigen Beweislage Untersuchungshaft anordnen."

„Andererseits haben die Donkers eine Yacht. Sie könnten im Handumdrehen niederländische Hoheitsgewässer erreichen", warf Enno ein. Der Vorgesetzte schaute ihn über seine Halbbrille hinweg missbilligend an.

„Um dann von den Holländern sofort an uns ausgeliefert zu werden. Muss ich Sie wirklich daran erinnern, wie gut wir mit den Polizeikräften unseres Nachbarlandes zusammenarbeiten, Herr Moll? Manchmal frage ich mich wirklich, wo Sie momentan mit Ihren Gedanken sind."

Oltbeck wusste nichts von Ennos Eheproblemen. Und das konnte auch gern so bleiben, wenn es nach Mona ging. Der Hauptkommissar war eigentlich ein verträglicher Zeitgenosse, wenn man sich buchstabengenau an die Vorschriften hielt. Aber die Kommissarin hielt ihn für ungeeignet, Enno bei seinen Sorgen zu helfen.

Das wollte sie lieber selbst tun. Enno war schließlich der einzige Freund, den sie auf Borkum hatte.

„Herr Moll hat weiter gedacht", behauptete Mona, um ihn in Schutz zu nehmen. „Natürlich überstellen uns die holländischen Kollegen einen Straftäter, wenn wir sie darum bitten. Sie sollten aber berücksichtigen, dass vom Flughafen Amsterdam-Schiphol aus jeden Tag Flüge in mindestens ein halbes Dutzend Länder gehen, die nicht an Deutschland ausliefern."

Mona hatte sich diese Zahl gerade ausgedacht. Sie hoffte nur, möglichst überzeugend geklungen zu haben. Sie wollte einfach verhindern, dass Enno jetzt auch noch Ärger mit seinem Vorgesetzten bekam. Das war so ungefähr das Letzte, was er gebrauchen konnte. Und wirklich schien ihre kleine List Erfolg zu haben.

„Ach ja, daran hatte ich gerade nicht gedacht", sagte Oltbeck und kratzte sich hinter dem Ohr. „Nichts für ungut, Herr Moll. Ermitteln Sie einfach weiter in alle Richtungen und lassen es mich wissen, wenn sich neue Gesichtspunkte ergeben."

Mona und Enno kehrten in ihr Büro zurück. Der Oberkommissar blinzelte ihr zu.

„Danke, Partnerin."

„Dafür sind Freunde doch da, oder?"

Enno lächelte ihr zu und griff zum Telefonhörer.

„Ich werde jetzt erst mal wegen der Gegenüberstellung in Emden anrufen."

Während Enno telefonierte, kam Claas Lammer herein.

„Da ist ein Herr, der nach Frau Sander fragt", sagte der uniformierte Kollege. Mona folgte ihm ins Wachlokal. Dort stand Bent Grode, der immer noch sein Wikingerkostüm trug.

„Haben Sie schon einen Verdächtigen verhaften können?“, fragte er statt einer Begrüßung.

„Moin, Herr Grode. Über laufende Ermittlungen darf ich nicht mit Ihnen sprechen. Wir werden alles tun, um den oder die Täter zu ermitteln.“

„Ich habe mit meinen Freunden gesprochen“, sagte der Freizeit-Nordmann. „Fokke mag ein Winkeladvokat gewesen sein, aber deshalb kann man ihn noch lange nicht bei lebendigem Leib verbrennen.“

„Das ist nicht geschehen, der Körper wurde posthum angesteckt. Auch das hätte ich Ihnen eigentlich nicht verraten dürfen. Gehen Sie jetzt bitte, falls Sie keine neuen Erkenntnisse für uns haben. Wir werden ohnehin noch mit Ihren Freunden sprechen, um uns ein genaueres Bild zu machen.“

„Tun Sie das, Frau Sander“, knurrte Grode. „Und sorgen Sie für Gerechtigkeit. Sonst werden diese Aufgabe andere übernehmen.“

„Wenn Sie das Gesetz in die eigene Hand nehmen wollen, sperre ich Sie ein!“, rief Mona dem selbst ernannten Wikinger nach, der sich grußlos aus der Polizeiwache entfernte. Im Eingangsbereich stieß er beinahe mit Grietje zusammen, die soeben hereinkam. Die sommersprossige Polizeimeisterin hob ihre sorgfältig gezupften Augenbrauen.

„Nanu, hat jemand dem Wikinger in sein Methorn gepinkelt?“

„Hast du noch mehr beizutragen außer dummen Sprüchen?“, grollte Mona. Grietje zuckte unbeeindruckt mit den Schultern.

„Sicher. Ich habe gerade höchstpersönlich deine Vorladung diesem Geistheiler übergeben. Jeremias Brock will pünktlich hier erscheinen, hat er mir versichert. Viel interessanter als ihn selbst fand ich allerdings seinen Adoptivsohn.“

„Adoptivsohn?“

„Ja, der Typ heißt Klaas Kossen. Der hat einen ziemlich muskulösen Body und einen knackigen Hintern. Bei dem könnte ich glatt schwach werden.“

„Kossen habe ich schon kennengelernt, der kann sogar Handstand“, spottete Mona. „Aber dass Brock ihn adoptiert hat, ist mir neu.“

„Wie auch immer, sein Herr und Meister will brav hier antraben. Das hat er mir jedenfalls versichert.“

Der Geistheiler sollte laut Vorladung um siebzehn Uhr auf der Polizeistation erscheinen. Bis dahin hörten sich Mona und Enno im

Umfeld der Ostfriesenstraße um. Es war wie verhext. Niemand wollte Huizinga gesehen haben.

Mona stemmte die Fäuste gegen ihre Hüften und legte den Kopf in den Nacken.

„Man sollte meinen, dass ein Wikinger auffällt wie ein bunter Hund."

„Das hängt davon ab, wie lange sich Huizinga hier aufgehalten hat. Immer vorausgesetzt, dass Donker überhaupt die Wahrheit gesagt hat. Wir finden offenbar keinen Zeugen, der seine Aussage bestätigt. Andererseits widerlegt sie auch niemand."

Mona war in Gedanken versunken, deshalb antwortete sie nicht. Enno hakte nach.

„Was ist los, Partnerin?"

„Wenn man hier am Upholmdeich quer durchgeht, gelangt man im Handumdrehen zu Brocks Geistheiler-Tempel. Und dort hält sich ja bekanntlich Huizingas frischgebackene Witwe auf."

Enno zwirbelte die Spitzen seines Walross-Schnurrbarts.

„Du meinst, Huizinga ist zu seiner Frau gegangen? Wusste er denn überhaupt, dass sie sich ebenfalls auf Borkum aufhielt? Du hast doch mit ihr gesprochen?"

„Ja, aber ich bin nicht sicher, ob sie mir die ganze Wahrheit gesagt hat. Ich hatte bisher angenommen, dass sich Huizinga nur ein fröhliches verlängertes Wochenende mit seinen Freizeit-Wikinger-Freunden machen wollte. Aber vielleicht gab es einen Streit zwischen den Eheleuten, der tödlich endete."

„Dann wäre Brock in die Sache verwickelt." Enno klang jetzt beinahe hoffnungsvoll. „Annika Huizinga hätte die Leiche nicht allein beseitigen können."

„Wir haben aber keinen Hinweis darauf, dass einer von den Yachtbesitzern Kontakt zu dem Geistheiler unterhielt."

„Noch nicht, Mona, noch nicht. Aber wir haben bisher nicht in diese Richtung ermittelt."

Die Kommissarin atmete tief durch, bevor sie ihren Kollegen eindringlich ansprach.

„Enno, ich kann verstehen, dass du kein Fan von Brock bist. Es ist wirklich übel, wie er deine Frau an der Nase herumführt. Aber wir dürfen uns bei der kriminalistischen Untersuchung dadurch nicht beeinflussen lassen."

Einen Moment lang schien es so, als ob der Oberkommissar aus der Haut fahren wollte. Aber dann lächelte er nur kopfschüttelnd und legte seinen Arm um Monas Schultern.

„Wenn mir jemand vor einem Monat gesagt hätte, dass ich jetzt aus dem Bauch heraus ermittle und ausgerechnet du mich vor dienstlichen Verfehlungen bewahren musst, dann hätte ich ihn für verrückt erklärt."

Mona grinste schief.

„Ich kann jetzt jedenfalls viel besser verstehen, wie du dich immer gefühlt haben musst, wenn ein Temperamentbolzen namens Mona Sander eine Ermittlung zu torpedieren drohte. Wir passen aufeinander auf, Partner. Und da ist noch eine Sache, die ich dir sagen muss."

„Ja?"

„Dein Arm ist verflixt schwer."

Enno lachte und ließ Mona los. Sie hatten noch Zeit für einen Sanddorntee im Scheunenrestaurant Upholmhof, dann war es Zeit für die Rückkehr zum Revier. Jeremias Brock erschien auf die Minute pünktlich.

Mona kannte sein Gesicht von einem Foto auf seiner Homepage. Aber in Wirklichkeit sah er nicht besonders imposant aus. Er war ein kleiner Mann mit Spitzbart und wirrem grauem Haar. Die Kommissarin hatte Vorbehalte gegen ihn, denn in ihren Augen war er ein Betrüger, der den Menschen das Geld aus der Tasche zog. Und doch musste sie sich eingestehen, dass sie ihn auf den ersten Blick sympathisch fand.

„Moin", grüßte Brock freundlich, nachdem Grietje ihn ins Dienstzimmer der Ermittler geführt hatte. Mona und Enno waren sich einig darüber gewesen, dass die Kommissarin größtenteils die Befragung durchführen sollte. Sie stellte sich und ihren Partner vor.

„Enno Moll? Dann sind Sie Birtes Gatte?", fragte der Geistheiler erstaunt.

„Wussten Sie das nicht?", knurrte Enno. „Ich dachte, Sie hören die Flöhe husten."

Brock lachte, als ob der Oberkommissar gescherzt hätte.

„Ich verfüge über spirituelle Kräfte, aber ich bin kein Hellseher oder Gaukler, falls Sie das annehmen. Bei Ihnen spüre ich eine gewaltige unterschwellige Aggression, die dringend bearbeitet werden sollte."

„Darum geht es uns aber heute nicht“, sagte Mona schnell, bevor Enno sich zu einer unüberlegten Antwort verleiten ließ. „Wir untersuchen den gewaltsamen Tod von Dr. Fokke Huizinga.“

Brock nickte. Mona hatte ihm Platz auf ihrem Besucherstuhl angeboten. So kehrte er Enno halb den Rücken zu. Sie wollte erreichen, dass Brock sich ganz auf sie konzentrierte.

„Das ist eine schreckliche Tragödie, Frau Sander. Wie kann ich helfen?“

„Es geht uns zunächst um die Bestätigung eines Alibis. Frau Huizinga gibt an, dass Sie bei ihr waren, als ihr Ehemann verschwand und wenig später ermordet wurde.“

„Ja, so ist es. Haben Sie etwa Annika im Verdacht? Sie wäre niemals zu einem so entsetzlichen Verbrechen fähig.“

„Annika Huizinga hatte also keinen Grund, ihren Mann töten zu wollen?“

„Darüber habe ich nicht zu befinden. Diese Beurteilung überlasse ich lieber der Polizei, Frau Sander. Für mich ist Annika eine Frau, mit der ich mich äußerst harmonisch vereinigen kann.“

Monas Gesichtsausdruck musste ihr Erstaunen widergespiegelt haben. Brock fuhr fort:

„Es ist nicht das, was Sie denken. Ich verkehre mit meinen Klientinnen auf einer rein geistigen Ebene. Meine spirituellen Kräfte erlauben es mir, ihre tief sitzenden Blockaden zu lösen und Krankheiten zu bekämpfen.“

„Es ist strafbar, Menschen ohne ärztliche Approbation zu behandeln.“

Diesen Kommentar hatte sich Enno nicht verkneifen können. Der Geistheiler drehte sich halb zu ihm um.

„Meine Gabe fällt eindeutig nicht in das Gebiet der Schulmedizin, Herr Moll. Es hat schon öfter Versuche gegeben, meine Tätigkeit zu kriminalisieren. Bisher sind diese Vorhaben stets gescheitert.“

„Zurück zu unserem Fall“, sagte Mona. „War Ihnen bekannt, dass Fokke Huizinga ebenfalls nach Borkum wollte beziehungsweise die Insel bereits erreicht hatte?“

„Nein, und es hätte auch für meine Arbeit keine Rolle gespielt. Nicht Herr Huizinga ist mein Klient, sondern seine Gattin hat sich mir anvertraut.“

Mona fragte nun nach Brocks Alibi für die ungefähre Tatzeit. Er bestätigte Annika Huizingas Angaben, aber das besagte nach

Meinung der Kommissarin gar nichts. Die beiden konnten sich auch abgesprochen haben. Auffallend war, dass der Geistheiler fast wortwörtlich das wiederholte, was die Ehefrau des Ermordeten gesagt hatte.

„Gibt es noch weitere Personen, die Ihre Angaben bestätigen können, Herr Brock? Immerhin sind ja in Ihrem Haus mehrere Frauen zu Gast, wenn ich das richtig sehe."

„Ein echter Harem", höhnte Enno.

Mona hätte ihn am liebsten nach draußen geschickt. Der Oberkommissar redete sich noch um Kopf und Kragen, wenn er so weitermachte. Aber Brock ging nicht auf den Zwischenruf ein. Lediglich ein ironisches Kräuseln seiner Lippen wies darauf hin, dass ihm Ennos Worte nicht entgangen waren.

„Ich kann mich gern bei den Damen erkundigen, ob sie Frau Huizinga oder mich zur fraglichen Zeit gesehen haben."

„Das ist nicht nötig, wir kümmern uns selbst um die Befragungen. Haben Sie eigentlich auch männliche Klienten?"

„Äußerst selten. Bedauerlicherweise sind viele Angehörige meines eigenen Geschlechts nicht sehr empfänglich für spirituelle Schwingungen. Ihre inneren Blockaden und Hemmungen werden dadurch immer stärker, was schließlich oft zu einer schweren Krise führt."

„Worum geht es eigentlich in den Sitzungen mit Frau Huizinga?"

„Sie werden verstehen, dass ich darüber nichts sagen möchte."

„Wieso das denn nicht?", hakte Mona nach, bevor Enno wieder einen Spruch bringen konnte. „Ich dachte, Sie unterliegen nicht der ärztlichen Schweigepflicht."

„Das ist auch nicht der Fall, Frau Sander. Aber ich will das Vertrauensverhältnis zu meinen Klientinnen trotzdem nicht zerstören. Sagen Sie, werde ich hier eigentlich einer Straftat beschuldigt? Dann würde ich nämlich gerne einen Anwalt hinzuziehen."

„Wie bedauerlich, dass einer der besten Strafverteidiger Ostfrieslands gerade ermordet wurde", sagte Enno.

Brock erhob sich von dem Besucherstuhl.

„Diese Unterredung führt offenbar zu nichts. Mein Haus steht Ihnen jederzeit offen, um mit weiteren Klientinnen oder mit meinem Sohn zu sprechen. Ich wünsche noch einen schönen Tag."

Der Geistheiler lächelte Mona zu, deutete in Ennos Richtung eine Verbeugung an und verließ das Büro. Der Oberkommissar öffnete den Mund, aber Mona legte den Zeigefinger an ihre Lippen. Sie warf einen Blick aus dem Fenster. Erst als sie Brock draußen auf der Strandstraße in Richtung Inselbahnhof davongehen sah, sprach sie ihren Partner an.

„Wir haben nichts gegen diesen Scheinheiligen in der Hand, das ist dir doch wohl auch klar?"

Enno schien gar nicht zugehört zu haben. Er starrte stumpf auf seine Schreibtischunterlage.

„Wenn Brock meine Frau angefasst hat, dann vergesse ich mich."

Mona wusste nicht, was sie darauf erwidern sollte. So etwas passierte ihr nur sehr selten. Grietje kam herein, ohne anzuklopfen. Die junge Polizeimeisterin wirkte sehr aufgeregt.

„Eine schwer verletzte Frau wurde in den Norddünen gefunden. Und sie hatte deine Visitenkarte in der Tasche, Mona!"

Kapitel 7

Die Kommissarin presste die Lippen aufeinander. Sie verteilte ihre Karten nicht wie Konfetti. Zuletzt hatte sie eine davon dieser verwirrt wirkenden Touristin gegeben, die von einem Mörder verfolgt zu werden glaubte. Wie war noch ihr Name gewesen? Laura Welling?

Mona war aufgesprungen und hatte ihre Jacke angezogen. Enno folgte ihrem Beispiel.

„Wird das Opfer bereits medizinisch versorgt?“

„Ja, die Frau wurde mit einem Rettungswagen ins Städtische Krankenhaus gebracht. Die Melderin wartet noch an der Stelle, wo sie die Verletzte gefunden hat. Es muss irgendwo an der Waterdelle sein. Ich dachte, ihr übernehmt den Einsatz, wo die Frau doch deine Visitenkarte ...“

„Wir sind dann mal weg.“

Mona unterbrach die uniformierte Kollegin. Sie und Enno stiegen in den Opel Vectra und fuhren Richtung Norddünen.

„Was war denn mit dieser Frau, der du deine Visitenkarte gegeben hast?“

Die Kommissarin berichtete kurz von ihrer Begegnung mit Laura Welling.

„Ich hielt sie für psychisch instabil. Dieser Mörder, von dem sie faselte, schien nur in ihrer Fantasie zu existieren. Als ich nach einer konkreten Person fragte, hüllte sie sich in Schweigen und lief davon.“

„Dann musstest du ja annehmen, dass die Frau das Opfer von Hirngespinsten war. Du wirst dir doch jetzt keine Vorwürfe machen?“

Mona erwiderte nichts. Sie hatte das Lenkrad mit beiden Händen umfasst und schaute stur geradeaus. Das Dienstfahrzeug war soeben an der Kurklinik Borkum-Riff vorbeigefahren. Die Kommissarin nahm den Fuß vom Gas, weil sie die Umgebung überprüfen wollte. Die mit Strandgras bewachsene Dünenlandschaft erstreckte sich bis zum Strand hinunter. Auch die Fahrbahn wurde auf dieser Höhe immer wieder mit Sand überweht, wenn der Wind entsprechend stand.

Mona hatte eine Frau entdeckt, die am Straßenrand winkte.

„Das ist Thea“, sagte Enno. Als gebürtiger Borkumer kannte er natürlich die meisten Einwohner der Insel. Erklärend fügte er hinzu:

„Sie vermietet ein paar Fremdenzimmer in ihrem Haus an der Hindenburgstraße.“

Mona parkte am Straßenrand. Die Ermittler stiegen aus, der Oberkommissar stellte seine Kollegin vor.

Thea hieß mit Nachnamen Halsema und war eine grauhaarige, füllige Frau in den Sechzigern mit einem sympathischen Gesicht. Momentan lag es allerdings in Sorgenfalten, denn offenbar hatte diese Zeugin die Verletzte gefunden. Und dieses Erlebnis war nicht spurlos an ihr vorübergegangen.

„Ist das nicht furchtbar, wenn jetzt sogar schon auf Borkum solche schlimmen Dinge passieren? Es hätte nicht viel gefehlt, und das junge Ding wäre tot gewesen. Da war alles voller Blut, da ist es ja noch zu sehen.“

Thea Halsema deutete auf dunkle Flecken im Sand neben der asphaltierten Straße. In der Umgebung des Fundortes waren zahlreiche Fußspuren zu sehen. Sie stammten wahrscheinlich größtenteils von den Rettungskräften, als sie die Verletzte in den Krankenwagen geschafft hatten. Aber Mona hoffte darauf, auch Abdrücke vom Angreifer zu finden. Oder waren es mehrere Personen gewesen, die Laura Welling das angetan hatten? Die Kommissarin wollte so bald wie möglich ein Team der Spurensicherung vom Festland anfordern.

„Erzähl doch mal, wie du das Opfer gefunden hast, Thea“, bat Enno. Da er die Zeugin kannte, duzte er sie. Die ältere Frau nickte eifrig.

„Also, ich bin zu meinem üblichen Abendspaziergang aufgebrochen. Ich wollte bis zum Drachenfeld am Strand hochgehen, weil mir die bunten Flugdrachen so gefallen. Das erinnert mich immer daran, wie meine Söhne noch Drachen steigen ließen. Na ja, und auf dem Weg durch die Dünen sehe ich plötzlich die junge Frau da liegen. Ich dachte erst, sie wäre schon tot. Ihr ganzer Hinterkopf war mit Blut bedeckt, das war abscheulich. Aber dann habe ich ihren Puls gefühlt und gemerkt, dass sie noch lebt. Dann rief ich gleich einen Krankenwagen und die Polizei.“

„Das haben Sie gut gemacht“, betonte Mona. „Ist Ihnen jemand begegnet, bevor Sie das Opfer bemerkt haben?“

Thea Halsema legte nachdenklich die Stirn in Falten.

„Na ja, ein paar Spaziergänger trifft man ja immer, wenn es nicht gerade regnet oder heftig stürmt. Und sogar dann wollen die

Unerschrockenen hinunter zum Strand, auch wenn ihnen die Gischt ins Gesicht fliegt. Also, mir ist niemand aufgefallen, der mir verdächtig vorkam."

Mona nickte. Sie führte sich die kurze Unterredung mit Laura Welling vor Augen. Die Melderin hatte von einem bestimmten Täter gesprochen, der sie umbringen wollte. Nach Monas Ansicht schien sie genau gewusst zu haben, wer diese Person war. Aber sie fürchtete sich davor, ihn bei der Polizei konkret zu beschuldigen oder seinen Namen zu nennen. Ob sie wusste, wie er hieß? Diese Frage wollte die Kommissarin dem Opfer gern erneut stellen. Vorausgesetzt, dass Laura Welling die Attacke überlebte.

„Ist dir das Opfer denn schon zuvor einmal begegnet?", wollte Enno wissen.

„Allerdings. Die Urlauberin hat ja bei mir gewohnt. Sie ist vor zwei Tagen angereist."

Mona horchte auf. Und auch Ennos Gesichtsausdruck bewies, dass ihn diese Neuigkeit überraschte.

„Warum hast du das nicht gleich gesagt, Thea?"

„Macht das einen Unterschied? Glaubst du, die Ärmste wurde niedergeschlagen, weil sie eines meiner Fremdenzimmer gemietet hat?"

„Nee, natürlich nicht", entgegnete der Oberkommissar. „Wir müssten einen Blick in ihr Zimmer werfen, wenn das möglich wäre. Womöglich finden wir dort Hinweise auf den Täter. Außerdem müssen wir die Angehörigen benachrichtigen."

„Das ist ja wie in einem Kriminalroman", stieß die Vermieterin hervor. Im nächsten Moment kam ihr der Ausruf unpassend vor.

„Entschuldigt", fügte sie hinzu. „Ich hatte noch nie zuvor mit der Polizei zu tun, das ist alles so ungewohnt für mich."

„Schon gut", brummte Enno. „Du hast nichts falsch gemacht, sondern uns bisher schon sehr geholfen, Thea."

Mona war froh, dass ihr Partner momentan wieder zu seiner üblichen besonnenen Art zurückgefunden hatte. Wenn er sich auf die Arbeit konzentrierte, schien er seine Probleme gut in den Hintergrund schieben zu können.

Die Kommissarin rief auf der Wache an und bat darum, dass uniformierte Kollegen den Fundort der Verletzten sichern sollten. Außerdem veranlasste sie, dass sich ein Spurensicherungsteam vom Festland aus auf den Weg zur Insel machte. Nachdem der

Streifenwagen vor Ort eingetroffen war, fuhren Mona und Enno mit der Zeugin zu ihrem Haus.

Thea Halsema bewohnte ein traditionelles Friesenhaus aus roten Backsteinen. Das Schild ZIMMER FREI an der Vorderfront zeugte davon, dass noch Vorsaison herrschte. Im Hochsommer oder bei Ereignissen wie dem traditionellen Meilenlauf war auf der gesamten Insel keine Übernachtungsmöglichkeit mehr zu bekommen.

„Wollt ihr einen Tee?“, fragte die Vermieterin.

„Wir würden uns gern erst das Zimmer ansehen“, erwiderte Mona. Die Inselfriesin schloss eine Tür im ersten Stockwerk auf. Der Raum war schlicht und gemütlich eingerichtet, wie man es von einem vermutlich preiswerten Privatzimmer auf Borkum erwarten konnte. Außer dem Bett und dem Schrank gab es noch einen kleinen Tisch sowie einen Stuhl und einen Sessel. Die Wände wurden von Bildern geschmückt, die Seehunde auf einer Sandbank und eine Dreimastbark unter vollen Segeln zeigten.

Mona und Enno streiften sich Latexhandschuhe aus Kunststoff über. Auch hier konnte die Spurensicherung später ihres Amtes walten, aber sie wollten sich zunächst selbst einen Überblick verschaffen.

„Das Zimmer sieht nicht bewohnt aus“, stellte Mona fest, während sie den Kleiderschrank öffnete. „Laura Welling hat ihre Reisetasche einfach nur in die Ecke gestellt, ohne ihre Anziehsachen in den Schrank zu sortieren. Hier drin ist außer ein paar Mottenkugeln nichts zu finden.“

Enno kniete auf dem Boden und zog den Reißverschluss der Reisetasche auf.

„Wäsche zum Wechseln für eine Woche“, stellte er fest. „Außerdem ein Ladekabel für ein Smartphone. Ob sie das Gerät bei sich hatte, als sie überfallen wurde?“

„Das müssen wir prüfen, Enno. Ich glaube jedenfalls nicht, dass der Täter es nur auf ihr Telefon abgesehen hatte.“

Der Oberkommissar erwiderte nichts. Mona hatte Enno bisher den Rücken zugedreht, jetzt drehte sie sich zu ihm um. Er hatte in der Seitentasche einige DIN-A4-Seiten entdeckt, die er jetzt überflog.

„Vielleicht lagst du mit deinem ersten Eindruck doch richtig, Mona.“

„Wie meinst du das?“

„Ich habe hier den Entlassungsbericht einer psychiatrischen Klinik in Kerken bei Krefeld. Laura Welling war dort wegen paranoider Wahnvorstellungen in Behandlung. Sie hat dieser Einrichtung vor vier Wochen den Rücken gekehrt, und zwar gegen ärztlichen Rat.“

Mona fuhr sich durch ihr widerborstiges rotblondes Haar.

„Das Opfer kann psychisch labil gewesen sein, aber sie wird sich wohl kaum selbst niedergeschlagen haben, Enno. Laura Welling wirkte auf mich nicht besonders kräftig. Sie könnte sich wohl kaum mit einem Schlag auf den Hinterkopf ausknocken. Abgesehen davon, dass wir am Fundort keinen geeigneten Gegenstand entdeckt haben.“

„Ja, den Angreifer muss es auf jeden Fall wirklich gegeben haben. Wenn ich dieses medizinische Fachchinesisch richtig verstehe, dann fühlte sich die Frau schon seit längerer Zeit bedroht und von einem Mörder verfolgt.“

„Also war sie gar nicht psychisch krank?“

„Das können wir wohl kaum beurteilen, Mona. Wir ernennen uns ja nicht selbst zu Medizinern, im Gegensatz zu diesem arroganten Waldschrat Brock.“

Die Kommissarin musste grinsen. Mona durchsuchte nun auch das Nachtschränkchen und die kleine Nasszelle, die zu dem Zimmer gehörte. Aber auch dort fand sie überhaupt nichts. Laura Welling hatte zwar einen Kulturbeutel dabei, er befand sich jedoch unausgepackt in der Reisetasche. Er enthielt die üblichen Hygieneartikel.

„Hat die Welling gar keine Medikamente mehr genommen?“, dachte Mona laut nach.

„Wenn sie gegen ärztlichen Rat aus der Klinik abgehauen ist, wollte sie gewiss auch keine Psychopharmaka mehr schlucken. Fragen wir doch mal Thea, was für einen Eindruck ihr Gast auf sie gemacht hat. Und der Tee dürfte inzwischen auch fertig sein.“

Die Ermittler gingen hinunter in die gemütliche Wohnküche der Vermieterin. Thea Halsema servierte den Tee in dem traditionellen ostfriesischen Friesenrose-Geschirr. Dazu reichte sie Butterkuchen. Mona griff sich sofort ein Stück, während Enno dankend ablehnte. Er war also immer noch nicht wieder in seinem seelischen Normalzustand, aber das wäre vielleicht auch zu viel verlangt gewesen. Während die Gastgeberin Tee über die Kluntjes in seiner Tasse goss, stellte er eine Frage.

„Hatte dein Gast Kontakt zu anderen Menschen, während sie hier war?“

Thea schien nachzudenken, während sie auch Monas und ihre eigene Tasse füllte.

„Nicht, dass ich wüsste. Sie sagte nur, dass sie viel spazieren gehen wollte. Das ist ja nun nichts Ungewöhnliches in der Vorsaison, oder?“

„Wie wirkte die Frau auf dich?“

Die Vermieterin hob die Schultern.

„Eigentlich ganz normal. Sie war etwas still, aber das störte mich nicht. Allerdings habe ich auch nicht viel mit ihr geredet. Wenn man bei mir ein Zimmer mietet, ist das Frühstück im Preis inbegriffen. Ich fragte sie, ob sie Kaffee oder Tee wollte. Sie meinte, dass ihr Tee lieber wäre, wo sie doch schon in Ostfriesland sei ... Mein Gott, die Ärmste. Ich hoffe, dass sie wieder ganz in Ordnung kommt.“

Theas Augen füllten sich mit Tränen. Die Ermittler schwiegen, bis sie sich wieder halbwegs beruhigt hatte. Dann ergriff die Inselfriesin von selbst das Wort.

„Da ist noch eine Sache, die mein Gast von mir wissen wollte ...“

Mona und Enno schauten Thea gespannt an.

„Sie erkundigte sich nach der Upholmstraße. Das fand ich etwas ungewöhnlich, ehrlich gesagt. Es kommt öfter vor, dass Urlauber beispielsweise wissen wollen, wie sie zum Alten Leuchtturm gelangen. Oder zum Gezeitenland. Solche bekannten Punkte, von denen man schon mal gehört hat, bevor man jemals auf Borkum war.“

Mona hakte nach.

„Und Laura Welling hat nicht nach einer bestimmten Adresse an der Upholmstraße gefragt?“

„Nein, daran würde ich mich erinnern.“

Die Kommissarin kippte Sahne in ihren Tee – selbstverständlich ohne umzurühren – und ließ die Neuigkeit sacken. Bei ihrer Begegnung mit Laura Welling hatte diese nicht still und ausgeglichen, sondern völlig panisch gewirkt. Hinzu kam, dass sich die junge Frau sozusagen selbst aus der Psychiatrie entlassen hatte. Und wenn sie nun Hilfe bei jemandem hatte finden wollen, der eine alternative Heilmethode anbot? Hatte Laura Welling bei Brock Hilfe gesucht? Und wenn ja – fühlte sie sich von einem Straftäter verfolgt, bevor oder nachdem sie dort gewesen war?

„Das ist ja sehr interessant.“

Dieser Satz kam von Enno. Mona zweifelte nicht daran, dass seine Gedanken in dieselbe Richtung gingen wie die ihren. Die Kommissarin musste sich eingestehen, dass momentan weder ihr Kollege noch sie selbst den Geistheiler objektiv beurteilen konnten. Mona konnte mit Esoterik nichts anfangen, trotzdem fand sie Brock im persönlichen Umgang nicht unsympathisch. Es hatten wahrhaftig schon richtig abstoßende Leute auf ihrem Besucherstuhl gesessen. Dass Enno nicht gut auf Brock zu sprechen war, stand auf einem ganz anderen Blatt.

Sie durften sich beide durch ihre persönlichen Gefühle nicht beeinflussen lassen. Sonst würde die Arbeit unweigerlich darunter leiden.

„Wir sind für jeden Hinweis aus der Bevölkerung dankbar“, sagte Mona. „Hast du noch eine Frage, Enno? – Dann sollten wir jetzt zum Krankenhaus fahren. Vielleicht gibt es schon Neuigkeiten zum Gesundheitszustand des Opfers.“

Der Oberkommissar nickte nur. Mona fragte sich, ob ihre Worte überhaupt bei ihm angekommen waren. Sie bedankten sich bei Thea Halsema für ihre Gastfreundschaft und stiegen in den Dienstwagen. Diesmal saß Enno hinter dem Lenkrad.

„Brock ist es gewesen.“ Der Oberkommissar ließ den Motor an. Mona hatte schon befürchtet, dass sein Urteil bereits feststand.

„Aber warum sollte der Geistheiler die Frau niederschlagen, Enno? Was für ein Motiv hat er?“

„Diese Aussage werden wir ihm schon noch entlocken, wenn wir ihn im Verhörraum grillen.“

Ennos Gesichtsausdruck zeigte so etwas wie finstere Entschlossenheit. Mona entdeckte ganz neue Seiten an ihm. Und sie musste sich in ihrem tiefsten Inneren eingestehen, dass sie sich in diesem Moment vor ihm fürchtete.

Enno Moll machte man sich besser nicht zum Feind.

Und doch bestand die Gefahr, dass er durch seine Sturheit sich selbst vernichtete. Oder zumindest seine Karriere. Mona führte sich vor Augen, was für ihn auf dem Spiel stand. Enno war Mitte fünfzig. Wenn er wegen eines Disziplinarvergehens oder gar einer Straftat aus dem Polizeidienst flog, stand er vor dem Nichts. Wer würde ihm in seinem Alter noch einen Job anbieten? Mona kannte die Horrorgeschichten über entlassene Ex-Polizisten, die ihr Dasein als miserabel bezahlte Securitys fristen mussten. Und selbst solche Arbeitsplätze fand man nicht auf Borkum. Sollte Enno vielleicht auf dem Festland arbeiten, wo er doch seine Heimatinsel so liebte? So wie es aussah, gab es momentan nur eine Person, die Enno vor einem solchen Schicksal bewahren konnte.

Das war Mona selbst.

„Du wirst doch wohl keinen Unsinn machen?"

Sie fand, dass sich ihre Stimme anhörte wie die eines kleinen Mädchens. Aber Mona bezweifelte, dass Enno jetzt einen Sinn für solche Nuancen hatte.

„Es ist wohl kein Unsinn, wenn wir einen begründeten Verdacht äußern und eine Person als Beschuldigten einer Straftat festnehmen."

Mona traute ihren Ohren nicht.

„Hörst du dir eigentlich selbst zu? Von was für einer Begründung sprichst du überhaupt? Wir haben nichts gegen Brock in der Hand. Oltbeck macht uns einen Kopf kürzer, wenn wir uns diesen Scharlatan jetzt schnappen. Außerdem könnte es sein, dass Laura Welling niedergeschlagen wurde, als Brock gerade von uns befragt wurde. Ein besseres Alibi kann man sich doch gar nicht wünschen. Wir müssen zunächst herausfinden, wann genau der Angriff geschehen ist."

„Das beweist gar nichts", erwiderte Enno eigensinnig. „Brock kann auch einen Komplizen gehabt haben, zum Beispiel diesen Stiefsohn oder was er ist."

Mona registrierte voller Panik, dass Enno vom Barbaraweg in die Upholmstraße abgebogen war.

„Hier geht es aber nicht zum Krankenhaus!"

„Das weiß ich auch, Mona. Ich dachte mir, dass wir uns Brock gleich greifen, bevor er Beweise vernichten kann und ..."

Die Kommissarin rang verzweifelt die Hände. Sie konnte sich nicht daran erinnern, so etwas jemals zuvor getan zu haben. Und wenn es nach ihr ging, dann konnte sie darauf auch in Zukunft gern verzichten.

„Bitte tu das nicht, Enno. Wenn dir etwas an unserer Freundschaft liegt, dann sei jetzt vernünftig. Ich verspreche dir, dass ich alles tun werde, damit Birte zu einem richtigen Arzt geht und sich untersuchen lässt. Und falls Brock wirklich etwas mit der schweren Körperverletzung zu tun hat, dann kriegen wir ihn auch. Ich fürchte, dass du dich völlig verrannt hast und nicht mehr den Wald vor lauter Bäumen sehen kannst."

Enno trat auf die Bremse, zog seine buschigen Augenbrauen zusammen und schaute Mona von der Seite zweifelnd an. Plötzlich grinste er.

„Ach, so viele Bäume können es gar nicht sein. Wir sind hier schließlich auf Borkum und nicht im Schwarzwald."

Mona musste für einen Augenblick ziemlich verwirrt ausgesehen haben. Jedenfalls schüttelte Enno den Kopf und fuhr ihr mit seiner großen Pranke durch ihr widerborstiges Haar.

„Danke, dass du mich auf den Boden der Tatsachen zurückgeholt hast. Du kannst dir nicht vorstellen, wie ich diesen Brock verabscheue. Es ist, als ob er Birte eine Gehirnwäsche verpasst hätte. Deshalb muss er aber noch lange kein Mörder sein."

„Und falls er es doch ist, dann werden wir es gemeinsam herausfinden", erwiderte die Kommissarin. Ihr war soeben ein Stein vom Herzen gefallen, der noch größer war als die massivsten ostfriesischen Findlinge.

Enno fuhr am Anwesen des Geistheilers vorbei, ohne es auch nur eines Blickes zu würdigen. Die beiden Ermittler hatten wenig später das Krankenhaus erreicht und fragten sich zu dem Arzt durch, der Laura Welling behandelte. Er hieß Dr. Mertens und war ein unscheinbarer Mann in den mittleren Jahren.

Die Kriminalisten zeigten ihre Dienstmarken und erkundigten sich nach dem Zustand der Patientin.

„Die Platzwunde am Hinterkopf haben wir genäht. Ansonsten hat Frau Welling eine schwere Gehirnerschütterung erlitten. Sie befindet sich noch im Koma."

„Wie lange wird dieser Zustand anhalten?"

Dr. Mertens antwortete auf Monas Frage mit einer vagen Geste.

„Das lässt sich unmöglich einschätzen. Wir können Sie benachrichtigen, sobald sich der Zustand verändert. Gibt es Angehörige, mit denen wir Kontakt aufnehmen können?"

„Das wissen wir noch nicht", erwiderte Enno. „Wo sind die Kleidung und die persönlichen Gegenstände der Verletzten?"

Dr. Mertens rief eine Krankenschwester, die mit einer großen Plastiktüte kam. Darin befanden sich die Anziehsachen sowie weitere Dinge. Die Ermittler verließen das Krankenhaus und gingen auf ihr geparktes Auto zu. Mona hatte sich wieder Latexhandschuhe übergezogen und schaute kurz die Handtasche des Opfers durch.

„Also, einen Raubüberfall können wir wohl ausschließen. Laura Welling hatte nicht nur ihre EC-Karte, sondern auch über zweihundert Euro in bar bei sich. Und hier ist ihre Kurkarte, für eine Woche im Voraus bezahlt. Ein Smartphone scheint zu fehlen."

„Dann hat der Täter es geklaut", mutmaßte Enno. „Wahrscheinlich war seine Nummer eingespeichert. Er wollte nicht, dass wir die Verbindung zwischen ihm und der Geschädigten herausfinden."

„Das glaube ich auch, nur nützen wird es ihm nichts. Sobald wir die Mobilnummer von Laura Welling in Erfahrung gebracht haben, fordere ich beim Telekommunikationsanbieter einen Einzelverbindungsnachweis an. Und dann wissen wir, mit wem sie zuletzt Kontakt gehabt hat. Als Wohnort ist hier Krefeld angegeben. Ich werde morgen früh bei den dortigen Kollegen anrufen."

„Ja, das ist gut. Vielleicht hat die Frau mit jemandem zusammengewohnt. Oder das Personal der psychiatrischen Klinik weiß über Verwandte oder Freunde Bescheid."

Als die Kriminalisten die Polizeiwache erreicht hatten, parkten sie wie üblich hinter dem Gebäude. Am Vordereingang ertönten laute wütende Rufe, es schien einen Tumult zu geben.

Mona und Enno eilten nach vorne. Dort standen Oltbeck und Grietje vor dem Eingang und versuchten, eine aufgebrachte Männergruppe in Wikingerkostümen zur Räson zu bringen. Die Stimmung war aggressiv, Mona hatte so etwas bei der Bereitschaftspolizei schon mehr als genug erlebt. Der Dienststellenleiter hatte seine Arme ausgebreitet, als ob er die selbst ernannten Nordmänner segnen wollte. Die junge Polizeimeisterin schien sich hingegen mehr auf ihr Pfefferspray zu verlassen, das sie einsatzbereit in der Hand hielt.

Diese Szene ist für so manchen sensationslüsternen Touristen ein gefundenes Fressen, dachte Mona wütend. *Polizisten gegen Wikinger, das bekommt man nicht jeden Tag zu sehen!*

Und wirklich bildete sich eine große Menschentraube, die mit sicherem Abstand zum Geschehen die gesamte Strandstraße blockierte. Und natürlich filmten bereits zahlreiche Gaffer mit ihren Smartphones.

„Was ist hier los?“, rief Mona, während sie gemeinsam mit Enno ihren Kollegen zu Hilfe eilte. Ihre Waffe zog sie allerdings noch nicht, um die Situation nicht eskalieren zu lassen.

Nun hatte Bent Grode sie erkannt. Der Steuerberater führte sich nun wirklich so wild wie ein archaischer Krieger auf und schwang drohend eine Streitaxt.

„Wenn du mir mit dem Ding zu nahe kommst, kriegst du eine Ladung Pfeffer ab!“, rief Grietje.

Aber Grode hörte nicht auf sie. Er schaute Mona vorwurfsvoll an.

„Wir wollen in die Polizeiwache, um die Ermittlungsakten einzusehen! Wann wollten Sie uns sagen, dass Sie den Mörder verhaftet haben?“

„Es hat noch keine Festnahme gegeben“, erwiderte Mona. Aber kaum hatte sie zu Ende gesprochen, als sie niedergebrüllt wurde.

„Lüge, Lüge!“, tönten die verkleideten Wüteriche.

„Hauke hat vorhin diesen Jan Donker für die Gegenüberstellung nach Emden begleitet“, raunte Grietje der Kommissarin zu. „Diese Unglücksraben haben die beiden an der Fähre gesehen und meinen nun, wir hätten den Killer ihres Freundes verhaftet.“

Nun ergriff Enno das Wort. Und seine Stimme war so laut, dass er damit problemlos das Kriegsgeheul der Wikinger übertönen konnte.

„Wenn meine Kollegin sagt, dass es keine Verhaftung gab, dann stimmt das auch. Ich erteile Ihnen allen einen Platzverweis für die Strandstraße, der bis zum morgigen Tag gilt. Und wenn Sie sich keine Anzeige wegen Verstoßes gegen das Waffengesetz einhandeln wollen, dann lassen Sie Ihre Mordwerkzeuge zu Hause.“

Der hünenhafte Friese deutete auf die Äxte und Schwerter der kleinen Gruppe.

„Das sind nur Theaterwaffen, das habe ich schon mal gesagt“, beteuerte Bent Grode. Aber er klang nun schon wesentlich kleinlauter. „Wir werden nicht zulassen, dass der Mörder unseres Freundes ungeschoren davonkommt.“

„Treue um Treue!“, grölte ein anderer Nordmann, der offenbar schon zu tief ins Methorn geschaut hatte. Aber Ennos klare Ansage schien die Kerle so weit ernüchtert zu haben, dass sie sich abwandten und brav weggingen. Wenig später hatte sich auch die Menschenmenge zerstreut.

Oltbeck zog ein großes Stofftaschentuch und wischte sich den Schweiß von der Stirn.

„Eine wirklich unangenehme Situation“, murmelte er.
„Wenn diese Freizeit-Barbaren noch einmal Ärger machen, sollten wir sie alle festnehmen“, grollte Mona.
Der Revierleiter bat sie und Enno zur Dienstbesprechung in sein Büro. Die Ermittler berichteten von ihren bisherigen Ergebnissen, wobei die Sprache auch auf die schwere Körperverletzung an Laura Welling kam. Oltbeck hörte zu und putzte sich seine Lesebrille. Der Vorfall mit den Wikingern schien ihn aus seinem inneren Gleichgewicht gebracht zu haben.
„Gibt es einen Zusammenhang zwischen den beiden Fällen?“
„Das wissen wir noch nicht, Herr Hauptkommissar“, erwiderte Enno. „Diese Frage lässt sich erst beantworten, wenn wir wissen, aus welchem Grund die Geschädigte nach Borkum gekommen ist.“
„Wir glauben nämlich, dass sie hier nicht nur Erholung gesucht hat. Laura Welling ist auf eigenen Wunsch aus einer psychiatrischen Klinik in Nordrhein-Westfalen entlassen worden. Zugegeben, hier auf Borkum ist es zweifellos schöner als hinter den Mauern einer solchen Einrichtung. Aber es muss noch mehr dahinterstecken.“
„Vielleicht hatten Fokke Huizinga und Laura Welling einen gemeinsamen Bekannten, beispielsweise Jeremias Brock“, schlug Enno vor.
„Das ist doch dieser Geistheiler, nicht wahr? Liegt etwas gegen ihn vor?“
„Huizingas Frau ist bei ihm zu Gast“, sagte Mona schnell, bevor Enno etwas Unpassendes sagen konnte. „Sie hat aber ein Alibi für den Mord an ihrem Mann, was auch auf Brock selbst zutrifft. Außerdem ist für mich noch kein Motiv erkennbar.“
„Für mich schon“, brummte der Oberkommissar. „Brock hat sich zwischen Huizinga und dessen Frau gedrängt. Das Mordopfer war ein renommierter Strafverteidiger. Brock musste befürchten, dass Huizinga ihm Ärger machen würde. Also ließ er den Juristen verschwinden und inszenierte das Wikingerbegräbnis, um den Verdacht in eine andere Richtung zu lenken.“
Mona musste zugeben, dass sich Ennos Theorie gar nicht so abstrus anhörte. Allerdings nur dann, wenn man nicht wusste, dass seine eigene Frau ebenfalls unter Brocks Einfluss stand. Oltbeck reagierte so, wie es von ihm zu erwarten gewesen war.
„Haben Sie für diese Behauptungen auch Beweise, Herr Moll? Falls nicht, dann sollten Sie weiterhin in alle Richtungen ermitteln. Und

nach diesem aggressiven Auftreten von Huizingas Freunden erscheint es mir nicht völlig undenkbar, dass sie wirklich in seine Ermordung verwickelt gewesen sein könnten. Zumindest einer oder zwei von ihnen."

„Wir werden allen Hinweisen nachgehen, Herr Hauptkommissar", sagte Mona schnell und stand auf. Am liebsten hätte sie Enno am Kragen gepackt und hinter sich hergezerrt. Aber er war momentan zum Glück so verständig, dass er jetzt seinen Mund hielt und ebenfalls brav nach draußen trabte.

„Wir werden den Mistkerl schon noch kriegen", murmelte Enno, als er mit Mona allein war. Sie fragte sich, ob er damit Brock oder den Mörder meinte. Oder ob er zwischen beiden gar nicht mehr unterschied.

„Ist heute Abend nicht Ringertraining?", fragte sie mit gespielter Lockerheit. Der Oberkommissar nickte.

„Ja, Dimitrios wartet bestimmt schon."

Mona war für den Moment beruhigt. Wenn Enno mit seinem Freund Ringen im griechisch-römischen Stil übte und später dem Ouzo zusprach, würde er wohl keine Dummheiten machen. Jedenfalls hoffte sie das.

Die Kommissarin wünschte ihrem Dienstpartner einen schönen Feierabend und fuhr auf ihrem Hollandrad zu ihrer Wohnung in der Walfangerstrate. Mona war noch völlig überdreht. Die Ereignisse des Tages spukten ihr durch den Kopf. Sie musste jetzt unbedingt noch eine Bewegungseinheit haben, um zur Ruhe zu kommen.

Sie schlüpfte in ihre Joggingklamotten und lief los. Die Abenddämmerung färbte die Wolken am Horizont über der Nordsee malvenfarben. Diese Tageszeit liebte Mona ganz besonders. Sie musste an den Borkumer Wahlspruch denken, während sie Richtung Süddünen lief. *Mediis transquillus in undis – Ruhig inmitten der Wogen*, so stand es im Borkumer Wappen. Nun, momentan ging es auf der Insel nicht gerade gemächlich zu.

Mona machte sich immer noch Vorwürfe, weil sie die Ängste von Laura Welling nicht ernst genommen hatte. War es um ihre Menschenkenntnis wirklich so schlecht bestellt? Die Kommissarin wusste es nicht. *Immerhin kann ich mich auf meinen Instinkt verlassen*, dachte sie mit grimmiger Selbstgewissheit. Mona hatte nämlich erkannt, dass sie verfolgt wurde.

Natürlich machte sie nicht den Fehler, sich umzudrehen. Sie wollte sich die Person greifen, die hinter ihr her war. Mona überlegte kurz, während sie langsamer wurde. Immerhin war sie gut in Form und wollte nicht, dass ihr Beschatter den Anschluss verlor. Sie konnte seine Schritte hinter sich deutlich vernehmen.

Mona überquerte die Reedestraße und lief in das Naturschutzgebiet bei den Süddünen, das von einigen Wanderwegen durchzogen wurde. Hier herrschte üppige Vegetation, denn die Bepflanzung sollte eine Erosion des Landes verhindern. Die Hecken boten teilweise Sichtschutz, jedenfalls für einen Menschen, der so klein war wie Mona. Sobald sie sicher war, nicht mehr von ihrem Verfolger gesehen werden zu können, legte sie einen Sprint ein und hielt in einem Querpfad an.

Nun hörte sie schon das Keuchen des Mannes, der hinter ihr herlief. Mona war sicher, dass es sich um einen Mann handelte. Oder zumindest um einen Jüngling. Denn die Person, die nun herangestürmt kam, war der selbst ernannte Journalist Lars Schoonebek.

„Was tun Sie hier?“, blaffte Mona ihn an, während sie ihm den Weg versperrte. „Wissen Sie nicht, dass es einen Stalking-Paragrafen gibt?“

Schoonebek riss entsetzt den Mund auf und blieb vor ihr stehen. Doch im nächsten Moment sprudelten die Worte schon aus ihm heraus.

„Ich weiß nicht, wovon Sie reden. Es ist ja wohl nicht verboten, wenn ich joggen gehe. Die Insel gehört Ihnen nicht allein.“

„Nein, Joggen oder Wandern ist völlig in Ordnung. Aber finden Sie es nicht seltsam, dass Sie dafür Jeans und eine Windjacke anziehen? Und ausgerechnet hinter einer Kriminalistin herlaufen, mit der Sie schon einmal Kontakt hatten?“

„Das ist reiner Zufall“, behauptete Schoonebek. Mona trat noch einen Schritt näher auf ihn zu und richtete ihren Zeigefinger auf ihn.

„Ich lasse mich nicht gern verschaukeln. Und wenn Sie glauben ...“

Die Kommissarin konnte den Satz nicht beenden. Denn in diesem Moment zischte ein Speer an ihr und ihrem Verfolger vorbei. Die Wurfwaffe verfehlte die beiden nur um Haaresbreite und landete im Unterholz.

Kapitel 8

Im ersten Moment glaubte Mona, der Attentäter würde mit Schoonebek unter einer Decke stecken. Aber der Jungreporter reagierte völlig panisch auf die Attacke. Seine Angst war gewiss nicht gespielt. Er klammerte sich an Mona fest, als ob sie die Liebe seines Lebens sei.

„Lassen Sie mich los“, rief sie, während der Speerwerfer die Beine in die Hand nahm. In der Abenddämmerung bemerkte Mona nur einen dunklen Schatten, der hinter der nächsten Wegbiegung verschwand. Sie hätte unmöglich sagen können, ob es sich um einen Mann oder eine Frau handelte. Von einer genaueren Personenbeschreibung ganz zu schweigen.

Wertvolle Momente vergingen, während die Kommissarin sich von Schoonebek löste und dem Täter nachsetzte. Ihre Pistole hatte sie natürlich nicht dabei, die lag vorschriftsmäßig eingeschlossen auf dem Revier.

„Polizei! Stehen bleiben!“, rief sie trotzdem mit gellender Stimme. Der Verdächtige ließ sich dadurch allerdings nicht beeindrucken. Am Greune-Stee-Weg heulte ein Automotor auf. Als Mona dort ankam, war der Wagen schon verschwunden. Sie konnte noch nicht einmal mehr die Rücklichter sehen.

Die Kommissarin unterdrückte einen Fluch. Am liebsten hätte sie eine Fahndung ausgelöst. Aber da sie weder die Person noch das Auto beschreiben konnte, erschien ihr dieses Vorhaben sinnlos. Immerhin war niemand verletzt worden.

Mona kehrte zu ihrem Verfolger zurück, der immer noch wie angewurzelt an derselben Stelle stand. Er zitterte.

Der sollte nicht Schoonebek, sondern Schlotterbek heißen, dachte Mona gehässig. Sie sagte: „Ich will jetzt wissen, was hier gespielt wird. Es kann Sie teuer zu stehen kommen, wenn Sie die Polizei anlügen. Das sollten Sie nicht vergessen.“

„Aber ich weiß nichts, Frau Sander. Das ist es ja gerade. Ich hoffte, besser recherchieren zu können, indem ich Sie verfolge.“

„Dann hätten Sie das während meiner Arbeitszeit tun sollen, nicht nach Feierabend“, gab Mona zu bedenken.

„Da musste ich meiner Mutter Gesellschaft leisten“, gab Schoonebek mürrisch zu. „Jetzt schläft sie, da kann ich mich meiner Reportage widmen.“

Die Ermittlerin runzelte die Stirn. Aber diese Ausrede war so dämlich, dass sie zwangsläufig der Wahrheit entsprechen musste. Jedenfalls war das Monas Meinung. Wer lügen wollte, erfand nämlich nach ihrer Erfahrung viel stichhaltigere Behauptungen. Und außerdem war es Schoonebek deutlich anzusehen, dass ihm seine Erklärung peinlich war. Warum hätte er sich diesem Gefühl freiwillig aussetzen sollen?

„Kommen Sie, wir suchen den Speer."

Mit diesen Worten schlug sich Mona ins Gebüsch. Sie befürchtete schon, dass der Jungreporter die Gelegenheit zur Flucht nutzen würde. Doch dann hörte sie seinen keuchenden Atem hinter sich.

„Verflixt, ist das finster hier."

„Nicht dunkel genug, um die Waffe zu verbergen."

Mona hatte den Speer gefunden und umfasste den hölzernen Schaft. Darauf waren Fingerabdrücke wahrscheinlich nur schwer nachzuweisen. DNA-Spuren konnten allerdings trotzdem nachgewiesen werden, jedenfalls hoffte Mona das. Sie kehrte mit Schoonebek auf den Pfad zurück, wo die Lichtverhältnisse besser waren. Die Kommissarin hielt die Speerspitze hoch. Sie war aus Eisen. Mit einem solchen Mordinstrument konnte man einen Menschen zweifellos töten oder schwer verletzen.

„Wussten Sie, dass Borkum in früheren Zeiten eine Hochburg des Walfangs war, Herr Schoonebek? Dieser Speer erinnert mich an die Harpunen, mit denen man diese riesigen Tiere erlegt hat. Na gut, eine Harpune sieht noch ein wenig anders aus. Aber eine Theaterwaffe ist das hier nicht, so viel steht fest."

„Ich habe keine Ahnung, wovon Sie da reden, Frau Sander. Da wollte uns jemand umbringen, ist Ihnen das eigentlich klar?"

„Uns? Ich würde mal behaupten, dass man mit dieser Waffe nur einen Menschen auf einmal töten kann. Was meinen Sie, Herr Schoonebek – hat der Speerwurf Ihnen oder mir gegolten?"

Der Jüngling wurde noch bleicher, falls das überhaupt möglich war.

„M-mir? Wer sollte denn etwas gegen mich haben?"

„Woher soll ich das wissen? Sie sind doch hier der rasende Reporter. Haben Sie vielleicht jemandem auf die Füße getreten, der nicht an der Wahrheitsfindung interessiert ist?"

Mona wollte mit ihren Fragen Schoonebek aus der Reserve locken. Währenddessen überlegte sie fieberhaft. Der Speer wies so überdeutlich auf die Hobby-Wikinger als Täter hin, dass sie fast zwangsläufig unschuldig sein mussten. Andererseits hatten die erbitterten Nordmänner durch ihren Auftritt bei der Polizeistation gezeigt, dass sie jede Menge Wut und Zorn in sich hatten. Wenn Mona allerdings zu ihnen ginge und sie auf die Tat ansprach, dann würden sie sich alle gegenseitig ein Alibi geben. Darüber machte sie sich keine Illusionen.

Die Kommissarin musste ohnehin noch die übrigen Männer aus dem Freundeskreis befragen. Bisher hatte sie ja nur die Aussage von Bent Grode. Aber das konnte bis zum nächsten Tag warten.

Schoonebek war in tiefe Nachdenklichkeit verfallen. Oder starrte er nur einfach vor sich hin, weil ihn der Angriff so geschockt hatte? Mona sprach ihn an.

„Nun, ist Ihnen jemand eingefallen, der Ihr Lebenslicht auslöschen möchte?"

„Die Wikinger haben doch nicht nur Schwerter und Streitäxte, sondern auch Speere benutzt. Könnte die Attacke nicht mit dem Tod dieses Mannes zusammenhängen, der wie ein Nordmann-Häuptling in seinem Boot verbrannt wurde?"

„Darauf wäre ich ja nicht gekommen, Sherlock Holmes", gab die Kommissarin zurück. „Aber für Schlussfolgerungen ist immer noch die Polizei zuständig. Gibt es Beobachtungen, die Sie mir bisher verschwiegen haben? Dann sollten Sie jetzt die Karten auf den Tisch legen. Sie haben ja selbst gesehen, dass wir es hier mit gefährlichen Gegnern zu tun haben."

Schoonebek schüttelte nur heftig den Kopf.

„Ich weiß nichts."

Mona war überzeugt davon, dass der junge Mann Informationen zurückhielt. Nur beweisen konnte sie es nicht. Also wandte sie sich von ihm ab.

„Sie müssen wissen, was Sie tun. Wenn Sie Ihre Meinung ändern, dann wissen Sie ja, wo Sie mich finden."

„Wollen Sie jetzt einfach gehen?", fragte Schoonebek ungläubig.

„Ja, das hatte ich vor."

„Könnten Sie mich nicht bis zu meiner Pension bringen? Ich habe Angst, dass dieser Kerl noch einmal zurückkommt."

Der Kommissarin lag schon eine hämische Bemerkung auf der Zunge. Aber sie hielt ausnahmsweise ihren Mund. Letztlich war es ja ihre Aufgabe als Polizeibeamtin, die Menschen zu schützen. Außerdem konnte es nichts schaden, wenn sie bei Schoonebek

Vertrauen aufbaute. Vielleicht würde er sich ihr gegenüber dann später doch noch öffnen.

Also begleitete Mona den Jüngling bis zu einer Pension in der Deichstraße. Das Gebäude war offenbar schon vor der Wende vom neunzehnten zum zwanzigsten Jahrhundert errichtet und liebevoll restauriert worden. Die klassische Bäderarchitektur war auf Borkum immer noch zu finden, wenn man nur richtig hinschaute. Schoonebek drehte sich immer wieder nervös um, aber es war niemand hinter ihnen zu erkennen. Schließlich hatten sie ihr Ziel erreicht.

„So, da wären wir. Sie erwarten jetzt aber nicht noch einen Gutenachtkuss, oder?“

Schoonebek grinste verlegen.

„Nein, Frau Kommissarin. Wir werden schon noch herausfinden, was es mit diesem Brandmord auf sich hat, oder?“

„*Wir?* Sie mischen sich besser nicht in die Ermittlungsarbeit der Polizei ein, sonst nehme ich Sie wegen Behinderung der Justiz fest. So, und nun wünsche ich Ihnen eine gute Nacht.“

Mona drehte dem Jüngling den Rücken zu und verfiel in einen leichten Trab, um zu ihrer Wohnung zurückzukehren. Ob es ihr gelungen war, Schoonebek von seiner Privatschnüffelei abzubringen? Das hoffte sie sehr. Eigentlich war ihr der Junge gar nicht unsympathisch. Es hätte ihr leidgetan, wenn er sich durch seine Neugier ernsthaften Ärger einhandelte. Die Kommissarin war nämlich stärker als je zuvor davon überzeugt, es mit einem skrupellosen Gegner zu tun zu haben.

Einige andere Jogger und Hundebesitzer kamen Mona entgegen. Sie warfen ihr irritierte und furchtsame Blicke zu, denn sie hielt den Speer in der linken Hand. Das war kein Anblick, den man bei einem nächtlichen Spaziergang erwartete.

Auch nicht auf einer Insel, wo es eine „Harpunierstrate“ gibt.

Als Mona am nächsten Morgen zur Arbeit erschien, erregte sie ebenfalls Aufsehen.

„Moin!“, sagte die sommersprossige Polizeimeisterin, als die Kommissarin das Wachlokal betrat. „Willst du dich jetzt auch unter die Wikinger mischen? Oder gehören Speere neuerdings zur Ausrüstung für Zivilfahnder?“

„Eines Tages drehe ich dir noch den Hals um, Grietje.“

Mona ließ sich auf keine Diskussion mit ihrer frechen jungen Kollegin ein, sondern ging direkt zu ihrem Büro durch. Enno war bereits eingetroffen und verbreitete einen unverkennbaren Knoblauchgeruch. Offenbar hatte er sich am Vorabend nach dem Ringertraining mit griechischem Essen gestärkt, wie er es gern tat. Ennos Freund Dimitrios war eben auch ein hervorragender Koch.

Enno fiel aus allen Wolken, als Mona den Speer auf den Schreibtisch legte und von ihren Erlebnissen erzählte.

„Und du hast keine Sofortfahndung ausgelöst?“, hakte der Oberkommissar ungläubig nach.

„Ich hatte daran gedacht, aber ohne Beschreibung von Personen und Fahrzeug wäre es mir sinnlos vorgekommen. Eine kriminaltechnische Untersuchung der Wurfwaffe könnte mehr bringen.“

„Jedenfalls solltest du nicht mehr allein joggen gehen, bis wir diesen Fall abgeschlossen haben.“

„Wie bitte? Ich werde mich gewiss nicht einschüchtern lassen, nur weil jemand den wilden Mann spielen muss. Gibt es eigentlich etwas Neues bei unserem Fall?“

Enno nickte.

„Die Gegenüberstellung in Emden verlief unbefriedigend. Die Zeugin wollte sich nicht festlegen. Ihre Augen sind nicht mehr die besten, und um das Gehör ist es auch nicht gut bestellt. Donker wurde gemeinsam mit vier vollbärtigen Polizeikollegen in eine Reihe gestellt. Er konnte nicht eindeutig identifiziert werden. Dann mussten die fünf jeweils einen Satz aussprechen, nämlich: ‚Ich möchte ein Ruderboot kaufen‘. Aber auch dieser Test brachte nichts. Frau Remsma sagte lediglich, es sei hundertprozentig eine Männerstimme gewesen.“

„Frauen mit Vollbart gibt es ja auch nicht so viele“, scherzte Mona. „Ich weiß nach wie vor nicht, was ich von dem Ehepaar Donker halten soll. Für eine Anklage reicht die Beweislast nicht aus. Eigentlich sind wir so schlau wie vorher. Das Ruderboot könnte von jeder dieser drei Yachten aufs offene Meer geschafft worden sein.“

Enno schlug mit der flachen Hand auf die Tischplatte.

„Das sehe ich genauso. Weißt du was? Wir fahren jetzt zu den Wikingern und machen ihnen Dampf. Vielleicht finden wir in dem Ferienhaus andere Speere von derselben Art wie diese Waffe dort. Falls das so sein sollte, dann kriegen sie den Ärger ihres Lebens.“

Ennos Idee gefiel Mona. Als die Ermittler die Polizeiwache verließen und das Gebäude umrundeten, erblickte Mona Schoonebek. Der Hobby-Reporter tat so, als ob er zum Edeka-Markt gehen wollte und die Zivilbeamten nicht bemerkt hätte.

„Denken Sie daran, was ich Ihnen gesagt habe, Herr Schoonebek!“, rief die Kommissarin zu ihm herüber. Er gab keine Antwort. Enno warf ihr einen fragenden Blick zu. Daraufhin erzählte Mona, dass sie eine Einmischung des Jünglings befürchtete.

„Lass ihn doch Reporter spielen“, meinte der Oberkommissar. „Er erinnert mich sowieso an Tim, nur ohne Struppi. Das Bürschchen wird unsere Ermittlungen nicht gefährden.“

„Ich habe schon eine Person nicht ernst genommen, und die liegt jetzt im Koma. Das soll mir nicht noch einmal passieren.“

„Du hast keinen Fehler gemacht“, sagte Enno mit der bestimmten Art, die Mona so sehr an ihm schätzte. „Und falls doch, dann wäre es menschlich. Ich hätte auch nicht anders reagiert, wenn mir Laura Welling so entgegengetreten wäre, wie sie es bei dir getan hat.“

Mona war nicht vollständig überzeugt, aber sie nickte.

Der kühle Wind erinnerte noch an den vergangenen Winter, aber die Sonne hatte an diesem Morgen bereits fühlbare Strahlkraft. Schon bald würde die Hauptsaison beginnen. Mona hoffte, die Ermittlung bis dahin abgeschlossen zu haben. Je mehr Menschen sich auf Borkum befanden, desto einfacher war für den Täter das Untertauchen in der Menge.

„Ich habe schon so lange nichts mehr von Birte gehört.“

Ennos Satz gab Mona einen Stich ins Herz. Die Wut wallte in ihr auf. Sollte sie auf Ennos Frau zornig sein oder auf Brock? Vielleicht auf beide? Und wenn nun zwischen den beiden wirklich etwas lief? Würde sich ihr Kollege dann zu einer Verzweiflungstat hinreißen lassen? Inselfriesen neigten von ihrem Naturell her nicht zu südländisch-temperamentvollen Eifersuchtsattacken. Aber inzwischen war Mona nicht mehr sicher, ob es von dieser Regel nicht auch gravierende Ausnahmen geben konnte.

„Wenn ich noch einmal von Frau zu Frau mit Birte rede, wird sie schon zur Vernunft kommen.“

Die Kommissarin fand, dass sie sich selbst nicht sehr überzeugend anhörte. Und Enno war immerhin so höflich, dass er nur mit einem stummen Nicken antwortete.

Zu dem Ferienhaus, das die Freizeit-Wikinger gemietet hatten, gehörte ein Garten. Mona betätigte den bronzenen Klopfer in Form eines Wals an der grün gestrichenen Haustür. Im Haus rührte sich nichts. Doch hinter dem Gebäude waren rhythmische Geräusche zu hören.

„Das klingt so, als ob dort jemand Holz hacken würde“, brummte Enno. Die beiden Ermittler gingen auf dem Kiespfad vorbei an den Heckenrosen und gelangten hinter das Haus.

Dort standen sich Bent Grode und ein weiterer Hobby-Nordmann mit Holzschwertern gegenüber und droschen mit diesen Waffen aufeinander ein. Die beiden anderen Mitglieder des Freundeskreises saßen auf Naturholz-Gartenstühlen und schauten dem Duell zu. Als die Kämpfer die beiden Kommissare bemerkten, ließen sie die Schwerter sinken.

„Was wollen Sie denn schon wieder? Haben Sie Fokkes Mörder endlich verhaftet?“

„Ihnen auch einen guten Morgen, Herr Grode“, erwiderte Mona betont freundlich. „Zu laufenden Ermittlungen dürfen wir uns nicht äußern. Ich hoffe auf Ihr Verständnis.“

Der verkleidete Steuerberater murmelte einige Worte, die sich nicht besonders freundlich anhörten.

Enno deutete auf die Holzschwerter.

„Interessante Waffen haben Sie da. Was gehört denn noch so zu Ihrem Arsenal?“

„Streitäxte und Hämmer, natürlich in Form von harmlosen Theaterwaffen. Wir kennen die gesetzlichen Bestimmungen.“

„Soso. Gehören Speere auch zu Ihrer Sammlung?“

„Warum wollen Sie das wissen?“, gab Grode zurück.

„Am gestrigen Abend wurde auf meine Kollegin mit einer solchen Waffe ein Mordanschlag verübt.“

Der Oberkommissar erhob seine Stimme nicht. Trotzdem zogen die Männer die Köpfe ein, als ob sich über ihnen ein gewaltiges Unwetter zusammenbrauen würde. Enno war eine imposante Erscheinung. Offensichtlich wollte sich keiner der Anwesenden gern mit ihm anlegen, ob nun mit Holzschwert oder ohne.

„Das waren wir nicht.“

Dieser Satz kam von Grode. Und er klang so schüchtern wie ein Schüler, der dem Lehrer die nicht erledigten Hausaufgaben beichten muss. Von der Aggressivität des Vorabends war nichts übrig geblieben. Ob die Nordmänner sich Mut angetrunken hatten, als sie an der Polizeiwache randalierten?

Mona wusste es nicht. Sie griff in die Innentasche ihres Anoraks und überreichte jedem Anwesenden ein sehr amtlich aussehendes Schreiben.

„Was ist das?“, fragte einer der Hobby-Wikinger, während er das Kuvert öffnete.

„Eine Vorladung zur Zeugenvernehmung“, erwiderte Enno, bevor Mona antworten konnte. „Und Sie sollten der Aufforderung besser Folge leisten, wenn Sie keinen Ärger bekommen wollen.“

„Zeugenvernehmung? Aber wir wissen doch nichts.“

„Dann wird die Befragung ja nicht lange dauern“, sagte Mona. „Wir wünschen noch einen schönen Tag und gute Gefechte.“

Die Ermittler wandten sich ab und verließen das Grundstück, ohne sich noch einmal umzudrehen. Vor dem Ferienhaus parkte ein Lancia mit Hannoveraner Kennzeichen. Mona deutete auf das Auto.

„Mit der Karre könnte der Speerwerfer gestern Abend abgehauen sein.“

Enno nickte.

„Ja, das ist möglich. Am liebsten hätte ich das ganze Haus auf den Kopf gestellt, um nach weiteren Speeren zu suchen.“

„Und wenn wir solche Wurfwaffen gefunden hätten, wäre dadurch noch nichts bewiesen worden. Das weißt du so gut wie ich, Enno. Für meinen Geschmack gehen die Hinweise nur allzu deutlich Richtung Hobby-Wikinger. Der wahre Täter will uns ein paar Schuldige wie auf dem Silbertablett servieren, um von sich selbst abzulenken.“

Enno nickte grimmig.

„Ich glaube ja auch, dass Brock dahintersteckt.“

Mona konnte sich gerade noch zurückhalten, mit den Augen zu rollen. Das war nun gerade nicht die Aussage, die sie von ihrem Dienstpartner hören wollte. Es gehörte zu den beliebtesten Floskeln der Polizeiarbeit, „ergebnisoffen“ zu ermitteln. Davon konnte momentan bei Enno nun wirklich keine Rede sein.

Die Kommissarin atmete tief durch, bevor sie wieder das Wort ergriff.

„Wie wäre es, wenn du dich im Krankenhaus nach dem Zustand von Laura Welling erkundigst? Ich gehe schon mal zur Wache zurück und hänge mich ans Telefon, um in der Kerkener Psychiatrie einen Verantwortlichen an die Strippe zu kriegen."

„Meinetwegen können wir es so machen. Willst du den Wagen nehmen, Mona?"

„Nee, lass mal. Ich gehe zu Fuß, um den Kopf freizukriegen."

Sie fuhren gemeinsam zum Stadtkrankenhaus Borkum hinüber. Während Enno in dem Flachdachbau verschwand, machte Mona sich auf den Weg zur Strandstraße. Sie hatten die Vorladungen absichtlich für unterschiedliche Uhrzeiten ausgestellt. Die Ermittler waren sich darüber einig gewesen, dass man die Wikinger nicht als geschlossene Gruppe befragen konnte. Dann würde man ganz sicher nichts erfahren. Doch wenn die Kommissare jeden von ihnen einzeln ins Gebet nahmen, kamen sie der Wahrheit schon näher.

In der Polizeistation kochte Mona sich erst einmal eine Kanne Tee. Obwohl sie keine gebürtige Ostfriesin war, gehörte dieses Ritual schon ganz selbstverständlich zu ihrem Leben. Dann rief sie in der psychiatrischen Klinik unweit von Krefeld an. Nach einigem Hin und Her gelang es ihr, die behandelnde Ärztin von Laura Welling an den Apparat zu bekommen. Mona nannte ihren Namen, ihren Dienstgrad und den Grund ihres Anrufs. Die Psychiaterin Frau Dr. Holm war entsetzt, als sie von dem Verbrechen erfuhr.

„Frau Welling wurde also niedergeschlagen? Ich hoffe, dass sie keine bleibenden Schäden davonträgt."

„Ich rufe Sie an, weil ich mir von Ihnen Informationen über die Hintergründe der Tat erhoffe."

„Sie werden verstehen, dass ich an die ärztliche Schweigepflicht gebunden bin, Frau Sander."

„Gewiss. Allerdings frage ich Sie nicht nach der Diagnose Ihrer Patientin oder nach dem Behandlungsverlauf. Mich interessiert vielmehr, ob sie in der Klinik Besuch erhalten hat. Oder ob Sie von Verwandten wissen, die wir benachrichtigen können. Es ist immerhin möglich, dass Frau Welling verstirbt."

„Ja, natürlich." Der Nervenärztin war ihre Irritation immer noch deutlich anzuhören. „Warten Sie bitte einen Moment, ich schaue nach der Patientenakte."

Mona blieb mit dem Telefonhörer am Ohr sitzen und malte mit der freien Hand Kringel auf ihren Notizblock. Sie hoffte, zumindest indirekt etwas über Laura Wellings Erkrankung erfahren zu können – nämlich dann, wenn sie Kontakt zu den Eltern oder anderen nahen

Verwandten bekam. Noch gab es keinen Beweis dafür, dass der Psychiatrieaufenthalt des Opfers etwas mit dem Überfall zu tun hatte. Und die Frage nach der Upholmstraße? Für Enno war klar gewesen, dass Brock in das Verbrechen verwickelt sein musste. Angesichts der momentanen Gefühlslage ihres Kollegen war sein Urteil allerdings nicht gerade objektiv.

Frau Dr. Holms Stimme riss Mona aus ihren Überlegungen.

„Ich habe hier die Namen der Eltern, Monika und Günter Welling. Sie wohnen in der Buschstraße in Krefeld."

Eine Telefonnummer bekam die Kommissarin ebenfalls. Mona erfuhr außerdem, dass die Patientin außer von ihren Eltern regelmäßig Besuch von einem Mann namens Andreas Brügge bekommen hatte.

Mona bedankte sich bei der Ärztin und beendete das Gespräch. Dann rief sie sofort bei Lauras Eltern an. Eine ältere Frau meldete sich. Wieder stellte die Kommissarin sich vor. Monika Welling fiel aus allen Wolken, weil sie von der Polizei Borkum angerufen wurde. Vor allem, nachdem sie von den Ereignissen erfuhr.

„Das ist ja entsetzlich, Frau Sander! Wir brechen noch heute auf, um bei unserem Kind zu sein."

„Dafür habe ich volles Verständnis. Aber vielleicht können Sie mir schon am Telefon sagen, weshalb sich Ihre Tochter in der Klinik befunden hat. Und ob Laura von jemandem verfolgt wurde."

Einen Moment lang herrschte Schweigen. Mona befürchtete schon, alte Wunden aufgerissen zu haben. Aber dann sprach die Mutter wieder.

„Die Ärzte sagten, Laura würde unter paranoiden Wahnvorstellungen leiden, hervorgerufen durch exzessiven Drogenkonsum. Aber das passt überhaupt nicht zu ihr. Gerade Laura hätte doch gewusst, welche furchtbaren Folgen der Rauschgiftkonsum hervorrufen kann."

Mona runzelte die Stirn. Sie hatte während ihrer Polizeilaufbahn schon viele Junkies gesehen, Laura Welling kam ihr eigentlich nicht wie eine Süchtige vor. Allerdings war es bei einigen der modernen chemischen Drogen schwieriger geworden, so etwas auf Anhieb zu erkennen. Sie hakte nach.

„Sie sagten, gerade Laura hätte sich über die Folgen im Klaren sein müssen oder so etwas in der Art. Wie meinten Sie das?"

„Meine Tochter studiert Medizin“, sagte Monika Welling voller Mutterstolz. „Deshalb war es ja so ein Schock für uns, als sie plötzlich in die Psychiatrie eingeliefert wurde. Aber sie hatte wohl wirklich Wahnvorstellungen. Und als Ihre Kollegen sie in der Krefelder Innenstadt aufgriffen, wurden Betäubungsmittel in ihrem Blutkreislauf nachgewiesen.“

Demnach musste ein Polizeibericht existieren, das war schon mal gut. Aber darum konnte sich Mona auch später noch kümmern.

„Wer ist Andreas Brügge?“, wollte sie von der Mutter wissen.

„Den Namen habe ich noch nie gehört.“

„Dieser Mann soll laut der Patientenakte Ihre Tochter regelmäßig in der Nervenheilanstalt besucht haben. Ist er vielleicht ihr Freund?“

„Wie gesagt, ich kenne keinen Andreas Brügge.“

Mona versuchte einen anderen Ansatz.

„Haben Sie eine Erklärung dafür, dass Laura sich gegen ärztlichen Rat selbst aus der Klinik entließ?“

„Sie war eigentlich schon auf dem Weg der Besserung. Frau Dr. Holm sagte mir, dass es keine Hinweise auf Eigen- oder Fremdgefährdung gäbe. In dem Fall wäre Laura nämlich durch eine Zwangseinweisung in dem Krankenhaus festgehalten worden.“

„Und man hat Sie nicht darüber benachrichtigt, dass Ihre Tochter nicht mehr dort ist?“

„Offensichtlich nicht“, erwiderte die Mutter bitter. Diesen Punkt wollte Mona später überprüfen. Jetzt war ihr noch eine andere Sache wichtig.

„Hat Laura eine Beziehung zu Borkum? Gibt es womöglich eine Adresse in der Upholmstraße, mit der sie etwas verbindet?“

„Nein, Frau Sander. Weder mein Mann und ich noch unsere Tochter sind jemals auf Borkum gewesen. Wir fliegen im Urlaub immer nach Spanien.“ Sie begann plötzlich zu weinen. „Es lief alles so gut für Laura. Warum habe ich nicht bemerkt, dass sie abgeglitten ist?“

„Machen Sie sich bitte keine Vorwürfe“, sagte Mona lahm. Sie musste sich eingestehen, dass sie selbst ebenfalls von Schuldgefühlen geplagt wurde. Sie bot den Eltern an, dass sie sich jederzeit auf der Polizeiwache melden konnten, sobald sie auf der Insel eingetroffen waren.

Nachdem Mona sich verabschiedet hatte, rief sie noch einmal bei Frau Dr. Holm an. Ihre Beklemmung verwandelte sich in Wut, und das war in diesem Fall ein gutes Gefühl.

„Ist es eigentlich üblich, dass die Patienten ihrem Schicksal überlassen werden, sobald sie nicht mehr in der Klinik sind? Laura Wellings Eltern wussten gar nicht, dass ihre Tochter nicht mehr in Behandlung ist.“

„Wie bitte? Das muss ich hier im Haus klären, ich rufe Sie zurück.“

„Das wäre gut“, giftete Mona und beendete das Gespräch.

Sie trank ihren halb erkalteten Tee aus und beruhigte sich ein wenig. Natürlich war es möglich, dass eine Medizinstudentin mit Rauschgift in Kontakt kam. Aber wenn der Konsum nun gar nicht freiwillig erfolgt war? Hatte jemand versucht, Laura Wellings geistige Gesundheit mutwillig zu zerstören? Vielleicht wusste die Krefelder Polizei mehr. Bevor Mona dort anrufen konnte, klingelte jedoch ihr Telefon. Frau Dr. Holm meldete sich.

„Es ist bei uns Vorschrift, dass bei der Entlassung eines Patienten zumindest eine Person von der Besucherliste benachrichtigt wird. Das hat in diesem Fall eine Praktikantin gemacht. Und die Person, die von ihr angerufen wurde, war Andreas Brügge. Die Eltern wussten also wirklich nichts.“

Mona knurrte etwas Unverständliches und legte den Hörer auf. Immerhin hatte sie die Mobilfunknummer dieses ominösen Besuchers bekommen. Doch sein Apparat war ausgeschaltet. Sie startete eine Suchabfrage im polizeilichen Informationssystem. Natürlich gab es jede Menge Personen mit dem Namen Andreas Brügge in Deutschland. Aber es war keiner darunter, der sich auf Anhieb mit der psychiatrischen Klinik bei Krefeld in Verbindung bringen ließ. Vorausgesetzt, dass der Name überhaupt richtig war.

Der Mann erschien Mona höchst verdächtig. Ob es etwas bringen würde, ihn zur Fahndung auszuschreiben? Aber mit welcher Begründung? Ganz abgesehen davon, dass sie noch nicht einmal eine Personenbeschreibung von ihm hatte.

Monas Gedankenfluss wurde durch Stimmengewirr auf dem Korridor vor ihrem Büro unterbrochen. Offenbar hatte Oltbeck Besuch bekommen, während die Kommissarin mit ihren Telefonaten beschäftigt gewesen war. Neugierig öffnete sie ihre Bürotür. Jeremias Brock und sein Stiefsohn Klaas Kossen verabschiedeten sich soeben von ihrem Vorgesetzten.

„Wir nehmen diese Anschuldigungen sehr ernst."

Mona kriegte gerade noch diese Worte aus Oltbecks Mund mit. Dann nickten die beiden dem Hauptkommissar zu und verließen die Polizeistation durch die Vordertür des Wachlokals. Mona war von ihnen nicht bemerkt worden. Sie musste unbedingt herausfinden, was geschehen war. Also stürmte sie auf den Revierleiter zu.

„Was ist denn los, Herr Oltbeck?"

Der Chef zögerte einen Moment lang, bevor er antwortete.

„Waren Sie nicht eigentlich gemeinsam mit Herrn Moll im Einsatz, Frau Sander?"

„Ja, allerdings haben wir uns getrennt, um einige Aufgaben parallel abarbeiten zu können."

„Das ist in diesem Fall sehr ungünstig", murmelte Oltbeck.

„Wollen Sie mir nicht endlich sagen, was geschehen ist?", platzte Mona heraus.

„Es gibt eine Dienstaufsichtsbeschwerde gegen Herrn Moll. Er soll Herrn Brock seine Pistole an den Kopf gehalten und ihm mit Mord gedroht haben."

Kapitel 9

Mona fiel aus allen Wolken. Und ihre erste Reaktion ließ nicht lange auf sich warten.

„Sie werden diesen Mist doch wohl nicht glauben?“

„Klaas Kossen war dabei. Er kann die Konfrontation zwischen Herrn Brock und unserem Kollegen bezeugen.“

„Hat der Spinner wieder einen Kopfstand gemacht, während er angeblich alles beobachtete?“, höhnte Mona. Sie spürte, dass sie sich dringend mäßigen musste. Momentan war kein Enno da, der sie bremsen konnte. Wenn Mona sich nicht selbst beherrschte, dann würde sie bald tief in der Tinte sitzen. Und dann konnte sie ihrem Dienstpartner nicht mehr helfen, obwohl er mehr als je zuvor darauf angewiesen war.

Zum Glück ließ sich Oltbeck nicht so schnell provozieren.

„Ich kann Ihre Aufregung verstehen, Frau Sander. Sie kennen die Vorschriften genauso gut wie ich. Zunächst werde ich Herrn Molls Aussage aufnehmen, dann wird die Angelegenheit vom Dezernat für interne Ermittlungen übernommen.“

„Also vom Landeskriminalamt“, murmelte Mona. Ihr Kreislauf spielte verrückt. In diesem Moment kam Enno herein. Er machte einen völlig arglosen Eindruck. Mona glaubte nicht, dass er so überzeugend schauspielern konnte.

„Moin, was ist passiert? Du bist ja so blass, Mona.“

Bevor sie antworten konnte, hatte Oltbeck bereits seine Bürotür geöffnet.

„Ich muss Sie dringend unter vier Augen sprechen, Herr Moll.“

Enno zuckte mit den Schultern, folgte dem Vorgesetzten und warf Mona im Vorbeigehen einen verwunderten Blick zu. Offenbar wusste er wirklich nicht, was ihn erwartete. Oder? Die Kommissarin war völlig verwirrt.

Es war das Beste, sich zunächst wieder auf die Arbeit zu konzentrieren. Es gab zahlreiche Menschen, die einen erfolgreichen Strafverteidiger wie Huizinga hassten. Die Kommissarin hatte selbst manchmal Probleme mit gewieften Anwälten, die einen offensichtlich Schuldigen um jeden Preis vor einer Haftstrafe bewahren wollten. Dennoch war sie der festen Überzeugung, dass eine gute Verteidigung bei einem rechtsstaatlichen Prozess unumgänglich war. Sogar dann, wenn sie persönlich eine Abneigung gegen bestimmte Anwälte hatte.

Huizinga war fleißig gewesen, wie Mona schon nach kurzer Zeit feststellte. Zahlreiche Prozesse waren von ihm gewonnen worden. Ob es sinnvoll war, sich auf die spektakulärsten zu beschränken?

Die Kommissarin zuckte zusammen, als Enno die Tür von Oltbecks Dienstzimmer zuschlug. Ihr rutschte das Herz in die Hose, während sie aufsprang und zurück auf den Flur lief. Ennos wettergegerbtes Gesicht war totenbleich. So hatte sie ihn noch nie zuvor gesehen.

„Was ist los? Rede mit mir."

„Ich bin suspendiert", presste der Oberkommissar hervor, ohne Mona dabei anzuschauen. Es war, als ob sie einen Fremden vor sich hätte.

„Wie bitte? Oltbeck hat wohl zu heiß gebadet! Das kann er nicht machen, er ..."

Die Kommissarin wollte nun ihrerseits ins Büro des Vorgesetzten stürmen, aber Enno hielt sie am Arm fest.

„Lass es gut sein, Mona. Oltbeck handelt vorschriftsmäßig. Die Dienstanweisungen lassen ihm bei der Sachlage keinen Spielraum."

Monas Blut brodelte.

„Weißt du, wie wenig mich die Dienstanweisungen momentan kümmern?"

Der hünenhafte Ostfriese antwortete nicht. In diesem Moment fragte Mona sich, ob er womöglich schuldig war und seine Pistole tatsächlich auf den Geistheiler gerichtet hatte.

Nein, das war völlig unmöglich.

Wenn Mona sich auch nur ein wenig auf ihre Menschenkenntnis verlassen konnte, dann würde Enno so etwas niemals tun. Höchstens dann, wenn er mit einem Messer oder einer anderen gefährlichen Waffe bedroht wurde. Aber davon war keine Rede gewesen. Solange das Vater-Sohn-Gespann zusammenhielt und es keine weiteren Zeugen gab, konnten sie Enno zahlreiche Straftaten anhängen.

„Lass meinen Arm los", sagte Enno nach einer Weile. Er wich Monas Blick immer noch aus. Sie fragte ihn nicht danach, ob er wirklich seine Dienstwaffe gezogen hatte. Wenn sie ihm in diesem Punkt nicht vertraute, was war ihre Freundschaft dann noch wert?

Mona löste ihre Finger von seinem dicken Ringerarm.

„Ich weiß, dass du unschuldig bist. Und ich werde es beweisen. Wir reden heute Abend, ja?"

„Wenn du meinst."
Der Oberkommissar ging fort, ohne sich noch einmal umzudrehen. Mona kämpfte mit den Tränen. Sie atmete einige Male tief durch, bis sie sich wieder halbwegs beruhigt hatte. Dann ging sie in Oltbecks Büro, ohne anzuklopfen. Der Revierleiter blickte von der Akte auf, die er gerade las.
„Ich kann mir vorstellen, was Sie sagen wollen, Frau Sander. Aber versetzen Sie sich bitte in meine Lage."
„Ennos Frau betrügt ihn mit Brock, und jetzt suspendieren Sie ihn auch noch?"
Kaum hatte Mona diesen Satz hervorgestoßen, als sie sich am liebsten die Zunge abgebissen hätte. Noch gab es keinen Beweis für einen Ehebruch. Mit ihrer unbedachten Bemerkung hatte sie den Verdacht gegen ihren Kollegen nur noch weiter unterfüttert. Oltbecks verblüffter Blick sprach Bände.
„Ach, ist das so? Dann hätten wir ja ein Motiv für Herrn Molls vorschriftswidriges Verhalten. Ich gehe davon aus, dass Sie gegenüber den Kollegen vom Dezernat für interne Angelegenheiten ohne falsche Hemmungen aussagen werden, Frau Sander."
„A-aber ich ..."
„Herr Moll hat noch genug Resturlaub, den er soeben angetreten hat. Natürlich bekommt er selbst ebenfalls Gelegenheit für eine Stellungnahme. Die mit der Ermittlung betrauten Beamten werden vermutlich schon morgen auf Borkum eintreffen. Einstweilen müssen Sie leider allein an dem Fall Huizinga weiterarbeiten, Frau Sander. Unsere dünne Personaldecke lässt mir keinen Spielraum."
Mona öffnete den Mund, um Enno zu verteidigen. Aber sie war ja nicht dabei gewesen, als er angeblich dem Geistheiler seine Pistole unter die Nase gehalten hatte. Mona durfte Ennos Lage auf keinen Fall noch weiter verschlechtern. Sie hatte für den Moment schon genug angerichtet, wie sie selbst fand.
„Sagen Sie mir bitte Bescheid, wenn ich meine Aussage machen soll", brachte sie schließlich mit krächzender Stimme hervor.
Oltbeck nickte.
„Ja, selbstverständlich. Das geht jetzt alles streng nach Vorschrift weiter."
Mona wusste nicht, wie sie zurück an ihren Schreibtisch gelangt war. Sie starrte auf Ennos leeren Bürostuhl. Es durfte einfach nicht geschehen, dass er aus dem Polizeidienst entfernt oder auch nur

versetzt wurde. Die Vorstellung, mit einem anderen Kollegen zusammenarbeiten zu müssen, entsetzte sie. Die Kommissarin machte sich kaum Illusionen über sich selbst. Sie war ein schwieriger Charakter, der mit vielen Menschen nicht gut auskam. Enno war eigentlich der Einzige, mit dem sie bei der Arbeit harmonierte. Er hatte ihr immer das Gefühl gegeben, eine gute Polizistin zu sein.

Mona straffte sich, bevor sie im Selbstmitleid zu versinken drohte. Enno brauchte sie jetzt. Und sie konnte ihm nur helfen, indem sie Brock und dessen Stiefsohn als Lügner entlarvte. Wenn diese Kerle wirklich in Huizingas Ermordung oder den Angriff auf Laura Welling verwickelt waren, dann musste sie es herausfinden und beweisen!

Die Kommissarin hatte ihren PC eingeschaltet und checkte im Internet Presseberichte über beachtenswerte Strafprozesse mit Huizingas Beteiligung. Wie lange sollte sie zurückgehen? Fünf Jahre? Zehn? Sie versuchte, sich in einen potentiellen Mörder hineinzuversetzen. Ein Motiv wäre aus Sicht des Täters gewiss ein zu mildes Urteil für ein besonders abscheuliches Verbrechen. Eigentlich müsste dabei eher der Richter zur Zielscheibe des Hasses werden. Doch wenn er aus irgendeinem Grund nicht zu erreichen war? Konnte dann stattdessen der Verteidiger in Lebensgefahr geraten?

Mona stieß auf einen Prozess gegen einen Raser, der im deutsch-niederländischen Grenzgebiet ein junges Mädchen totgefahren hatte. Obwohl eine Fahrerflucht vorlag, kam der Täter mit einer Bewährungsstrafe davon. Wenn man dem Pressebericht glauben konnte, dann hatte sich Huizinga durch seinen Umgang mit den Belastungszeugen besonders unbeliebt gemacht. Jedenfalls wirkte das Strafmaß ganz gewiss nicht abschreckend auf die Bleifuß-Fraktion.

Die Kommissarin bemerkte, dass das Unfallopfer Niederländerin gewesen war. Womöglich würde sie bei ihren Kollegen jenseits der Grenze mehr über die familiären Hintergründe der jungen Frau erfahren können. Kurz entschlossen griff sie zum Telefonhörer und rief Brigadier Jan Bakker bei der Polizei Delfzijl an. Der blonde, breitschultrige Holländer war ihr bevorzugter Kontakt in dem westlichen Nachbarland. Mona unterhielt sich mit ihm in einer Mischung aus Deutsch und Niederländisch. Die beiden fanden einander auch privat sehr sympathisch, und sie konnte jetzt etwas Beistand dringend gebrauchen.

Jan meldete sich mit Namen und Dienstgrad. Seine Stimme wurde sofort freundlicher, als er Mona hörte.

„Wie schön, du hast dich länger nicht mehr gemeldet. Was kann ich für dich tun?"

Die Kommissarin berichtete in Kurzform von ihrem aktuellen Fall.

„Ah, ich kapiere! Du glaubst, jemand könnte sich an dem Verteidiger des Rasers gerächt haben? Aber warum nicht an dem Todesfahrer selbst? Oder an dem Richter?"

„Das ist eine gute Frage, Jan. Ich weiß auch nicht, ob diese Spur vielleicht ins Leere führt."

„Lass mich nachdenken, ich war damals selbst als Zeuge vorgeladen."

„Als Zeuge der Anklage?"

„Nein, der Verteidigung. Der Unfall fand ja auf der deutschen Seite der Grenze statt. Damit hatte ich gar nichts zu tun. Es ging darum, dem Opfer Marie van Geldern eine Mitschuld nachzuweisen. Huizinga muss irgendwie herausbekommen haben, dass Marie als Radfahrerin einmal eine rote Ampel missachtet und dafür einen Strafzettel von uns bekommen hat. Der Anwalt wollte ihr eigenes Verhalten im Straßenverkehr schlechtmachen."

„Was für ein schäbiger Trick."

„Ja, zumal es bei dem Raserunfall gar nicht um eine rote Ampel ging. Marie fuhr auf schnurgerader Straße, das Licht an ihrem Fahrrad funktionierte. Sie wurde von diesem Dreckskerl totgefahren, hatte nicht die geringste Chance."

„Die Stimmung im Gerichtssaal muss damals sehr angespannt gewesen sein."

Der Holländer stimmte zu.

„Der vorsitzende Richter drohte mehrfach damit, das Publikum auszuschließen. Natürlich saßen auch zahlreiche Freunde und Verwandte des Mädchens im Saal, sowohl von väterlicher als auch von mütterlicher Seite. Also nicht nur die van Gelderns, sondern auch die Hoogstraats ..."

„Wie war das, bitte?"

Der Brigadier wiederholte die Namen.

„Ich habe einen Henk Hoogstraat vernommen, Jan. Könntest du bitte mal überprüfen, ob da ein Verwandtschaftsverhältnis besteht?"

„Sekunde, das haben wir gleich."

Mona hörte, wie ihr holländischer Kollege auf seiner Tastatur tippte. Dann meldete er sich wieder zu Wort.

„Ja, laut unserem zentralen Melderegister könnte Henk Hoogstraat der Großonkel des Unfallopfers sein. Das müsste ich noch nachrecherchieren."

„Nicht nötig, du hast mir bereits sehr geholfen, Jan. Ich werde mir den Herrn selbst noch mal vorknöpfen."

„Ich würde dich gern wiedersehen, Mona", sagte der holländische Brigadier. „Unser letztes Treffen hat mir sehr gefallen."

„Das kann ich mir vorstellen", erwiderte sie. Bei dieser Gelegenheit hatten Jan und sie einander nämlich geküsst. „Ich möchte dich auch treffen, Jan. Allerdings muss ich momentan hier einiges klären. Außerdem ist mein Kollege ausgefallen, und seine Arbeit bleibt an mir hängen."

Mona mochte dem Holländer nicht erzählen, dass Enno zu Unrecht suspendiert worden war. Sie wusste, dass sich Jan darüber nur aufregen würde. Und damit war niemandem gedient. Es hatte ihr einfach nur gutgetan, seine Stimme hören zu können.

Und natürlich war seine Information Gold wert.

Sie beendete das Telefonat und wollte die Polizeistation durch das Wachlokal verlassen.

„Hat Enno schon Feierabend?", tönte Grietje. „Ihr führt ein Leben, von dem man nur träumen kann – Kriminalistin müsste man sein."

Der Kommissarin platzte der Kragen. Mit Monas Selbstbeherrschung war es ohnehin nicht weit her. Sie stürmte auf ihre Kollegin los und packte sie an der Uniformbluse.

„Kannst du nicht wenigstens ein einziges Mal dein Schandmaul halten, Grietje? Enno ist suspendiert worden, weil dieser verdammte Geistheiler ihm etwas anhängen will. Und seine Frau ist auch auf den elenden Scharlatan hereingefallen. Seine ganze Welt bricht zusammen, ohne dass ihn eine Schuld daran trifft. Er ist richtig mies dran, geht das in dein Spatzenhirn?"

Die junge sommersprossige Kollegin schaute Mona entsetzt an. Die Kommissarin ließ Grietje los und eilte durch die Eingangstür hinaus auf die Strandstraße.

Grietje hatte nicht das letzte Wort. Aber so richtig freuen konnte sich Mona darüber nicht.

Sie umrundete das Gebäude und fuhr los. Es war ein seltsames Gefühl, ohne Enno in dem Opel Vectra zu sitzen. Auf der schnurgeraden Reedestraße Richtung Hafen kühlte sich Monas heißes Blut nur unwesentlich ab. Sie war wütend – auf Jeremias Brock, auf Klaas Kossen, auf die Hobby-Wikinger, auf den toten Huizinga, auf Oltbeck, auf Hoogstraat, auf Grietje – und vor allem auf sich selbst.

Mona fragte sich, wie sie sich von Hoogstraat so sehr hatte einlullen lassen können. Der Alte hatte bei ihr Mitleid erregt. Warum hatte sie sein Alibi nicht überprüft? Die Kommissarin hatte sich viel zu schnell auf die Donkers als Verdächtige eingeschossen. *Das kommt davon, wenn man sich durch persönliche Sympathie im Urteil beeinflussen lässt*, dachte Mona voller Selbstverachtung.

Das Wetter passte nicht zu Monas düsterer Stimmung. Es waren nur wenige Wölkchen am Himmel. Sie wurden von einer sanften Brise Richtung Westen davongeschoben. Für Segler waren es beinahe ideale Bedingungen. Das musste sich wohl auch Hoogstraat gedacht haben. Als die Kommissarin nämlich den Liegeplatz der *Phoebe* erreichte, war dieser leer.

Mona hatte in letzter Zeit so viele Rückschläge einstecken müssen, dass es auf einen weiteren auch nicht mehr ankam. Sie eilte zum Hafenmeister.

„Moin, wann ist die *Phoebe* ausgelaufen?“

„Die Liegezeit endete heute Morgen. Als ich mit der Arbeit begonnen habe, war sie bereits fort.“

„Hoogstraat scheint die Zeit des Sonnenaufgangs wirklich zu lieben.“

„Wie bitte?“

„Nicht so wichtig“, murmelte die Kommissarin. „In Ihren Aufzeichnungen steht doch auch der Heimathafen der Yachten, die Borkum anlaufen?“

„Das stimmt.“

Mona erfuhr von dem Hafenmeister, dass die Phoebe in Delfzijl beheimatet war. Sie bedankte sich für die Auskunft und setzte sich wieder in ihren Dienstwagen. Während sie zerstreut den Möwen nachschaute, die eine auslaufende Autofähre verfolgten, rief sie noch einmal ihren Freund bei der holländischen Polizei an.

„Die Beweislage ist momentan noch etwas dürftig – aber könntet ihr Hoogstraat zum Verhör holen, sobald seine Yacht Delfzijl oder einen anderen niederländischen Hafen anläuft? Es ist möglich, dass er zumindest Beihilfe zum Mord geleistet hat."

„Ich gebe die Information gleich an die Kollegen in den anderen Küstenorten weiter, Mona. Sobald wir den Mann festgesetzt haben, bekommst du eine Nachricht von mir."

Sie bedankte sich und beendete das Gespräch. Plötzlich wurde Mona von einem heftigen Schwindelgefühl übermannt. Einen Moment lang schien es ihr, als ob sie umkippen würde. Das konnte sie sich jetzt wirklich nicht leisten. Dann erkannte sie, dass ihr Magen einfach leer war. Sie brauchte dringend ein paar Kalorien, um klar denken zu können. Enno hätte das verstanden.

Mona ging auf schwankenden Beinen hinüber ins Yachthafen-Restaurant, wo sie sich ein Frühstück bestellte. Während des Essens kehrten ihre Lebensgeister zurück. Sie vergegenwärtigte sich den Ermittlungsstand.

War es nicht geradezu ein gutes Zeichen, dass Brock ihren Kollegen angeschwärzt hatte? Nach Monas Meinung bedeutete die falsche Anschuldigung nämlich, dass der Geistheiler nervös wurde. Und sie konnte sich nicht vorstellen, dass Birte dafür der einzige Grund war. Brock verfügte quasi über einen Harem, er hatte gewiss schon öfter mit eifersüchtigen Ehemännern zu tun gehabt. So leicht ließ er sich durch einen gehörnten Gatten gewiss nicht aus der Ruhe bringen. Also musste er befürchten, dass die Polizei ihm aus einem anderen Grund gefährlich werden konnte.

Wegen Laura Welling?

Wenn Enno ausfiel, dann hatte Brock es nur noch mit Mona zu tun. Sie hatte schon öfter davon profitiert, dass ihre Widersacher sie wegen ihrer geringen Größe und ihrer Jugend unterschätzten.

Die Kommissarin rief im Städtischen Krankenhaus an und erfuhr, dass die Patientin immer noch ohne Bewusstsein war. Außerdem ließ sie sich mit dem jungen Kollegen verbinden, der Laura Welling bewachte.

„Wir müssen damit rechnen, dass der Täter noch einmal zuschlägt. Also ist äußerste Wachsamkeit gefragt."

Der Polizeimeister versicherte, dass er die Augen aufhalten würde. Mona verließ den Hafen und kehrte in den Ort zurück. Als sie an der Franzosenschanze vorbeifuhr, erblickte sie plötzlich eine bekannte Gestalt.

Klaas Kossen hatte sich einen einzeln stehenden Baum gesucht, an dem er zwei Seile befestigt hatte. Diese brachte er nun mit beiden Armen in Schwingungen. Mona wusste, dass dies eine ausgezeichnete Übung für Ausdauer und Muskelaufbau war. Kossens Figur konnte sich wirklich sehen lassen. Sie hatte momentan allerdings keinen Sinn für männliche Schönheit. Stattdessen wollte sie es ausnutzen, diesen Kerl allein sprechen zu können.

Brocks Stiefsohn bemerkte Mona erst, als sie geparkt hatte und sich ihm von der Seite näherte. Er drehte ihr sein verschwitztes Gesicht zu und lächelte, ohne dabei die Seilbewegungen abzubrechen.

„Moin, Frau Sander."

„Wie wäre es, wenn ich Ihnen meine Pistole gegen die Stirn drücke? Macht es eigentlich einen Unterschied, ob ich das wirklich tue?"

Klaas Kossen ließ seine Sportgeräte sinken.

„Ich kann verstehen, dass Sie zornig sind. Es bringt leider nichts, wenn Sie das Gift Ihrer negativen Gefühle in sich aufbewahren."

„Und es bringt auch nichts, wenn Sie gegen Gesetze verstoßen." Mona warf dem jungen Mann einen harten Blick zu. „Erwähnte ich bereits, dass man sich auch mit einer uneidlichen Falschaussage strafbar macht?"

Kossen legte seinen freundlichen Gesichtsausdruck immer noch nicht ab.

„Ihr Kollege muss sich für sein Verhalten verantworten, Frau Sander. Das ist nicht meine Schuld."

Beinahe hätte er es geschafft, Zweifel in Monas Herz zu säen. Aber sie wusste, dass Enno niemals eine geladene Pistole auf einen Unbewaffneten richten würde. Wenn die Kommissarin sich in dieser Hinsicht täuschte, dann hätte sie wirklich ihren Beruf verfehlt. Außerdem führte sie sich vor Augen, dass Kossen die Kunst der Manipulation vom Meister gelernt hatte. Brock mochte kein Geistheiler sein, aber er verstand es, die Menschen um den kleinen Finger zu wickeln.

„Früher oder später kommt die Wahrheit ans Licht. Sagt Ihnen eigentlich der Name Laura Welling etwas?"

Kossen hatte sich nicht perfekt unter Kontrolle, wie Mona zu ihrer Erleichterung feststellte. Sein Gesicht zuckte leicht, bevor er heftig den Kopf schüttelte.

„Nein, ich habe ihn noch nie gehört.“

Nun war die Kommissarin sicher, angelogen zu werden. Und das war ein gutes Gefühl. Sie ermittelte offenbar nicht in die falsche Richtung. Mona zog ihr Smartphone.

„Das ist auch nicht so wichtig. Warum machen Sie nicht mit Ihrem Training weiter? Stört es Sie, wenn ich dabei ein Bild von Ihnen mache?“

Mona richtete die Kameralinse ihres Telefons auf Kossen. Er grinste plötzlich nicht mehr wie ein Honigkuchenpferd.

„Warum wollen Sie mich denn fotografieren?“

„Spricht etwas dagegen?“, fragte die Kommissarin scheinbar arglos zurück. „Sie haben doch keine Probleme damit, Ihren Astralkörper zu zeigen, oder? Sonst würden Sie nicht direkt hier am Straßenrand Ihre Übungen machen. Apropos, weshalb sind Sie eigentlich nicht auf dem Grundstück Ihres Stiefvaters? Dort gibt es doch genug Bäume.“

„Jeremias braucht den Garten momentan für eine Gruppenübung. Also gut, lichten Sie mich ab. Ich habe nichts zu verbergen.“

Kossen klang jetzt trotzig. Er wirkte nicht mehr so locker wie zuvor. *Wahrscheinlich hat er die kosmischen Schwingungen des Ärgers gespürt, den er sich einhandeln wird*, dachte Mona hämisch. Während Kossen die Seile schwang, machte sie ein paar Bilder, auf denen nicht nur seine Muskelpakete, sondern auch sein Gesicht gut zu erkennen waren.

Die Kommissarin spürte ein kleines Triumphgefühl in sich aufkommen. Das hielt allerdings nur kurz an, denn sie bemerkte im Augenwinkel eine Bewegung. Dieser Unglücksrabe Lars Schoonebek war schon wieder aufgetaucht! Er saß auf einem Fahrrad und beobachtete Mona und Kossen aus sicherer Entfernung. Noch hatte der Stiefsohn des Geistheilers ihn nicht bemerkt, weil er dem Hobby-Reporter den Rücken zugewandt hatte.

Das Bürschchen wird sich noch selbst ins Unglück stürzen!, dachte Mona. Sie konnte aktuell nichts tun, weil Kossen Schoonebek sonst unweigerlich bemerkt hätte. Versonnen betrachtete sie die starken Arme des Trainierenden. Damit konnte Kossen zweifellos einen Speer sehr weit schleudern. Er schien ihr Interesse misszuverstehen und setzte wieder sein selbstbewusstes Lächeln auf.

„Gefalle ich Ihnen, Frau Sander? Sie sollten Ihre Gefühle nicht unterdrücken, nur weil Sie durch Ihren Beruf blockiert werden.“

„Nur nicht übermütig werden“, gab Mona trocken zurück und steckte ihr Smartphone wieder ein. „Ich wünsche Ihnen noch viel Spaß beim Training. Und denken Sie darüber nach, was Sie zum Thema uneidliche Falschaussage erfahren haben.“

Kapitel 10

Als Mona den Motor des Opel Vectra gestartet hatte, sah sie im Rückspiegel, dass Schoonebek die Verfolgung aufnahm. Glaubte er etwa, im Fahrradsattel mit ihrem Dienstwagen mithalten zu können? Das mochte im Dauerstau von New York City funktionieren, aber nicht auf einer so autoarmen Insel wie Borkum.

Eigentlich hatte Mona Schoonebek abpassen und ihm eine klare Ansage machen wollen, aber sie änderte ihre Absicht. Es war, als würde man bei ihm gegen eine Wand reden. Sie beschloss, diesen Quälgeist einstweilen links liegen zu lassen. Sie konnte sich schließlich nicht um alles kümmern, und der junge Freizeit-Journalist schien momentan das kleinste ihrer Probleme darzustellen.

Nachdem die Kommissarin kräftig aufs Gaspedal gedrückt hatte, konnte sie Schoonebek jedenfalls nicht mehr hinter sich erblicken.

„Aus den Augen, aus dem Sinn“, sagte sie laut zu sich selbst. Mona war spät dran. Wenn der erste Freizeit-Wikinger seiner Vorladung gefolgt war, musste er bereits auf der Wache sitzen. Und so war es auch.

Eike Hollmann arbeitete bei der Finanzdirektion Emden. Es war ein seltsamer Anblick, ihn in seiner Kriegergewandung demonstrativ auf seine Präzisionsarmbanduhr schauen zu sehen.

„Sie glauben anscheinend, ich hätte meine Zeit gestohlen, nur weil ich momentan Urlaub habe, Frau Kommissarin.“

Mona ging auf den Vorwurf nicht ein, sondern ließ sich auf ihren Bürostuhl fallen.

„Sie waren mit Fokke Huizinga befreundet. Gab es Personen, von denen er sich bedroht fühlte? Wir haben bereits ermittelt, dass er sich als erfolgreicher Strafverteidiger bei vielen Menschen unbeliebt gemacht hat.“

Hollmann zuckte mit den Schultern.

„Fokke trennte Beruf und Privatleben sehr stark voneinander. Wenn wir unsere Nordmann-Gewandungen anlegen, dann wollen wir ja in eine Welt eintauchen, die mit unserem normalen Alltag nichts zu tun hat.“

„Das habe ich inzwischen verstanden“, sagte Mona ungeduldig. „Wie lange kannten Sie den Ermordeten eigentlich?“

Hollmann legte nachdenklich die Stirn in Falten.

„Seit vielen Jahren, so genau kann ich das gar nicht beziffern. Deshalb trifft mich ja der Verlust so tief, meinen anderen Freunden geht es genauso."

Die Kommissarin bohrte nach.

„Was ist mit Herrn Huizingas Ehe? War er glücklich verheiratet?"

Hollmann presste die Lippen aufeinander, bevor er antwortete.

„Ich bin kein Eheberater. Aber es kam mir so vor, als ob er und Annika mehr oder weniger nebeneinanderher leben würden."

„Warum sind eigentlich keine Kinder vorhanden?"

„Soweit ich weiß, kann Annika aus medizinischen Gründen nicht schwanger werden."

„Gab es deshalb Reibereien zwischen den Eheleuten? Gerade Anwälte wünschen sich doch oft einen Nachfolger, in dessen Hände sie ihre Kanzlei übergeben können."

„Fokke wollte sich nicht scheiden lassen, falls Sie das meinen. Jedenfalls hat er mit uns nie darüber gesprochen."

Mona dachte sich, dass man so ein ernsthaftes Thema wohl kaum beim Met oder nach einem Holzschwertduell bereden würde. Das konnte sie sich jedenfalls nicht vorstellen.

„Und es gab keine anderen Frauen im Leben Ihres Freundes? Ich weiß, dass Männer gern mit ihren Eroberungen prahlen, wenn sie unter sich sind."

Das hatte die Kommissarin zumindest gehört. Ihre Bemerkung war ein Schuss ins Blaue gewesen. Und doch schien sie den Nagel auf den Kopf getroffen zu haben. Sie merkte, dass Hollmann nervös wurde.

„Als junger Mann war Fokke kein Kind von Traurigkeit. Da gab es mal eine heiße Affäre, von der ich weiß. Aber als es dann mit Annika ernst wurde, hat er diese andere Frau abserviert."

Mona bezweifelte, dass diese Zurückweisung nach so vielen Jahren noch ein Mordmotiv darstellen konnte. Aber sie musste so viel wie möglich über Huizinga in Erfahrung bringen.

„Hat diese Frau denn auch einen Namen, Herr Hollmann?"

„Sie hieß Tatje. Den Nachnamen kenne ich nicht. Ich habe sie auch nie zu Gesicht bekommen. Fokke gab sich damals immer sehr geheimnisvoll."

„Kann es sein, dass diese Geliebte nur in der Fantasie Ihres Freundes existierte?"

Der Freizeit-Nordmann legte nachdenklich die Stirn in Falten.

„Beschwören könnte ich es nicht. Aber eigentlich hatte Fokke Schlag bei den Frauen, jedenfalls mehr als wir anderen Kerle. Er hätte es am wenigsten nötig gehabt, uns einen Bären aufzubinden."

Mona fragte sich, ob sie sich nicht hoffnungslos verrannte. Wieso sollte eine Frau, mit der Huizinga vor vielen Jahren liiert gewesen war, in seine Ermordung verwickelt sein? Die Kommissarin versuchte geradezu krampfhaft, eine andere Person als den Geistheiler zu verdächtigen. Wobei sie genau genommen gegen Brock nichts in der Hand hatte – außer, dass er Enno kaltgestellt hatte. Wie sehr fehlte Mona jetzt ihr Kollege, um sich gedanklich auszutauschen! Sie beschloss, abends mit Enno den Fall noch einmal durchzugehen.

Die Kommissarin beendete Hollmanns Befragung. Sie wollte natürlich später checken, ob es Spannungen zwischen dem Finanzbeamten und seinem Freund gegeben hatte. Hollmann behauptete, mit Huizinga ein Herz und eine Seele gewesen zu sein. Für den Moment kam er Mona glaubwürdig vor.

Die Kommissarin rief in der Nervenklinik bei Krefeld an und ließ sich mit Frau Dr. Holm verbinden. Mona kam sofort zur Sache.

„Wenn ich Sie bei unserem letzten Telefonat richtig verstanden habe, dann kannten Sie diesen Besucher von Laura Welling gar nicht persönlich? Sein Name war Andreas Brügge, nicht wahr?"

„Ja, der Name steht jedenfalls in unseren Besucherlisten. Natürlich ist es möglich, dass ich ihm auf dem Gelände begegnet bin. Aber ich könnte dem Namen kein Gesicht zuordnen."

„Ich habe hier ein Foto von einem sehr sportlichen jungen Mann, der mit Tauen trainiert. Ich möchte es Ihnen gern schicken. Könnten Sie bitte im Kollegenkreis herumfragen, ob diese Person dort bekannt ist? Das wäre für meine Ermittlungen sehr wichtig."

„Das will ich gern tun, Frau Sander. Wie geht es Frau Welling?"

„Ihr Zustand ist unverändert, soweit ich weiß. Wir sollen informiert werden, sobald sich eine Änderung abzeichnet."

Die Kommissarin schickte der Therapeutin das Foto von Klaas Kossen als Mailanhang. Noch gab es keinen Beweis dafür, dass sich der Stiefsohn des Geistheilers wirklich in der Klinik aufgehalten hatte. Diese Möglichkeit war einer von den Strohhalmen, an die Mona sich klammerte. Sie konzentrierte sich nun wieder auf die Befragungen von Huizingas übrigen Freunden.

Auch die Termine mit Jörn Raveling und Peter Clausen verliefen mehr oder weniger ergebnislos. Immerhin bestätigten die beiden Männer, dass es wohl wirklich eine Tatje in Huizingas Leben gegeben hatte. Auch diese beiden Hobby-Wikinger wollten die Frau niemals zu Gesicht bekommen haben. Raveling erinnerte sich immerhin an den Grund dafür.

„Angeblich war Tatje mit einem anderen Mann verlobt, und in einer kleinen Stadt verbreiten sich Gerüchte in Windeseile. Fokke musste den Ball flach halten. Ich vermute, er wollte sich mit seinem Rivalen nicht anlegen."

Den Namen dieses anderen Mannes kannte Raveling allerdings auch nicht. Als Mona Feierabend machte, war sie nicht sicher, ob sie mit ihrem Fall wirklich vorangekommen war. Sie stieg auf ihr Rad. Eigentlich hätte sie am liebsten sofort Enno besucht. Doch sie beschloss, noch bei seiner Frau vorbeizuschauen. Wenn die Kommissarin Glück hatte, konnte sie Birte unter vier Augen sprechen. Sie wollte es um jeden Preis vermeiden, mit dem Geistheiler zusammenzurasseln. Mona hätte nicht dafür garantieren können, dass sie ihre Zunge im Zaum hielt. Und sie wollte nicht auch noch von dem Fall abgezogen werden.

Mona schlug einen Bogen und näherte sich Brocks Anwesen aus Richtung Norden. Sie ließ ihr Fahrrad zu Boden gleiten und hastete querfeldein durchs hohe Gras auf das Gebäude zu. Aus der Ferne wirkte es gemütlich und anheimelnd, so wie die übrigen Häuser in der Umgebung. Die Kommissarin fragte sich, ob es besonders clever war, sich einfach hineinzuschleichen. Aber jetzt gab es für sie kein Zurück mehr.

Mona stieg über die kniehohe Feldsteinmauer. Im Haus waren Stimmen zu hören, aber sie konnte nichts Genaueres verstehen. Durch die nicht verschlossene Hintertür gelangte sie ins Innere. Mona hatte sich gemerkt, welches Zimmer Ennos Frau bewohnte.

Die Kommissarin klopfte an und ging hinein.

Birte saß mit untergeschlagenen Beinen auf ihrem Bett, die Augen geschlossen. Nun öffnete sie ihre Lider und lächelte die Besucherin freundlich an.

„Moin, Mona. Willst du zu Annika? Sie ist aufs Festland gefahren, um die Beerdigung ihres Mannes zu organisieren."

„Nein. Ich möchte mit dir sprechen."

Die Kommissarin blieb ernst und redete eindringlich auf Birte ein.

„Enno ist suspendiert worden, weil er angeblich deinen Geistheiler mit der Waffe bedroht haben soll. Du und ich wissen, dass dein Mann so etwas niemals tun würde. Ich weiß nicht, mit was für einem Voodoo Brock dich beeinflusst hat. Du bist eine erwachsene Frau und solltest wissen, was du tust. Jetzt steht Ennos Existenz auf dem Spiel. Kannst du dir vorstellen, was geschieht, wenn er zu Unrecht verurteilt wird?"

Birtes Gesichtsausdruck zeigte nun Verwirrung und Irritation. Offensichtlich wusste sie nichts von den Vorwürfen gegen ihren Ehemann.

„Enno – steckt in Schwierigkeiten?"

Mona nickte.

„Normalerweise ist es ja meine Spezialität, mir Ärger einzuhandeln. Jetzt liegt der Fall anders. Brock und sein sauberer Stiefsohn haben deinen Mann richtig in die Pfanne gehauen, Birte. Ich weiß, dass du diesem Scharlatan vertraust, und daran kann ich wahrscheinlich nichts ändern. Aber wenn du deinen Verstand noch nicht endgültig an der Garderobe abgegeben hast, dann solltest du dir jetzt überlegen, auf wessen Seite du stehst."

Diplomatie war noch niemals Monas starke Seite gewesen. Sie konnte Birte nicht mit Samthandschuhen anfassen – nicht nach dem, was geschehen war. Ihre Hoffnung bestand darin, dass ihre klare Ansage Ennos Frau zur Vernunft bringen würde.

Birte antwortete nicht. Sie warf Mona einen Blick zu, den die Kommissarin überhaupt nicht einordnen konnte.

„Leb wohl, ich werde dich nicht mehr belästigen."

Mit diesen Worten wandte sich die Kommissarin ab. Ob der Kontakt zu Birte jetzt endgültig abgerissen war? Mona wusste es nicht. Für sie stand nur fest, dass Enno unschuldig war. Sie musste jetzt dringend mit ihm reden. Es war schon schlimm genug, dass seine Frau jetzt nicht bei ihm war, um ihn aufzurichten.

Irgendwo im Haus ertönte ein monotoner Singsang. War es der Geistheiler höchstpersönlich, der gerade seine Show abzog? Die Kriminalistin glaubte nicht eine Minute lang, dass Brock wirklich über spirituelle Fähigkeiten verfügte. Vielmehr besaß er ein bemerkenswertes Talent, die Menschen um den Finger zu wickeln. Mona musste sich selbstkritisch eingestehen, dass sie in der passenden Stimmung ebenfalls auf ihn hätte hereinfallen können. Jetzt war ihr das nicht mehr möglich. Und das war auch gut so.

Mona verließ das Haus, ohne von jemandem außer Birte bemerkt worden zu sein.

Wenigstens eine Sache, die heute klappt, dachte sie missmutig, während sie wenig später ihr Fahrrad aufhob und sich in den Sattel schwang.

Es war inzwischen vollständig dunkel, und der frische salzige Seewind fühlte sich auf Monas heißem Gesicht wohltuend an. Sie hatte das Gefühl, mit ihrem Fall in einer Sackgasse zu stecken. Es war nie gut für einen Ermittler, wenn er persönlich zu sehr in die Untersuchungen verwickelt war. Die Kommissarin schnaubte ironisch.

Als ob sie sich das ausgesucht hätte!

Wenn es nach Mona gegangen wäre, dann würde Birte jetzt daheim sitzen und Ostfriesenkrimis schreiben, statt sich von diesem Scharlatan den Kopf verdrehen zu lassen. Warum konnte nicht alles so sein wie früher?

Kaum war Mona dieser Gedanke gekommen, als sie über ihren kindlichen Wunsch lächeln musste. So funktionierten die Dinge leider nicht, das hatten sie noch niemals getan.

Das Ehepaar Moll lebte in einem kleinen Friesenhaus in der Julianenstraße. Enno hatte es von seinen Eltern geerbt. Die Umgebung war sehr ruhig, sogar für Borkumer Verhältnisse. Nur auf der nahe gelegenen Reedestraße rauschte gelegentlich ein Auto vorbei.

Mona lehnte ihr Rad gegen den Zaun. Im Haus brannte kein Licht, aber das hatte nichts zu bedeuten. Vielleicht saß Enno in seinem Sessel und starrte die Wand an. Oder ob er schon ins Bett gegangen war?

Die Kommissarin konnte sich nicht vorstellen, dass er momentan allzu gut schlief. Sie durchquerte den kleinen Garten, der Birtes ganzer Stolz war. Mona klingelte und zuckte zusammen, weil das durchdringende Geräusch so gut zu hören war. Es schien die Stille zu durchschneiden wie ein Messer.

Im Haus regte sich nichts. Mona wartete einen Moment, dann klingelte sie noch einmal. Es war erneut erfolglos. Die Fensterläden waren geschlossen, man konnte keinen Blick ins Innere werfen.

Mona blieb unentschlossen vor der Tür stehen. Wenn Enno nun Hilfe brauchte? Sie konnte sich nicht vorstellen, dass er irgendwelche Dummheiten machen würde. Andererseits war sein

Leben noch niemals zuvor so auf den Kopf gestellt worden. Falls er sie jetzt brauchte und sie nicht für ihn da war, dann würde sie sich das niemals verzeihen.

„Enno? Mach auf, verflixt noch mal!“

Auch ihr Ruf blieb unbeantwortet. Mona kämpfte noch einen Moment lang mit sich, dann fischte sie den Reserveschlüssel aus dem Versteck. Enno hatte ihr einmal anvertraut, dass ein Schlüssel unter einem der Blumentöpfe deponiert war. Die Kommissarin hatte ein fürchterlich schlechtes Gewissen, als sie die Tür öffnete.

Im Haus roch es nach kalter Erbsensuppe. Mona schaltete das Licht an. Der Flur war mit Strohsternen und alten Borkum-Fotografien dekoriert. Eine steile Treppe führte hoch ins erste Stockwerk. Mona brauchte nicht lange, um das Erdgeschoss zu durchsuchen. Enno hielt sich weder in der Küche noch im Wohnzimmer oder in der Kammer auf, die Birte als Arbeitszimmer diente.

Auch im Obergeschoss war er nirgendwo zu sehen. Im Schlafzimmer öffnete Mona den Schrank. Darauf kam es jetzt auch nicht mehr an. Immerhin schienen seine Kleider noch ausnahmslos vorhanden zu sein. Nichts deutete darauf hin, dass Enno eine spontane Reise angetreten hatte.

Wo steckte er nur?

Mona ertappte sich dabei, dass sie nach einem Abschiedsbrief oder einer sonstigen Nachricht Ausschau hielt. Sie konnte nichts dergleichen entdecken, nur eine Einkaufsliste. Die Kommissarin griff zum Smartphone und holte Ennos Mobilfunknummer aus dem Kurzwahlspeicher. Das Gerät war ausgeschaltet.

Mona spürte die Panik in sich aufsteigen. Sie durfte jetzt nicht die Nerven verlieren. Wo konnte Enno sein? Er hatte vor ihren Augen die Polizeiwache verlassen. Und was war dann geschehen? Als alteingesessener Borkumer war ihr Dienstpartner allgemein bekannt. Er konnte sich nicht einfach in Luft auflösen.

Wenn er nun ins Wasser gegangen war?

Die Kommissarin schloss die Augen, als ob sie ihren Einfall dadurch aus dem Gedächtnis löschen könnte. Nein, das war ausgeschlossen. Es würde eher zu Enno passen, in einer der gemütlichen Inselkneipen seinen Frust herunterzuspülen. Sollte sie jetzt vielleicht an allen Theken zwischen den Norddünen und dem Kurpark Ausschau halten? Mona wollte zumindest seine Lieblingslokale abklappern. Sie sehnte sich sehr nach Ennos

Gesellschaft. Außerdem wollte sie sich vergewissern, ob es ihm einigermaßen gut ging.

Leider erwies sich ihr Vorhaben als erfolglos. In der *Seekiste* am Inselbahnhof war ihr Kollege laut Aussage des Wirts nicht gewesen. Auch das griechische Restaurant, in dem sein Freund Dimitrios arbeitete, hatte Enno seit dem letzten Ringertraining nicht als Gast begrüßen können. Und die übrigen Lokale suchte Mona ebenfalls ohne Erfolg auf. Sie schärfte dem Personal ein, sie anzurufen, sobald sich Enno dort blicken ließ.

Auf dem Heimweg versuchte Mona, ihre Gedanken zu beruhigen. Streng genommen hatte ihr Kollege momentan Urlaub, dazu war er schließlich von Oltbeck verdonnert worden. Also konnte er mit seiner Zeit tun und lassen, was er wollte. Vielleicht gab es eine ganz harmlose Erklärung für Ennos Verschwinden. Mona merkte, dass sie dringend Schlaf brauchte. Ihre Überlegungen drehten sich im Kreis, und das war kein gutes Zeichen.

Als sie sich ihrer Wohnung in der Walfangerstrate näherte, kam eine schemenhafte Gestalt auf Mona zu. Ihr Pulsschlag beschleunigte sich. Einen winzigen Moment lang hoffte sie, dass es Enno wäre. Doch dann erkannte sie Grietje. Die junge Polizeimeisterin trug inzwischen Zivil, denn sie hatte längst Feierabend.

Die Kommissarin stieg vom Rad und zog die Augenbrauen zusammen. Sie war immer noch sauer auf ihre junge Kollegin. Bevor Mona etwas sagen konnte, hob Grietje eine Hand.

„Ich weiß, dass du mich für eine alberne Ziege hältst. Aber du sollst wissen, dass die anderen Kollegen und ich wirklich geschockt sind über Ennos Suspendierung. Von uns glaubt keiner, dass er sich etwas hat zuschulden kommen lassen."

Mona nickte. Grietjes ungewöhnlicher Ernst nahm der Kommissarin den Wind aus den Segeln.

„Ich möchte helfen", sagte die junge Kollegin. „Wenn wir beweisen können, dass Brock und Klaas Kossen deinen Dienstpartner zu Unrecht beschuldigen, dann wird Enno von jedem Verdacht reingewaschen."

„Ja, wahrscheinlich. Und wie willst du das anstellen, Grietje?"

„Klaas hat ganz ungeniert mit mir geflirtet. Ich glaube, in seinen Augen bin ich ein Dummchen, mit dem er seine Spielchen treiben kann. Vielleicht hofft er ja, durch mich an Informationen über unseren Ermittlungsstand zu gelangen."

„Das könnte sein“, murmelte Mona nachdenklich. „Und du willst zum Schein darauf eingehen?“

„Ja, das ist der Plan“, erwiderte Grietje eifrig. „In Wirklichkeit werde ich ihm natürlich nichts verraten, was wirklich wichtig sein könnte.“

„Du als Undercover-Polizistin? Das wird Oltbeck niemals erlauben.“

„Der Chef muss es ja gar nicht mitkriegen“, schlug Grietje unverblümt vor. „Schließlich war es Klaas, der sich an mich herangemacht hat. Ich habe jetzt seine Mobilnummer, er will morgen nach Dienstschluss mit mir ausgehen.“

„Dieser Einsatz könnte gefährlich werden, Grietje. Falls Klaas und Brock wirklich etwas mit dem Mord an Huizinga zu tun haben, sind sie mit Vorsicht zu genießen.“

„Sie werden mich schon nicht umbringen, schließlich bin ich eine Informationsquelle. Zumindest sollen diese scheinheiligen Brüder das glauben.“

Mona schaute ihre junge Kollegin zweifelnd an. Grietje mochte ein freches Biest sein, aber ihre polizeilichen Aufgaben hatte sie bisher immer sehr ernst genommen. Die junge Polizeimeisterin konnte von großem Nutzen sein, wenn sie ihre Rolle überzeugend spielte. Die Kommissarin gab sich einen Ruck und legte eine Hand auf Grietjes Schulter.

„Also gut, ich folge deinem Vorschlag. Aber wir müssen ständig in Kontakt bleiben, damit ich dir notfalls helfen kann.“

Trotz der schlechten Lichtverhältnisse konnte Mona Grietjes Lächeln sehen.

„Keine Sorge, ich werde die Sache nicht vermasseln.“

Kapitel 11

Das Telefon klingelte, als Mona am nächsten Morgen ihr Büro in der Polizeistation betrat. Ihr Pulsschlag beschleunigte sich. *Hoffentlich ist es Enno!*, dachte die Kommissarin. Stattdessen meldete sich ihr holländischer Polizeikollege.

„*Dag*, Mona", sagte Jan Bakker. „Es gibt eine gute und eine schlechte Nachricht. Welche willst du zuerst hören?"

„Mach es nicht so spannend", bat sie den Brigadier.

„Also gut. Ich habe Henk Hoogstraat hier in Delfzijl angetroffen. Seine Yacht hat im Hafen festgemacht."

„War das die gute Nachricht?"

„So ist es. Ich sprach ihn an und er leugnete nicht, der Großonkel des damaligen Unfallopfers zu sein. Allerdings leugnet er, etwas mit dem Ruderboot und dem Mord an Huizinga zu tun zu haben."

Die Kommissarin dachte fieberhaft nach. Ob Hoogstraat in Emden das Boot gekauft hatte? Sie führte sich vor Augen, dass auch sein Gesicht von einem Vollbart geziert wurde. Die Zeugin hatte allerdings bereits ihre Unzuverlässigkeit unter Beweis gestellt. Wenn es sonst niemanden gab, der Hoogstraat mit Huizingas gewaltsamem Ende in Verbindung bringen konnte, sah es für die Ermittlungen schlecht aus.

Immerhin war Hoogstraat bisher der einzige Verdächtige, der ein überzeugendes Motiv vorweisen konnte. Mona war sauer auf sich selbst, weil sie ihn viel zu schnell von ihrer Liste gestrichen hatte.

„Bist du noch dran?"

Die Stimme des Holländers riss sie aus ihren Überlegungen.

„Ja, Jan. Entschuldige, ich musste mich nur kurz sortieren. Hoogstraat wäscht also seine Hände in Unschuld, um es mal biblisch auszudrücken?"

„Er leugnet wirklich heftig. Andererseits konnte ich ihn dazu überreden, mit dir zu sprechen. Das müsste allerdings noch heute im Lauf des Tages geschehen."

„Warum?"

„Hoogstraat fliegt abends nach Willemstad auf den niederländischen Antillen."

Mona unterdrückte einen Fluch. Natürlich konnte man eines Straftäters auch dann habhaft werden, wenn er sich in der Karibik aufhielt. Die niederländischen Antillen waren schließlich kein rechtsfreier Raum. Andererseits konnte man von dort aus sehr einfach weiter fliehen – in ein karibisches Steuerparadies, das kein Auslieferungsabkommen mit Deutschland hatte.

Die Kommissarin musste diese Chance nutzen.

„Es wäre am einfachsten, wenn ich Hoogstraat anrufen könnte."

„Das habe ich ihm auch vorgeschlagen. Darauf lässt er sich nicht ein. Du musst persönlich mit ihm reden, und zwar vor sechzehn Uhr. Dann fährt er nach Amsterdam, um von Schiphol aus seinen Flieger in die Karibik zu nehmen. Leider haben wir nichts gegen ihn in der Hand."

Mona lag die Bemerkung auf der Zunge, dass ihr dies selbst klar sei. Aber es brachte nichts, ihre schlechte Laune an Jan auszulassen. Sie hatte es ihm schließlich zu verdanken, dass sie überhaupt noch mit dem Verdächtigen Kontakt aufnehmen konnte. Ohne Jans Bemühungen wäre Hoogstraat einfach nach Willemstad geflogen.

„Okay, dann machen wir es so. Ich hoffe, dass mein Chef mir die Befragung im Ausland genehmigt. Ich melde mich noch bei dir, bevor ich auf die Fähre gehe."

„Gut, ich hole dich dann ab."

Mona beendete das Telefonat und ging ins Büro des Dienststellenleiters hinüber. Sie war hereingeplatzt, ohne anzuklopfen. Oltbeck war nicht allein, er hatte Besuch. Im ersten Moment dachte die Kommissarin, dass ein bestohlenes Touristenpaar eine Anzeige aufgeben wollte. Doch dann spürte sie die sezierenden Blicke der beiden Unbekannten, die auf sie gerichtet waren. Und im nächsten Moment wurde aus der Vermutung Gewissheit.

„Gut, dass Sie da sind, Frau Sander", sagte Oltbeck. „Ich möchte Ihnen die Kollegen vom Dezernat für interne Ermittlungen vorstellen. Das sind Oberkommissarin Nicole Kremser und Oberkommissar Olaf Niehaus."

Mona gab den beiden die Hand. Nicole Kremser trug eine modische Brille, die in ihrem Durchschnittsgesicht deplatziert wirkte. Außerdem schürzte sie die Lippen, als ob sie ständig einen Bonbon lutschen würde. Olaf Niehaus war groß und schlaksig. Er hatte sich so scharf rasiert, dass sein Hals mit zahlreichen Minimalverletzungen übersät war.

Die internen Ermittler lächelten nicht. Vielmehr schauten sie Mona an, als ob sie eine trauernde Witwe wäre. Jedenfalls kam es der Kommissarin so vor.

„Wir sind hier, um die gegen Oberkommissar Moll vorgebrachten Anschuldigungen zu überprüfen“, sagte Nicole Kremser nach einer kurzen Pause. „Sie haben direkt mit dem Kollegen zusammengearbeitet, nicht wahr? Hat sich sein Verhalten in letzter Zeit geändert? Benahm er sich auffällig anders?“

Die Fragen brachten Mona ins Schwitzen. Natürlich war Enno wie ausgewechselt, weil er sich wegen der möglichen Krebserkrankung seiner Frau sorgte. Ganz zu schweigen von dem Verdacht, dass Birte eine Affäre mit Brock haben könnte. Sollte die Kommissarin den internen Ermittlern diese Dinge vielleicht unter die Nase reiben? Dadurch würde sie Enno garantiert ans Messer liefern.

Wahrscheinlich hatte Mona mit ihrer Antwort zu lange gezögert. Olaf Niehaus ergriff das Wort.

„Sie sollten besser mit uns kooperieren, Frau Sander. Schließlich haben Sie selbst eine Vergangenheit, was Disziplinarstrafen angeht.“

Mona verdrehte die Augen.

„Ich hätte mir denken können, dass Sie die Sache mit dem verletzten Hooligan noch einmal aufwärmen würden. Übrigens bin ich dafür bestraft worden. Wollen Sie bis zu meiner Pensionierung darauf herumreiten?“

„Frau Sander“, sagte Oltbeck warnend. Im Gegensatz zu den internen Ermittlern kannte er Monas berüchtigte Temperamentsausbrüche. Aber noch hatte sie sich selbst im Griff. Und das musste auch so bleiben, sonst würde sie Enno unabsichtlich Ärger machen. Das war das Letzte, was sie wollte.

„Oberkommissar Molls Verhalten ist völlig normal“, behauptete Mona. „Wir bearbeiten momentan einen kniffligen Fall mit einer Brandleiche. Außerdem wurde eine junge Frau niedergeschlagen, und es gibt womöglich einen Zusammenhang mit dem Tötungsdelikt.“

„Gibt es aus Ihrer Sicht einen Grund dafür, dass Ihr Kollege Herrn Brock mit seiner Dienstwaffe bedrohen könnte?“

Mona glaubte, aus Nicole Kremsers Stimme einen lauernden Unterton herauszuhören. Es war wirklich zum Mäusemelken! Wenn die internen Ermittler schon in Erfahrung gebracht hatten, dass Birte Moll momentan im Haus des Geistheilers lebte, dann war Enno geliefert. Sie durfte jetzt nichts Falsches sagen und musste auf die Unglaubwürdigkeit von Brock und Klaas vertrauen.

„Enno Moll ist ein erfahrener Polizeibeamter, der sich niemals etwas hat zuschulden kommen lassen. Meiner Meinung nach wird er zu Unrecht beschuldigt."

Nicole Kremser hob ihre sorgfältig gezupften Augenbrauen.

„Warum sollte Jeremias Brock so etwas tun?"

Mona seufzte.

„Vielleicht, weil er einen Lattenschuss hat? Dieser Kerl ist ein selbst ernannter Geistheiler, wegen seiner fragwürdigen Behandlungsmethoden wurde er in der Vergangenheit schon mehrfach angeklagt."

Die interne Ermittlerin blätterte in ihren Unterlagen.

„Das ist uns bekannt, Frau Sander. Es kam aber niemals zu einer Verurteilung."

„Ja, weil Brock die Menschen manipuliert und gegeneinander ausspielt. Al Capone konnte wegen seiner zahlreichen Verbrechen übrigens auch nicht verurteilt werden, bis man ihm zum Schluss wenigstens Steuerhinterziehung nachweisen konnte."

„Wollen Sie etwa Herrn Brock mit Al Capone vergleichen?", fragte Olaf Niehaus. „Übrigens wird hier nicht Herr Brock eines Vergehens beschuldigt."

„Darin besteht ja gerade das Problem", sagte Mona.

„Mäßigen Sie sich, Frau Sander", warnte Oltbeck.

„Es ist offensichtlich, dass die Kommissarin ihrem Kollegen den Rücken freihalten will", sagte Nicole Kremser arrogant. „Es wäre gut, wenn wir mit Herrn Moll persönlich sprechen könnten. Leider war er heute Morgen auf seinem Smartphone nicht zu erreichen, auch nicht über den Festnetzanschluss."

Mona schwitzte Blut und Wasser. Wenn die internen Ermittler herausfanden, dass Enno spurlos verschwunden war, dann musste es für sie wie ein Schuldeingeständnis wirken. Und weder Nicole Kremser noch Olaf Niehaus schienen auf Ennos Seite zu stehen. Und Oltbeck? Für ihn zählte anscheinend nicht, dass der hünenhafte Ostfriese einer seiner zuverlässigsten langjährigen Beamten war. Es wäre naiv von Mona gewesen, von dem Dienststellenleiter etwas anderes zu erwarten. Oltbeck war eben ein Paragrafenhengst durch und durch. Es gab momentan nur eine Person, die Enno beistehen konnte, nämlich sie selbst.

„Wo ist das Problem?“, fragte Mona mit gespielter Lockerheit. „Herr Oltbeck hat Herrn Moll gestern mit sofortiger Wirkung beurlaubt. Es war keine Rede davon, dass Herr Moll auf Borkum bleiben sollte.“

„Das stimmt“, gab der Hauptkommissar zu. „Aber ich nahm nicht an ...“

„Enno Moll kann in seiner Freizeit tun, was er will“, betonte die Kommissarin und schaute ihre drei Gegenspieler herausfordernd an.

„Trotzdem muss er sich heute von uns befragen lassen“, beharrte Nicole Kremser. Mona nickte eifrig.

„Das wird er auch tun, sobald er aus Emden zurück ist. Herr Moll besucht dort seinen Bruder.“

In Wirklichkeit gab es nicht den geringsten Hinweis darauf, dass Enno bei seinem älteren Bruder Tjark war. Mona hatte diese Behauptung soeben aufgestellt. Wenn sie nicht zutraf, würde sie selbst in Teufels Küche kommen.

„Haben Sie eine Telefonnummer von diesem Bruder?“, fragte die interne Ermittlerin.

„Ich rufe selbst dort an“, erwiderte Mona. Und bevor sie jemand daran hindern konnte, flitzte sie aus Oltbecks Büro hinaus. An ihrem eigenen Arbeitsplatz wählte sie die Nummer des pensionierten Kapitäns Tjark Moll.

Das Freizeichen ertönte. Wenig später meldete sich Ennos Bruder. Mona hatte ihn einmal beim Geburtstag ihres Dienstpartners kennengelernt.

„Moll.“

„Hier ist Mona, Ennos Kollegin.“ Sie flüsterte verschwörerisch. „Ist Enno bei dir?“

„Moin, Mona. Wie geht es? Bist du erkältet?“

„Nein, mir fehlt nichts – was ist denn nun mit Enno? Hast du eine Ahnung, wo er stecken könnte?“

„Mein Bruderherz pennt wohl noch“, brummte der Ruheständler. „Wir sind gestern Abend ganz schön versackt.“

Mona fiel ein Stein vom Herzen. Nun wusste sie endlich, wo ihr Kollege war. Immer noch besser ein verkaterter Enno als gar kein Enno!

„Wir haben einen Notfall, dein Bruder soll sofort mit dem nächsten Katamaran oder der nächsten Fähre nach Borkum zurückkehren und sich auf der Polizeiwache melden.“

Die Kommissarin wollte Tjark nicht erzählen, dass gegen seinen jüngeren Bruder ermittelt wurde. Das würde er schon noch früh genug mitbekommen. Falls er es nicht sowieso schon wusste.

„Dann muss ich sehen, dass ich Enno irgendwie wach kriege."

„Tu das. Es ist wirklich wichtig. Tschüs, Tjark – ich muss weitermachen."

Der Pensionär brummte etwas und legte auf. Mona kehrte zu ihrem Vorgesetzten und den internen Ermittlern zurück.

„Herr Moll ist bereits auf dem Weg nach Borkum", behauptete sie freudestrahlend.

„Nun gut, dann werden wir seine Aussage zu Protokoll nehmen können", sagte Nicole Kremser. Ihre Miene war unbewegt. „In der Zwischenzeit reden wir noch einmal ausführlich mit Herrn Brock und Herrn Kossen, damit wir mehr über den Tathergang erfahren."

„Vielleicht zeigt Herr Kossen ihnen auch, wie gut er einen Kopfstand machen kann."

„Wie bitte, Frau Sander?"

„Nichts, ich habe nur laut gedacht."

„Sie tun sich selbst keinen Gefallen, indem Sie gegen uns arbeiten", sagte Niehaus schulmeisternd. „Letztlich sind wir doch alle nur daran interessiert, die Wahrheit ans Licht zu bringen."

Mit diesen Worten verließ Niehaus den Raum, Nicole Kremser folgte ihm. Mona musste sich auf die Zunge beißen, um nicht noch eine Bemerkung von sich zu geben.

Oltbeck seufzte kopfschüttelnd.

„Hoffen wir, dass sich diese unangenehme Geschichte bald in Luft auflöst. Wie geht es denn nun mit Ihrem aktuellen Fall weiter, Frau Sander?"

Mona erschrak und blickte auf die Uhr. Sie musste dringend aufbrechen, wenn sie noch rechtzeitig in Eemshaven eintreffen wollte. Schließlich brauchte sie etwas Zeit für das Gespräch mit Hoogstraat. Ihr Chef war nicht begeistert, als sie von ihrem geplanten Holland-Trip berichtete.

„Ist das denn wirklich notwendig? Können die niederländischen Kollegen diesen Hoogstraat nicht selbst vernehmen und uns das Protokoll dann zukommen lassen?"

„Der Zeuge will nur mit mir reden", sagte Mona beschwörend. „Wir verlieren wertvolle Zeit, und wenn Hoogstraat erst einmal in der Karibik ist, dann kann er sich weiteren Ermittlungen viel zu einfach entziehen. Es ist sehr gut möglich, dass er als Einziger die Identität des Mörders kennt.“

„Na gut, wenn es unbedingt sein mu...“

Die Kommissarin ließ ihren Vorgesetzten nicht ausreden. Sie stürmte aus seinem Büro und aus der Polizeistation, schwang sich auf ihr Fahrrad und raste Richtung Reedestraße. Die Urlauber, denen Mona auf ihrem Weg begegnete, staunten nicht schlecht. Es gab viele Radfahrer auf der Insel, bei zahlreichen Ferienwohnungen war die Benutzung eines Zweirades im Preis inbegriffen. Aber die meisten Radler erkundeten die Natur von Borkum im gemächlichen Tempo. Die Kommissarin hingegen trat in die Pedale, als wenn sie für die Tour de France trainieren würde.

Immerhin schaffte sie es buchstäblich in letzter Minute, die Fähre Richtung Holland noch vor dem Ablegen zu erreichen.

Mona stieg aufs Oberdeck und blinzelte in die Sonne. Sie schaute auf den Kai hinunter. Die Leinen waren soeben losgeworfen worden, und hinter der Fähre brodelte eine gewaltige Hecksee auf. Da erblickte sie eine wohlbekannte Gestalt.

Lars Schoonebek näherte sich auf einem Fahrrad. Trotz der größer werdenden Entfernung konnte Mona an seiner Körpersprache erkennen, dass er völlig erschöpft war. Offenbar hatte der Jungreporter versucht, Mona bei ihrem Fahrrad-Teufelsritt zu folgen. Gab dieser Typ denn niemals auf? Kopfschüttelnd schaute die Kommissarin auf den Quälgeist herunter, der nun an der Kaimauer stand und der ablegenden Fähre hinterherglotzte. Allmählich wurde Schoonebek wirklich lästig.

Mona beschloss, ein ernstes Wort mit seiner Mutter zu reden. Wenn ihre Worte nicht zu Schoonebek durchdrangen, dann konnte der Einfluss seiner Mama vielleicht Wunder bewirken. Der junge Mann hatte schließlich Mona gegenüber selbst zugegeben, dass er unter der Fuchtel seiner Mutter stand. Oder interpretierte sie zu viel in seine Aussagen hinein?

Die Kommissarin ärgerte sich darüber, dass sie so viele Gedanken an diesen Wirrkopf verschwendete. Sie setzte sich auf eine Bank, schloss die Augen und versuchte, die Überfahrt zum Entspannen zu verwenden. Zuvor rief sie allerdings noch Jan Bakker an, damit er sie in Eemshaven abholte.

Es war ein schöner Tag mit geringem Seegang und strahlend blauem Himmel. Die Möwen schienen in der Luft zu stehen und verfolgten die Fähre über eine größere Entfernung hinweg. Trotz dieser friedlichen Atmosphäre konnte Mona nicht richtig abschalten. Sie musste sich eingestehen, dass sie sich jetzt nicht nur um Enno, sondern auch noch um Grietje sorgte, auch wenn die junge Polizeimeisterin ihr nicht so nahestand wie der hünenhafte Oberkommissar, den Mona als ihren besten Freund betrachtete. Ob Grietje ihrer selbst gestellten Aufgabe überhaupt gewachsen war? Womöglich lief sie ins offene Messer. Brock und Klaas Kossen hatten bewiesen, dass sie völlig skrupellos sein konnten. Mona war sicher, dass dieses Gespann zumindest hinter dem Angriff auf Laura Welling steckte. Leider fehlte dafür einstweilen jeder Beweis. Wenn das Opfer aus dem Koma erwachte, dann sahen die Dinge womöglich schon anders aus.

Mona hoffte, dass Enno inzwischen von Emden aus auf dem Weg nach Borkum war. Er würde sich von diesem unsympathischen Duo Kremser/Niehaus herunterputzen lassen müssen, aber sehr viel mehr geschah einstweilen hoffentlich nicht. Bevor es für Monas Dienstpartner wirklich ernst wurde, wollte sie die Glaubwürdigkeit des Geistheilers und dessen Stiefsohns in Zweifel ziehen. Das war zumindest der Plan. Ob es funktionieren würde, stand auf einem ganz anderen Blatt.

Als das Schiff in Eemshaven einlief, war Mona alles andere als entspannt. Sie hoffte nur, dass Hoogstraat sich an seine Zusage halten würde. Jan Bakker erwartete die Kommissarin bereits. Sie umarmte den großen blonden Holländer zur Begrüßung. Der Brigadier war ein Mann ganz nach Monas Geschmack. Aber sie war ja jetzt nicht zum Flirten hier.

„Hoogstraat ist noch an Bord seiner Yacht in Delfzijl, Mona. Er hat mir sein Wort gegeben, dass er nicht vorzeitig abhaut."

„Wie schätzt du ihn ein, Jan? Was sagt dir dein Polizeiinstinkt?"

„Hoogstraat ist ein alter Kauz, der sich gern undurchschaubar gibt. Ich habe mir seine Akte mal zu Gemüte geführt."

„Er hat eine Polizeiakte?"

„Nichts Spektakuläres, er ist kein Schwerkrimineller. Als junger Mann war Hoogstraat öfter mal an Schlägereien beteiligt, Widerstand gegen Vollstreckungsbeamte hat er sich auch zuschulden kommen lassen. Aber wir reden hier über Delikte, die fast vierzig

Jahre zurückliegen. Bei ihm scheint das Klischee zu stimmen, dass die Menschen mit zunehmendem Alter friedfertiger werden."

„Oder er hat sich einfach nicht mehr erwischen lassen", erwiderte Mona.

Während ihres Wortwechsels waren sie in Jans Dienstwagen gestiegen. Der Holländer kutschierte Mona nach Delfzijl hinüber. Im Yachthafen erblickte die Kommissarin das Boot des Verdächtigen schon von Weitem.

„Soll ich mitkommen?", fragte Jan Bakker, als Mona ausstieg. Sie schüttelte den Kopf.

„Nicht nötig. Ich kann mir vorstellen, dass du noch andere Dinge erledigen musst."

„Ja, bei der Polizei kann man sich über Beschäftigungsmangel nicht beklagen."

„Ich bezweifle, dass Hoogstraat überhaupt zu einer gerichtsverwertbaren Aussage bereit ist. Aber ich muss wohl nehmen, was ich kriegen kann."

„Ich drücke dir die Daumen, dass du mit deinem Fall weiterkommst."

Mit diesen Worten verabschiedete sich der Brigadier.

Mona ging auf die *Phoebe* zu und sprang an Bord. Hoogstraat war durch das Geräusch ihrer Stiefel auf den Planken offenbar hochgeschreckt worden. Jedenfalls steckte er nun seinen Kopf durch die offen stehende Kabinentür.

„Ah, da sind Sie ja, Frau Sander. Kommen Sie herein, ich habe extra für Sie Tee gekocht."

Mona fragte sich, ob Hoogstraat ihr eine Falle stellen wollte. Immerhin war es ja möglich, dass sie Huizingas Mörder vor sich hatte. Sie beschloss, auf der Hut zu bleiben.

„Ich bin eigentlich nicht für ein gemütliches Teetrinken hierher gekommen, Herr Hoogstraat. Warum haben Sie uns eigentlich verschwiegen, dass Dr. Fokke Huizinga als Anwalt den Mann vertreten hat, der Ihre Großnichte totgefahren hat?"

Der Alte warf Mona einen missmutigen Blick zu. Gleich darauf lächelte er wieder.

„Sie haben mich nicht gefragt, Frau Sander."

„Ich will es kurz machen, da Sie ja später nach Amsterdam fahren wollen. Haben Sie Huizinga getötet?"

„Nein, das bin ich nicht gewesen."

„Warum sollte ich Ihnen glauben, Herr Hoogstraat? Sie haben uns bereits einmal angelogen. Denn Sie sind es doch gewesen, der die Leiche in dem Boot angezündet hat, nicht wahr?"

„Ja, das habe ich getan. Wie lautet übrigens der Paragraf des Gesetzes, gegen den ich dadurch verstoßen habe? Störung der Totenruhe? Grober Unfug?"

Das war eine berechtigte Frage, wie Mona fand. Allerdings war sie nicht völlig davon überzeugt, dass Hoogstraat mit dem Mord nichts zu tun hatte. Deshalb rührte sie auch nach wie vor die Teetasse nicht an, die ihr Gastgeber für sie hingestellt hatte. Sie saß Hoogstraat an dem festgeschraubten Tisch in seiner Bootskabine gegenüber.

„Angenommen, ich glaube Ihnen. Leichen fallen ja nicht vom Himmel. Jemand muss Ihnen den Toten übergeben und Sie damit beauftragt haben, den Körper zu beseitigen."

Hoogstraat nickte.

„Sie haben es erkannt, Frau Sander. Genauso ist es gewesen."

„Kennen Sie den Namen der Person, in deren Auftrag Sie handelten?"

„Ja, aber ich werde ihn nicht nennen."

Mona wurde ungeduldig.

„Ich kann Ihre Gefühle verstehen, aber Sie können nicht das Gesetz in die eigene Hand nehmen."

Hoogstraat lächelte.

„Das habe ich auch nicht getan. Ich war nur ein Helfer, ein Rädchen in der Maschinerie. So wie Huizinga, der meine Großnichte in den Dreck gezerrt hat, damit dieser irre Raser mit einer lächerlich niedrigen Strafe davonkommt."

Was sollte Mona darauf entgegnen? Dass jeder Angeklagte das Recht auf eine angemessene Verteidigung hatte? Das stimmte natürlich. Allerdings war diese Feststellung wenig geeignet, um Hoogstraats Verbitterung etwas entgegenzusetzen. Die Kommissarin versuchte einen anderen Ansatz.

„Wie kam denn der Kontakt zwischen Ihnen und Huizingas Mörder zustande?"

Der Alte schüttelte den Kopf. „Warum sind Sie so sicher, dass Sie es mit einem Mord zu tun haben?"

„Huizinga kam gewaltsam ums Leben, das können Sie nicht leugnen, Herr Hoogstraat."

Der Yachtbesitzer hob die Schultern.

„Könnte es sich nicht auch um einen bedauernswerten Unfall gehandelt haben?“

„Nach einem Unfall ruft man den Rettungsdienst und die Polizei. Es ist eher unüblich, das Opfer wie einen Wikingerfürsten auf hoher See zu verbrennen.“

Mona hatte sich eigentlich fest vorgenommen, nicht sarkastisch zu sein. Das war allerdings nicht so einfach, denn Hoogstraat strapazierte mit seiner Selbstgewissheit ihr Nervenkostüm ziemlich stark.

„Die Polizei zu rufen, ist nicht immer die beste Lösung, Frau Sander.“

„Das stimmt, ich hatte ja vergessen, dass Sie unter einem Autoritätsproblem leiden. Allerdings war ich davon ausgegangen, dass Ihr mehrfacher Widerstand gegen die Ordnungsmacht eher eine Jugendsünde war. Da habe ich mich wohl getäuscht.“

Hoogstraat lachte.

„Ah, Sie haben Einsicht in meine holländische Strafakte bekommen! Ja, ich stand früher mit der Staatsmacht auf Kriegsfuß. Irgendwann habe ich mich dann arrangiert und begann sogar, an die Gerechtigkeit zu glauben. Und dann wurde meine Großnichte totgefahren.“

Mona wollte auf diesem Thema nicht herumreiten, weil sie dabei nur den Kürzeren ziehen konnte. Wäre es nach ihr gegangen, dann hätte man den Raser eingesperrt und den Schlüssel weggeworfen. Trotzdem konnte sie den Mord an dem Strafverteidiger nicht ungesühnt lassen.

„Angenommen, Huizinga kam wirklich durch einen Unfall ums Leben. Warum dann diese absurde Wikinger-Bestattungszeremonie?“

„Das lag doch nahe“, betonte Hoogstraat. „Der Verdacht sollte ganz offensichtlich in eine falsche Richtung gelenkt werden. Es war ja ein offenes Geheimnis, dass sich der Herr Rechtsanwalt gern als wilder Krieger verkleidete.“

„Warum sollte überhaupt ein Verdacht entstehen, wo Huizingas Tod doch nach Ihren Worten ein bedauernswerter Unfall war?“

„Jetzt werden Sie spitzfindig, Frau Sander. Das passt gar nicht zu so einer charmanten jungen Dame wie Ihnen.“

„Ich hätte wirklich große Lust, Sie zu verhaften!", stieß Mona hervor.
„Hier, in einem fremden Land? Sie könnten gewiss Ihre holländischen Kollegen um Amtshilfe bitten. Wenn Sie das tun, leugne ich alles, was ich Ihnen gerade anvertraut habe. Glauben Sie, dass ich auch nur einen einzigen Tag lang in Untersuchungshaft bleibe, so ein armer alter Mann wie ich? Auch in meinem Land gibt es Strafverteidiger von Huizingas Kaliber. So einen Dreckskerl würde ich mir anheuern. Sie haben nicht den geringsten Beweis dafür, dass ich mir irgendetwas zuschulden kommen ließ. Wer hört schon auf das Gerede eines verwirrten Greises?"
Hoogstraat, der weder durcheinander noch sonst wie geistig umnachtet war, schaute Mona listig an. Sie kochte vor Wut, denn er hatte mit jedem seiner Worte verflixt recht. Es war gar nicht nötig, dass der Alte sie mit Tee vergiftete. Ihr waren die Hände gebunden, sie konnte ihm nicht das Geringste anhaben. Der Verdächtige schien zu spüren, was in ihr vorging. Hoogstraat legte den Kopf schief und warf ihr einen mitleidigen Blick zu.
„Diese Machtlosigkeit ist ein ganz mieses Gefühl, nicht wahr?"
„Jetzt sind Sie also nicht nur Wikinger-Bestatter, sondern auch noch Psychologe!", fauchte Mona. „Mir geht es gut, danke der Nachfrage. Und ich werde auch ohne Ihre Hilfe den Schuldigen finden."
„Falls man überhaupt von Schuld sprechen kann", murmelte der Alte. „Das ist ja eher ein philosophisches Problem."
Mona stand abrupt auf.
„Ich habe keine Ahnung, was Sie mir damit sagen wollen. In solch hochgeistigen Sphären schwebe ich nicht, mir sind die nüchternen Tatsachen lieber. Darüber können Sie besser mit Brock reden, der hat bestimmt ein paar Binsenweisheiten beizutragen."
„Wer ist das?", fragte Hoogstraat. Sein Tonfall war nicht hämisch, vielmehr schien er mit dem Namen wirklich nichts anfangen zu können. Mona schaute ihn verwirrt an. Bisher war sie stillschweigend davon ausgegangen, dass Brock oder dessen Stiefsohn Huizinga erschlagen hatte und sie in dem Alten ein williges Werkzeug zur Beseitigung der Leiche fanden. Es hätte perfekt zusammengepasst.
Natürlich konnte Hoogstraat Mona auch einfach anlügen. Und doch bildete sie sich ein, dass er Brock wirklich nicht kannte.

„Brock ist ein Geistheiler, der auf Borkum mit seinem Hokuspokus eine Menge Geld verdient.“

Der Alte nickte. Seine Stimme klang bitter, als er den Mund öffnete.

„Und damit lassen Sie ihn durchkommen? Sie werden verstehen, dass ich keine allzu gute Meinung von der deutschen Polizei und der deutschen Justiz habe.“

Mona war bedient. Für den Moment konnte sie nichts weiter tun. Ihr Blick schweifte über Hoogstraats gepackte Koffer.

„Glauben Sie, dass das Leben in der Karibik so viel besser ist als hier?“

„Meine *Phoebe* wird mir fehlen, Frau Sander. Aufs Meer hinausfahren werde ich dort trotzdem, wahrscheinlich mit einem gemieteten Boot. Fremde Gewässer sind eine neue Herausforderung. Sie werden mir beim Vergessen helfen.“

Mona unternahm einen letzten Vorstoß.

„Bitte sagen Sie mir, wer Huizinga getötet hat.“

Der Alte schüttelte den Kopf.

„Ich war es nicht, mehr werden Sie von mir nicht erfahren. Den Namen gebe ich nicht preis, das habe ich versprochen. Es gibt kaum noch etwas, das ich zu verlieren habe.“

Die Kommissarin hatte plötzlich einen Kloß im Hals.

„Ich wünsche Ihnen eine gute Reise“, murmelte sie zum Abschied. Monas Gefühle waren äußerst zwiespältig. Einerseits mochte sie Hoogstraat immer noch, obwohl er sie zunächst angelogen hatte. Andererseits konnte sie nicht tolerieren, dass er einen Mörder deckte.

Kapitel 12

Jan Bakker merkte offenbar sofort, in was für einer Stimmung sich Mona befand, als er sie wenig später an einer Fischbude abholte, wo es die berühmten holländischen Matjes gab. Der Brigadier nahm Mona spontan in die Arme.

„Fühlt sich gut an", sagte sie und schmiegte sich an seine Schulter. „Am liebsten würde ich mich mit einer Überdosis *Lekkerbekje* vergiften."

„Dafür eignet sich unsere Fischspezialität wohl kaum", erwiderte Bakker schmunzelnd. „War das Verhör so schlimm?"

Mona gab dem holländischen Kollegen eine Kurzversion. Der Brigadier schüttelte den Kopf.

„Wir könnten natürlich versuchen, Hoogstraat festzuhalten. Aber ich fürchte, dass er recht hat. Solange ihm nichts nachzuweisen ist, wird er höchstens seinen Flieger nach Willemstad verpassen. Dann nimmt er eben die nächste Maschine."

„Ja, das bringt überhaupt nichts. Immerhin weiß ich jetzt, wer die Leiche angezündet hat. Jetzt muss ich bloß noch den Mörder ermitteln."

Bakker war Monas Ironie nicht entgangen.

„Du hast ja gesagt, dass Hoogstraat deinen Hauptverdächtigen Brock nicht kennen würde."

„Ja, das war mein Eindruck."

„Vielleicht hat Brock ja gegenüber Hoogstraat einfach einen falschen Namen benutzt", schlug der holländische Polizeikollege vor. „Wenn ich jemanden eine Leiche beseitigen ließe, dann würde ich ihm bestimmt nicht meinen richtigen Namen unter die Nase reiben."

„Verflixt, du hast recht. Daran hatte ich gar nicht gedacht. Brock ist noch lange nicht aus dem Schneider."

„Was hat ein Schneider damit zu tun?"

Mona lachte nervös.

„Das ist so eine deutsche Redensart, hat etwas mit Skatspielen zu tun. Es bedeutet, dass Brock nach wie vor verdächtig ist."

„Ja, Skat ist bei euch so beliebt wie bei uns *Klaverjassen*. Wie auch immer, du wirst den Täter schon schnappen, Mona."

Bakkers Vertrauen in ihre Fähigkeiten tat der Kommissarin gut. Ihr war natürlich klar, dass der Brigadier großes Interesse an ihr hatte und er sie daher nicht besonders objektiv betrachtete. Dennoch konnte sie jetzt etwas Anerkennung gut gebrauchen.

„Ich würde gern noch länger bei dir bleiben, Jan. Aber mich macht der Gedanke ganz irre, dass der Mörder immer noch frei herumläuft."

„Das kann ich gut verstehen, Mona. Es wäre trotzdem schön, wenn wir uns bald wiedersehen könnten."

Bakker brachte seine deutsche Kollegin zur Fähre und bekam einen Abschiedskuss. Mona hätte nichts dagegen gehabt, sich öfter mit Jan zu treffen. Die Frage war nur, ob ihr Verhältnis dann so unkompliziert bleiben würde, wie es momentan war.

Auf dem Rückweg nach Borkum vertiefte sich die Kommissarin in ihre Aufzeichnungen. Wenn sie keinen Zeugen auftreiben konnte, der Huizinga mit seinem späteren Mörder zusammen gesehen hatte, dann sah es mit der Beweislage schlecht aus. Wieder einmal hatte Mona das Gefühl, sich völlig verrannt zu haben. Würde Brock wirklich töten, weil Frau Huizinga sich in seinem Haus aufhielt und ihr Ehemann Schwierigkeiten machte? Hatte der Strafverteidiger vielleicht etwas gegen den Geistheiler in der Hand gehabt, womit er dessen Existenz vernichten konnte? Und welche Rolle spielte Laura Welling?

Die Silhouette von Borkum mit den unverwechselbaren beiden Leuchttürmen kam bereits in Sicht, als Monas Smartphone klingelte. Sie stand auf dem Deck, weil ihr die Luft im Salon zu schlecht war. Außerdem liebte sie den frischen Seewind auf ihrer Haut.

Frau Dr. Holm war am Apparat.

„Es geht um dieses Foto, das Sie uns geschickt haben", erklärte die Ärztin aus der Nervenklinik.

„Ja?"

Mona war ganz Ohr.

„Ich habe das Bild im Kollegenkreis gezeigt", fuhr die Medizinerin fort. „Drei Mitarbeiterinnen konnten den Mann eindeutig identifizieren. Das ist Andreas Brügge, der seinerzeit unsere Patientin Laura Welling regelmäßig besucht hat."

Die Kommissarin konnte ganz knapp einen Jubelschrei unterdrücken. Also segelte Brocks Stiefsohn unter falscher Flagge. Das war genau die Art von Information, die sie gebraucht hatte.

„Die Damen fanden den jungen Mann sehr gut aussehend, darum haben sie sich so genau an ihn erinnert“, fügte Frau Dr. Holm hinzu. Mona musste zugeben, dass Klaas Kossen alias Andreas Brügge ihr bei der ersten Begegnung ebenfalls gefallen hatte. Deshalb war er aber noch lange nicht weniger verdächtig. Mona vergewisserte sich, dass die Zeuginnen auch zu einer Gegenüberstellung bereit wären, falls das notwendig sein sollte. Sie bedankte sich zunächst und beendete das Telefonat.

Die Frage war nur, was sie jetzt mit dieser Information anfangen sollte.

Während Mona noch nachdachte, legte die Fähre wieder in Borkum an. Als die Kommissarin von Bord ging, machte ihr Herz vor Freude einen Hüpfer.

Enno wartete auf sie!

Seine imposante Gestalt war unmöglich zu übersehen. Er stand breitbeinig auf dem Kai, die Hände tief in die Taschen seiner alten Lederjacke vergraben. Mona stürmte in seine Richtung.

„Moin, du Verschollener! Ich habe dich gestern gesucht wie die Nadel im Heuhaufen!“

Der Oberkommissar lächelte.

„Ich bin wohl ein wenig abgestürzt, diese Festland-Kneipen haben es in sich. Außerdem wird man ja nicht jeden Tag suspendiert.“

Obwohl Enno sich locker gab, konnte Mona seine Verbitterung doch deutlich spüren. Schließlich kannte sie ihn so gut wie kaum einen anderen Menschen auf der Welt. Kurz entschlossen hakte sie sich bei ihm ein.

„Wir essen jetzt einen Happen, dann sieht die Welt schon wieder anders aus. Ich habe nämlich Neuigkeiten für dich, die dir gefallen dürften. – Woher wusstest du überhaupt, dass ich auf der Eemshaven-Fähre war?“

„Ich wollte mit dir sprechen. Das Revier betrete ich im Moment ja nicht. Aber ich traf zufällig Hauke, als er auf Fußstreife war. Er hatte gesehen, dass du Richtung Fährhafen gefahren warst. Also konntest du nur nach Emden oder Eemshaven übergesetzt sein. Da mir nicht klar war, was du in Emden wolltest, rief ich deinen holländischen Freund an. Und er sagte mir, dass du auf dem Rückweg bist.“

„Jan ist nicht mein Freund, jedenfalls nicht so richtig“, murmelte Mona. „Das ist jetzt aber nebensächlich. Erzähl mir lieber, wie es mit den Kollegen für interne Ermittlungen gelaufen ist.“

„Wie du siehst, haben sie mir nicht den Kopf abgerissen. Aber ansonsten zählt die Begegnung mit diesem dynamischen Duo nicht gerade zu meinen schönsten Erlebnissen. Die Kremser ist eine frustrierte Gewitterziege, und Niehaus gehört zu den Männern, die sich die Hose mit der Kneifzange anziehen."

Mona musste laut lachen.

„Ich hätte unsere lieben Kollegen nicht besser beschreiben können."

Während ihres Gesprächs hatten sich die beiden Ermittler auf das Yachthafen-Restaurant zubewegt. Sie fanden noch einen freien Tisch am Fenster, von wo aus sie einen Panoramablick auf das Fahrwasser und die im Hafen liegenden Segelboote hatten. Sie bestellten sich Labskaus Matrosenart und Grillteller Hooge Warf, als Tischgetränk gab es diesmal Cola.

„Von Alkohol habe ich einstweilen die Nase voll", brummte Enno und nahm einen Schluck von der Koffeinbrause. „Und nun erzähl mal, womit du mich aufmuntern willst."

Mona teilte ihrem Kollegen mit, was sie von der Nervenärztin erfahren hatte. Der Oberkommissar schob nachdenklich seine Unterlippe vor.

„Hm, dann sieht es ganz so aus, als ob Laura Welling Klaas Kossen nach Borkum gefolgt ist. Aber aus welchem Grund? Und warum sollte er sie niederschlagen?"

„Gehen wir mal davon aus, dass Klaas die Frau endgültig beseitigen wollte. Als sie bei mir war, hatte sie jedenfalls eindeutig Todesangst."

„Entweder war sie eine Mitwisserin oder Klaas Kossen wollte verhindern, dass sie seinem Stiefvater in die Suppe spuckt. Sind wir uns einig darüber, dass Brock der eigentliche Drahtzieher ist?"

Mona nickte.

„Auf jeden Fall. Aber wir haben jetzt hoffentlich eine Undercover-Agentin an ihm dran."

Die Kommissarin erzählte von Grietjes Solo-Aktion. Enno zog seine buschigen Augenbrauen zusammen.

„Das gefällt mir nicht. Grietje hat zu wenig Erfahrung, und gerade Brock versteht es meisterhaft, die Menschen um den kleinen Finger zu wickeln."

„Ich stimme dir zu, und ich hatte auch meine Bedenken. Dennoch finde ich es toll, dass unsere junge Kollegin dieses Risiko auf sich nimmt, um uns zu helfen."

„Du meinst wohl: mir zu helfen", erwiderte Enno, als das Essen serviert wurde. „Ja, Grietje hat das Herz auf dem rechten Fleck. Ihre vorlaute Art ist manchmal etwas gewöhnungsbedürftig. In der Hinsicht erinnert sie mich an eine andere Kollegin, die sich inzwischen besser unter Kontrolle hat."

„Ich weiß nicht, von wem du sprichst", erwiderte Mona grinsend, wurde aber gleich darauf wieder ernst. „Wenn es uns gelingt, eine Verbindung zwischen Hoogstraat und Brock nachzuweisen, dann nützen dem Geistheiler auch seine Verbündeten aus der Jenseitswelt nichts mehr."

Enno schob sich ein Stück Fleisch in den Mund.

„Ich verabscheue Brock, aber ich halte ihn auch für hochintelligent. Wäre er wirklich so dämlich, einen renommierten Strafverteidiger totzuschlagen oder totschlagen zu lassen? Es ist ihm gar nicht recht, dass wir jetzt in seinem Leben herumstochern. Er wird sich etwas dabei gedacht haben, mich kaltstellen zu wollen. Ich will den Teufel nicht an die Wand malen, aber womöglich bist du als Nächste dran, Mona."

„Das kann schon sein. Deshalb ist es ja so wichtig, dass Grietje die Ohren aufsperrt. Wir vermuten, dass Brock über unsere junge Kollegin an Polizeiinterna herankommen will. Und diese Waffe werden wir gegen ihn selbst wenden."

„Wie willst du das anstellen?"

„Indem wir Brock mit falschen Informationen versorgen und ihm dadurch eine Falle stellen."

Der Oberkommissar nickte langsam.

„Das könnte funktionieren. Der Plan steht und fällt allerdings mit Grietjes schauspielerischen Fähigkeiten."

Enno wollte noch mehr sagen, aber in diesem Moment klingelte sein Smartphone. Er zog das Gerät aus der Tasche.

„Birte ruft an." Ennos Stimme klang ungläubig. So, als wäre es absonderlich, dass seine Frau sich bei ihm meldete. Er nahm das Gespräch an.

„Moin, Birte."

Mona saß gegenüber von Enno am Tisch. Die Stimme von Birte Moll war so laut, dass sie nicht zu überhören war.

„Du musst mich sofort abholen, Enno! Hier geht es nicht mit rechten Dingen zu!“

Kapitel 13

Enno war plötzlich wieder ganz der Alte.

Jede Unsicherheit und Irritation schien von ihm abgefallen zu sein. Nun strahlte er wieder diese Ruhe aus, mit der er schon so manche riskante Situation entschärfen konnte und etliche rabiate Straftäter zur Vernunft gebracht hatte.

„Wo genau bist du, Schatz? – Ich verstehe. Bleib da und verhalte dich ruhig. Wir kommen dich sofort holen. Mona und ich sind momentan unten am Fährhafen. Wir machen uns sofort auf den Weg."

Die Kommissarin hatte nicht verstehen können, was Birte ansonsten noch gesagt hatte, weil die Stimme von Ennos Frau nach dem ersten Gefühlsausbruch bedeutend leiser geklungen hatte.

Enno beendete das Telefonat und legte Geld für das Essen auf den Tisch. Dann stand er auf.

„Birte ist Brock entkommen. Sie ist völlig aufgelöst, so habe ich sie noch nie zuvor erlebt. Sie versteckt sich und hat Angst, dass dieser Dreckskerl sie wieder einfangen will. Wir brauchen ein Auto!"

Das wusste Mona natürlich auch. Das zivile Polizeifahrzeug, das sie bei ihren Einsätzen benutzten, stand vermutlich an der Polizeistation. Und einen der Streifenwagen zu rufen würde zu lange dauern.

Zum Glück gab es einige Taxifahrer, die am Fähranleger auf Kunden warteten. Die meisten Reisenden gelangten mit der bunten Kleinbahn vom Hafen in die Stadt, weil allein schon die Fahrt mit dem originellen Eisenbahnzug für viele Besucher zum authentischen Borkum-Feeling gehörte. Wer aber mit viel Gepäck reiste oder ein Ziel fernab des Inselbahnhofs hatte, gab oft einem Auto den Vorzug.

Die beiden Ermittler stiegen in ein Taxi.

„Moin, Ubbo!", sagte Enno zu dem weißhaarigen Fahrer. „Das hier ist ein Polizeieinsatz, heute zahlt der Staat."

„Blaulicht und Sirene hab ich aber nicht", gab der Inselfriese grinsend zurück, während er den Motor startete.

„Das macht nichts, solange du ordentlich auf die Tube drückst."

Der Mercedes-Kombi raste die Reedestraße hinauf. Enno hatte neben dem Fahrer Platz genommen und gab ihm Anweisungen, während Mona auf der Rückbank saß.

„Da vorn fährst du links in den Jakob-van-Dyken-Weg, Ubbo. Und dann ganz durch bis zum Greune-Stee-Weg."

Der Taxler folgte der Anweisung. Es ging durch ein ruhiges Wohngebiet. Mona erblickte nur eine ältere Dame mit Rauhaardackel, ansonsten waren keine Menschen auf der Straße zu sehen. Enno gab ein Haltesignal. Das Taxi stand nun an der Einmündung zum Greune-Stee-Weg, hinter dem sich das Naturschutzgebiet der Süddünen erstreckte. Der Fahrer schaltete die Warnblinkanlage ein.

„Birte sagte, dass sie sich hier irgendwo versteckt hätte", murmelte Enno. „Du wartest hier, bis wir zurück sind, Ubbo."

„Klar, die Taxiuhr läuft aber weiter."

„Was du nicht sagst", gab der Oberkommissar zurück. Gemeinsam mit Mona stieg er aus. Da es inzwischen dunkel war, lag das Naturreservat wie eine finstere Masse vor ihnen. Schmale Fußwege führten zum Strand hinunter, sie wurden von Unterholz und Hecken gesäumt. Die beiden Ermittler schalteten ihre Taschenlampen ein.

„Birte?", rief Enno mit seiner tiefen, lauten Stimme. „Wir sind jetzt hier. Wo steckst du?"

Der besorgte Unterton war nicht zu überhören. Auch Mona machte sich ihre Gedanken. Es waren zwar nur wenige Minuten vergangen, seit ihr Kollege mit seiner Frau telefoniert hatte. Aber auch während dieses kurzen Zeitraums konnte viel passieren. Wenn Birte verfolgt worden war und man sie eingeholt hatte ... Mona zwang sich dazu, diesen Gedanken nicht zu beenden.

Ihr Herz krampfte sich zusammen, als sie plötzlich vor sich dunkle Flecken entdeckte. Im nächsten Moment stellte Mona fest, dass eine Coladose neben dem Weg lag. Offenbar hatte hier ein Umweltsünder seinen Abfall achtlos weggeworfen. Mona hatte zunächst befürchtet, Blut erblickt zu haben. Sie merkte, dass ihre Fantasie mit ihr durchging.

Zweige knackten, eine Gestalt brach vor ihnen aus dem Unterholz.

Im nächsten Moment fiel Birte ihrem Mann um den Hals. Mona war unendlich erleichtert, die Frau ihres Dienstpartners lebend vor sich zu sehen. Wie Enno sich jetzt fühlte, konnte sie nur erahnen. Es dauerte einige Minuten, bis Birte verständliche Sätze von sich geben konnte.

„Ich will jetzt nur noch nach Hause."

Mona wollte keine Spielverderberin sein, doch sie meldete Bedenken an.
„Dein Gesundheitszustand muss dokumentiert werden, Birte. Du bist in Brocks Gewalt gewesen, wir wollen ihn nicht davonkommen lassen.“
Birte warf Mona einen seltsamen Blick zu, das konnte sie trotz der schlechten Taschenlampen-Beleuchtung erkennen.
„Ja, ich war in Brocks Gewalt. Dabei ist er aber niemals brutal geworden. Er hatte ganz andere Methoden.“
„Es ist vorbei“, sagte Enno und legte einen Arm um Birtes Schultern. „Mona hat recht. Wir bringen dich jetzt zum Krankenhaus.“
Ennos Frau beteuerte, sich gut zu fühlen. Aber sie wirkte sehr erschöpft. Sie fuhren im Taxi zum Städtischen Krankenhaus in der Gartenstraße. Dort verabschiedete sich die Kommissarin von Enno und Birte. Mona konnte sich vorstellen, dass ihr Kollege jetzt unter vier Augen mit seiner Frau sprechen wollte.
„Wir sehen uns dann morgen früh, Partner“, sagte sie lächelnd zum Abschied.
„Ich bin immer noch suspendiert, Mona.“
„Wenn Oltbeck erfährt, was für ein elender Lügner Klaas Kossen ist, dann wird er seine Meinung bestimmt ändern“, erwiderte sie. Mona trat hinaus in die laue Nordseenacht. Das Taxi war fort, aber die Strecke vom Krankenhaus bis zu Monas Wohnung war nicht allzu weit. Nachdenklich schlenderte die Ermittlerin auf die Walfangerstrate zu.
Nach Monas Meinung war es ein sehr gutes Zeichen, dass sich Birte von Brocks schädlichem Einfluss befreit hatte. Ihre Aussage konnte von großem Wert sein, um eine Anklage gegen den Geistheiler zu formulieren. Allerdings war Mona immer noch nicht restlos davon überzeugt, dass Brock Huizinga auf dem Gewissen hatte. Es gab noch zu viele offene Fragen in diesem Fall.
Mona zuckte zusammen, als ihr Smartphone klingelte. Sie nahm das Gespräch an. Grietjes Stimme war kaum zu verstehen.
„Ich könnte gerade mal dringend Unterstützung gebrauchen, Mona.“
„Was ist denn los, warum sprichst du so undeutlich?“
„Weil ich heftiges Nasenbluten habe. Klaas ist rabiat geworden.“
„Dieser Dreckskerl! Wo ist er jetzt?“

„Keine Ahnung, er ist abgehauen. Ich habe ihm eine Ladung Pfefferspray verpasst, dann hat er von mir abgelassen. Ich wollte ihn verfolgen, aber ich habe mir den Fuß verstaucht.“

„Bleib, wo du bist! Ich komme sofort zu dir.“

Grietje war beim Tennisplatz, der sich zwischen der Bismarckstraße und dem Gezeitenland befand. Mona alarmierte die Kollegen, damit sie einen Streifenwagen dorthin schickten. Außerdem ließ sie sich von einem weiteren Fahrzeug abholen. Jetzt kam es auf jede Minute an. Zum Glück erschien der VW-Bus mit Polizeilackierung schon bald in der Walfangerstrate. Mona öffnete die Schiebetür und sprang hinten hinein. Aiske Berend, die am Lenkrad saß, trat das Gaspedal durch.

„Ich habe gerade einen Funkspruch erhalten, die Kollegen sind schon bei Grietje angekommen. Sie ist so weit okay, jedenfalls kann sie schon wieder fluchen.“

Mona nickte nur. Sie musste unbedingt erfahren, was geschehen war.

Aiske fuhr mit eingeschaltetem Blaulicht in die Bismarckstraße. Die Gäste aus den Bars der Borkumer Kneipenmeile hatten sich bereits zu einer Traube von Gaffern zusammengefunden. *Es ist wie überall sonst*, dachte Mona. *Ein Polizeiwagen im Einsatz übt eine magische Anziehungskraft auf die Neugierigen aus.*

Mona und ihre uniformierte Kollegin bahnten sich einen Weg zwischen den Gaffern, nachdem sie aus dem Kleinbus gestiegen waren. Grietje hockte auf dem Boden neben dem Tennisplatz. Sie hatte sich Tamponaden in beide Nasenlöcher gesteckt. Die beiden Polizeikollegen Hauke Knudsen und Claas Lammer knieten neben ihr. Sie waren offensichtlich als Erste am Einsatzort gewesen, ihr Streifenwagen stand direkt vor dem *Lord Nelson.*

„Grietje war zivil im Einsatz, das hat sie mit mir abgesprochen“, sagte Mona, bevor jemand anders etwas von sich geben konnte. Die uniformierten Kollegen warfen der Kommissarin und der Polizeimeisterin erstaunte Blick zu. Offenbar hatte Grietje ihr Vorhaben wirklich geheim gehalten, auch ihren Kollegen gegenüber. Die sommersprossige junge Polizistin begann mit ihrem Bericht. Ihre Stimme klang wegen der Tamponaden noch seltsamer als zuvor am Telefon.

„Ich hatte mich nach Dienstschluss mit Kossen verabredet. Zuerst lief alles ganz locker ab. Er lud mich zum Essen ins Leo's unten auf der Promenade ein, wir hielten Händchen und ich spielte ihm die naive Verliebte vor. Dann kam er ziemlich schnell mit seinem wahren Vorhaben um die Ecke. Kossen jammerte, dass sein Stiefvater zu Unrecht von der Polizei verfolgt würde."

„Was sagtest du darauf?"

„Ich gab ihm natürlich recht. In meinen Augen gäbe es keinen Grund, strafrechtlich gegen Brock vorzugehen. Ich tat empört und behauptete, meinen Kollegen bei einer Ermittlung gegen Kossens Stiefvater Knüppel zwischen die Beine werfen zu wollen. Vielleicht habe ich da ja etwas zu dick aufgetragen."

So viel Selbstkritik war Mona von Grietje gar nicht gewohnt. Sie hatte soeben insgeheim auch schon gedacht, dass ihre junge Kollegin vielleicht den Bogen überspannt hatte. Schließlich war Grietje nach wie vor Polizeibeamtin. Daher war Monas nächste Frage sehr naheliegend.

„Was genau hat Kossen denn von dir verlangt?"

„Ich sollte mir die Ermittlungsakte über seinen Stiefvater schnappen und die einzelnen Blätter mit meinem Smartphone fotografieren. Die Bilder hätte ich dann an ihn schicken sollen."

„Wie lautete deine Antwort?"

„Ich habe mich natürlich zum Schein darauf eingelassen. Aber dann lief die Situation allmählich aus dem Ruder. Nach dem Essen waren wir auf der Promenade und später auf der Bismarckstraße spazieren. Plötzlich meinte Kossen, dass wir Spaß haben und uns eine Pille einwerfen sollten. Da schrillten bei mir die Alarmsirenen. Ich meine, wir wissen alle, was K.-o.-Tropfen und chemische Drogen anrichten können, oder? Ich schlucke bestimmt keine Tablette, von der ich nicht weiß, was sie enthält. Ich versuchte also, Kossens Vorschlag abzubiegen. Aber er wurde immer fordernder. Schließlich war er richtig aggressiv und ging auf mich los. Ich hatte das schon kommen sehen und wehrte ihn ab. Na ja, einen Schlag auf die Nase habe ich mir trotzdem eingehandelt. Dann konnte ich dem Mistkerl wenigstens noch eine Ladung Pfefferspray verpassen. Er haute Richtung Gezeitenland ab. Als ich ihn verfolgen wollte, bin ich mit dem Fuß umgeknickt. Ende der Geschichte."

„Das hätte wesentlich schlimmer ausgehen können", stellte Mona fest. „Du musst dich im Krankenhaus behandeln lassen."

Dann wandte sie sich an die übrigen Kollegen.

„Und wir knöpfen uns Kossen vor. Falls er nicht zu seinem Daddy gelaufen ist, muss er sich irgendwo anders verkrochen haben. Aiske und ich fahren zu Brock, und ihr fahndet in der näheren Umgebung nach ihm."

„Ein tätlicher Angriff auf eine Polizeibeamtin – wäre das nicht ein Fall für das SEK?", fragte Hauke, der die Ausbildung erst vor Kurzem hinter sich gebracht hatte.

„Gut aufgepasst in der Polizeischule", erwiderte Mona trocken. „Du hast recht, aber bis die Kollegen vom Festland hier eingetroffen sind, vergeht zu viel wertvolle Zeit. Ich bin die ranghöchste Beamtin vor Ort, und ich entscheide, dass wir zunächst mit eigenen Kräften nach dem Verdächtigen suchen. Wenn es deswegen Ärger gibt, dann nehme ich das auf meine Kappe."

Mona und Aiske schafften Grietje zunächst ins Krankenhaus. Dann fuhren sie bei der Polizeiwache vorbei, weil die Kommissarin ihre Pistole holen wollte. Sie hatte ihre Dienstwaffe vor dem Holland-Trip vorschriftsmäßig eingeschlossen, und seitdem war sie nicht mehr auf dem Revier gewesen.

„Brock ist ein hinterhältiger Typ", sagte Mona auf dem Weg zum Haus des Geistheilers. „Wir müssen auf jeden Fall zusammenbleiben und uns gegenseitig Deckung geben. Ich rechne nicht damit, dass er uns seinen Stiefsohn freiwillig überlassen wird."

„Können wir denn überhaupt damit rechnen, dass wir den Verdächtigen dort vorfinden?", gab Aiske zurück. „Im Haus seines Stiefvaters würde man Kossen doch zuerst suchen."

„Das stimmt. Aber genau deshalb wird er sich vielleicht dort verbergen. Diese Leute halten uns nämlich für bescheuert. Das wird ihnen noch zum Verhängnis werden."

Auf den ersten Blick wirkte das Haus des Geistheilers friedlich und idyllisch. Aiske brachte den Polizeibus auf der Straße zum Stehen. Die beiden Beamtinnen gingen mit gezogenen Waffen in den Händen auf die Eingangstür zu. Mona klopfte an, probierte die Klinke. Es war nicht abgeschlossen.

„Wir gehen hinein", entschied sie und stieß die Tür auf. In der Halle und den Korridoren brannte Licht. Die Kommissarin horchte. Aus einem Raum drangen Stimmen. Sie nickte Aiske zu und öffnete auch diese Tür.

Eine nackte Frau lag auf einer Liege, Brock stand über sie gebeugt. Er trug ein Gewand, das an einen Talar erinnerte. Die Arme hatte er ausgebreitet. Als Lichtquellen dienten ein Dutzend Kerzen. Die Patientin hatte noch nicht bemerkt, dass zwei bewaffnete Polizistinnen eingedrungen waren. Sie hielt die Augen geschlossen.

Der Geistheiler zuckte zusammen, als er Mona und Aiske bemerkte. Doch dann hatte er sich sofort wieder unter Kontrolle.

„Hausfriedensbruch", sagte er mit trügerisch sanfter Stimme. „Das wird Sie teuer zu stehen kommen, Frau Sander."

Nun merkte auch die Nackte, dass etwas nicht nach Plan verlief. Sie schrie erschrocken auf, als sie die beiden Beamtinnen bemerkte. Dann bedeckte sie ihre Blöße schnell mit einem Tuch.

„Bei Gefahr im Verzug dürfen wir in ein Gebäude eindringen", sagte Mona. „Wo hält sich Ihr Stiefsohn auf?"

„Das kann ich Ihnen nicht sagen."

„Gut, dann durchsuchen wir das Haus." Mona wandte sich an die Nackte. „Ziehen Sie sich bitte etwas an, wir benötigen Ihre Zeugenaussage."

Das überlegene Lächeln saß wie festgewachsen auf Brocks Gesicht. Mona wünschte sich sehnlich, dass es ihm bald vergehen würde.

„Fordere bitte Verstärkung an", sagte sie zu Aiske. „Außerdem benötigen wir mindestens einen Rettungswagen. Das Blut dieser Dame muss auf verbotene Substanzen hin untersucht werden."

Es war Mona nämlich nicht entgangen, dass der Blick der nackten Frau seltsam glasig wirkte. Das konnte natürlich auf eine tiefe Trance zurückzuführen sein. Aber die Kommissarin rechnete eher damit, dass Brock die psychische Beeinflussung seiner Opfer mithilfe von Drogen unterstützte.

„Dazu haben Sie nicht das Recht", protestierte der Geistheiler. „Sie wollen sich nur an mir rächen, weil wir uns über Ihren Kollegen beschwert haben."

„Sie sollten nicht versuchen, meine Beweggründe zu verstehen", spottete Mona. „Ich glaube nämlich, dass es mit Ihren spirituellen Fähigkeiten nicht weit her ist. Und kommen Sie nicht auf den Gedanken, Beweismaterial verschwinden lassen zu wollen. Ich habe Sie im Blickfeld."

Es dauerte nicht lange, bis die Kollegen eintrafen. Die Nahbereichsfahndung nach Klaas Kossen war ergebnislos verlaufen, aber das fand Mona jetzt nicht so dramatisch. Sie genoss vielmehr das Gefühl, endlich konkret gegen Brock vorgehen zu können. Die nackte Frau hatte den ersten Schock überstanden und wirkte nun apathisch. Mona war sicher, dass sie nicht bei klarem Verstand war. Der Krankenwagen kam, und sie wurde zur Untersuchung in die Klinik gebracht.

Die Polizisten durchstöberten das Haus, Zimmer für Zimmer. Kossen war nirgendwo zu sehen. Es waren noch einige Frauen anwesend, die von der Razzia völlig überrumpelt wurden. Sie alle wussten angeblich nicht, wo sich der Stiefsohn aufhielt. Außerdem beteuerten sie, was für ein redlicher und visionärer Mann Brock doch sei.

Mona ließ alles beschlagnahmen, was die Beamten an Pillen und Tabletten finden konnten. Eine chemische Analyse im Kriminallabor von Oldenburg würde zeigen, was von diesen Substanzen zu halten war.

Mona baute sich vor Brock auf.

„Wo ist Klaas Kossen? Sie haben jetzt die letzte Chance, es mir zu verraten. Früher oder später finden wir ihn sowieso."

Der Geistheiler grinste frech.

„Sie überschätzen sich, Frau Kommissarin. Mein Anwalt wird Ihnen schon die passenden Antworten geben."

Darauf erwiderte Mona nichts. Sie hätte Brock gern verhaftet, aber dafür reichten die Beweise momentan noch nicht aus. Gemeinsam mit ihren Kollegen verließ sie das Grundstück. Die Ermittlerin glaubte, die Blicke ihres Widersachers in ihrem Rücken spüren zu können.

Kapitel 14

Die Fahndung nach Klaas Kossen lief weiterhin auf Hochtouren. Am nächsten Morgen war er immer noch auf der Flucht. Da sowohl die Fähren und der Yachthafen als auch der Flugplatz überwacht wurden, konnte er Borkum nicht verlassen haben. Es gab allerdings auf der Insel weitläufige Naturschutzgebiete, in denen man jeder Begegnung mit anderen Menschen aus dem Weg gehen konnte.

Als Mona am nächsten Morgen vom Vogelgezwitscher geweckt wurde, hatte sie nur wenige Stunden Schlaf hinter sich. Dennoch fühlte sie sich erfrischt und voller Tatendrang. Nachdem sie geduscht hatte, kochte sie sich einen Tee. Sie knabberte gerade an ihrem Toast, als es an der Tür klingelte.

Enno stand vor ihr.

„Moin, das ist ja eine nette Überraschung! Möchtest du auch einen Tee?"

„Da sage ich nicht Nein."

Der Oberkommissar nahm in Monas gemütlicher Küche Platz.

„Wie geht es Birte?", fragte sie, während sie seine Tasse vollgoss.

„Sie ist erschöpft, aber grundsätzlich fehlt ihr nichts. Und meine Frau hat sich endlich dazu überreden lassen, wegen ihrem Krebsverdacht einen Spezialisten in Emden aufzusuchen."

„Das ist eine sehr gute Nachricht, Enno. Wie kam es zu dem Sinneswandel?"

Der hochgewachsene Ostfriese schmunzelte.

„Den hat Birte wohl hauptsächlich dir zu verdanken. Du hast ihr gründlich den Kopf gewaschen, jedenfalls waren das ihre exakten Worte."

Darauf erwiderte Mona nichts. Sollte ihre direkte und unverblümte Art ausnahmsweise doch einmal zum Erfolg geführt haben?

Enno redete weiter.

„Birte war völlig durcheinander, als sie durch dich von meiner Suspendierung erfuhr. Sie kann nicht glauben, dass ich Brock mit meiner Pistole bedroht haben soll, was ich ja auch wirklich nicht getan habe. Ihr Misstrauen gegen den Geistheiler war erwacht. Deshalb nahm Birte heimlich die Vitaminpillen nicht mehr, die er ihr regelmäßig verabreichen ließ."

„Vitaminpillen?"

„In Wirklichkeit handelt es sich um ein Psychopharmakum, das in Deutschland verschreibungspflichtig ist. Reste davon wurden noch im Blut meiner Frau festgestellt, wie ich in der Klinik erfahren habe. Aber weil Birte das Zeug eben nicht mehr schluckte, hatte sie nun einen klareren Verstand als während ihres bisherigen Aufenthalts in Brocks Etablissement. Und als Birte dort verschwand, hat sie ihm noch das hier geklaut."

Mit diesen Worten legte Enno eine dicke Mappe auf den Tisch.

„Was ist das?", fragte Mona.

„Pures Dynamit. Ich bin kein Experte, Mona. Aber wenn ich nicht völlig falschliege, dann findest du darin jede Menge Vollmachten für Konten, die nicht Brock gehören. Außerdem Belege von Überweisungen in Steuerparadiese. Ich kann mir vorstellen, dass die Oberfinanzdirektion sich brennend dafür interessiert."

Mona grinste.

„Wirtschaftskriminalität ist auch nicht gerade mein Spezialgebiet. Wir sollten das Landeskriminalamt informieren. Die Kollegen werden sich freuen, wenn sie nicht bloß das Dezernat für interne Ermittlungen nach Borkum schicken müssen. – Entschuldige, Enno. Das war wohl eine unpassende Bemerkung. Ich und meine große Klappe."

Der Oberkommissar blinzelte freundlich.

„Jetzt weiß ich, was mir in den letzten Tagen gefehlt hat. Offiziell bin ich leider noch nicht wieder rehabilitiert. Also wird die ganze Arbeit wohl weiterhin an dir hängenbleiben."

„Dieser Zustand wird sich schnell ändern, wenn es nach mir geht. Kommt Birte heute nach Hause?"

„Ja, ich hole sie gleich in der Klinik ab. Es geht ihr so weit gut, die Reste dieser verdächtigen Substanzen werden von selbst aus dem Körper geschwemmt. Birte hat mir übrigens hoch und heilig geschworen, dass zwischen ihr und diesem Geistheiler nichts gewesen ist."

Mona erinnerte sich an die Szene, als sie Brock in Gesellschaft einer nackten Frau bei einer seltsamen Zeremonie überrumpelt hatte. Ob er mit Birte eine ähnliche Show abgezogen hatte? Sie schaffte es ausnahmsweise, ihre Lippen verschlossen zu halten. Wenn Enno innerlich mit dieser Sache abgeschlossen hatte, dann wollte Mona seine Wunden ganz gewiss nicht wieder aufreißen.

Nach dem Frühstück gingen sie gemeinsam zum Krankenhaus hinüber. Enno wollte seine Frau abholen und Mona hatte vor, mit der unbekleideten Frau zu sprechen, die beim Eintreffen der Beamten in Brocks Gesellschaft gewesen war. In der Klinik erfuhr die Kommissarin, dass der Name dieser Unbekannten Sonja Gerdes lautete.

„Ich habe auch immer noch die Hoffnung, dass Laura Welling aufwacht und uns sagt, wer sie niedergeschlagen hat“, sagte Mona.

„Hältst du Kossen für den Täter?“

„Entweder ihn oder Brock, Enno. Ich tippe allerdings auf Kossen. Er ist des Geistheilers Mann fürs Grobe, sein williger Erfüllungsgehilfe.“

„Wenn der Knabe erst mal verhaftet ist, wird er schon reden“, zeigte sich der Oberkommissar optimistisch.

Die beiden Ermittler trennten sich am Eingang des Krankenhauses voneinander. Während Enno nach seiner Frau sah, ging Mona zu dem Zimmer hinüber, in dem Laura Welling lag. Vor der Tür döste Polizeimeister Hinderk Ekhoff vor sich hin. Die Kommissarin trat wütend gegen ein Stuhlbein. Daraufhin fuhr er hoch, als ob er von einer Tarantel gestochen worden wäre.

„Schluss mit dem Schönheitsschlaf!“, fauchte Mona. „Da draußen läuft immer noch ein Gewalttäter frei herum, der es auf die Frau hinter dieser Tür da abgesehen hat!“

Sie zeigte auf das Zimmer, das Ekhoff eigentlich hätte bewachen sollen.

„T-tut mir leid“, stammelte er.

„Hast du eigentlich mitbekommen, dass deine Kollegin Grietje eins auf die Nase gekriegt hat? Wahrscheinlich von demselben Kerl, der Laura Welling niedergeschlagen hat.“

„Echt? Das ist ja heftig. Wie geht es Grietje?“

„Die Nase ist nicht gebrochen, also ... verflixt, das gibt es doch gar nicht!“

Während Mona mit Hinderk sprach, schaute sie an ihm vorbei durch das Fenster zu den geparkten Fahrzeugen an der Gartenstraße hinüber. Dort erblickte sie eine Gestalt mit grauem Kapuzenpullover. So ein Kleidungsstück hatte auch neben Kossen auf dem Boden gelegen, als sie ihn beim Training angetroffen hatte. Natürlich gab es ziemlich viele Textilien dieser Art. Dennoch, Monas Misstrauen war geweckt. Auch Hinderk hatte bemerkt, dass sie irritiert war.

„Was ist los?“

Er wollte sich umdrehen, aber Mona drückte ihn auf seinen Stuhl zurück.

„Nichts, vielleicht sehe ich auch nur Gespenster. Du bleibst hier und bewachst Frau Welling, ist das klar? Ich melde mich, falls ich Unterstützung brauche.“

Die Kommissarin eilte davon, ohne sich mit umständlichen Erklärungen aufzuhalten. Sie verließ das Krankenhaus durch den Notausgang, schlug einen weiten Bogen und näherte sich den geparkten Autos aus Richtung Wiesenweg. Mona beglückwünschte sich selbst dazu, dass sie am Vorabend nach der Razzia bei Brock ihre Pistole nicht noch auf der Polizeistation eingeschlossen hatte. Sie war einfach zu müde gewesen, um noch einmal dorthin zu fahren. Daher hatte sie jetzt ihre Dienstwaffe bei sich.

Und das war auch gut so, denn Mona hatte nun wirklich Kossen vor sich.

Er kauerte hinter einem geparkten SUV. Worauf wartete er? Auf eine günstige Gelegenheit? Hatte er Mona und Enno bemerkt, als sie das Gebäude betreten hatten? Wollte er in das Krankenhaus eindringen, wenn die beiden Ermittler wieder fort waren?

Diese Fragen konnte die Kommissarin ihm immer noch stellen, wenn sie den Verdächtigen erst einmal verhaftet hatte. Sie zog die Pistole und näherte sich ihm. Noch war sie ungefähr eine Autolänge von ihm entfernt.

„Hände hoch, Kossen! Flach auf den Boden legen!“

Brocks Stiefsohn zuckte zusammen, wollte offenbar wegrennen. Mona stellte sich ihm in den Weg, ließ ihn in die Mündung ihrer Dienstwaffe blicken.

„Machen Sie keine Schwierigkeiten, Kossen.“

Der Verdächtige schien ihre Entschlossenheit zu spüren. Jedenfalls leistete er keinen Widerstand. Mona riss seine Arme hinter den Rücken und legte ihm Handschellen an. Langsam stieß sie die Luft aus den Lungen und spürte, wie sich ihr Adrenalinspiegel auf ein normales Niveau senkte. Dann griff sie zum Funkgerät und forderte den VW-Bus an, um den Gefangenen zur Polizeistation zu schaffen.

Kapitel 15

Die Befragungen von Laura Welling und Sonja Gerdes mussten warten. Mona konnte sich lebhaft vorstellen, dass Brock in der Zwischenzeit bei ihrem Vorgesetzten Stimmung gegen sie gemacht hatte. Und so war es auch.

Als die Kommissarin Kossen zur erkennungsdienstlichen Behandlung geschafft hatte, wurde sie bereits von Oltbeck erwartet. Sein von Zorn gerötetes Gesicht ließ nichts Gutes erahnen. Aber Mona hatte nicht vor, sich den Wind aus den Segeln nehmen zu lassen.

„Kommen Sie sofort in mein Büro, Frau Sander!"

Mona folgte dem Dienststellenleiter und schloss die Tür von innen.

„Ich erwarte eine Erklärung für Ihr eigenmächtiges Vorgehen gegen Herrn Brock."

Mona legte die Mappe, die sie von Enno bekommen hatte, auf den Tisch.

„Im Haus dieses selbst ernannten Geistheilers kursieren verbotene Substanzen, Herr Hauptkommissar. Außerdem hat sein Stiefsohn Klaas Kossen unsere Kollegin Grietje Smit angegriffen. Es lag also der Verdacht nahe, dass Kossen sich in dem Haus aufhält, um sich vor der Polizei zu verstecken. Es ist mir inzwischen gelungen, ihn zu verhaften. Aber die entscheidenden Beweise befinden sich hier drin."

Mona tippte auf die Mappe. Oltbeck setzte seine Lesebrille auf und begann damit, die Dokumente zu überfliegen.

„Woher haben Sie das?"

„Die Mappe wurde mir zugespielt. Ich schlage vor, dass wir das Landeskriminalamt einschalten. Brocks Machenschaften haben Dimensionen, die wir personell nicht bewältigen können."

Die Kommissarin hatte ihre Worte ausnahmsweise mit Bedacht gewählt. Sie kannte ihren Vorgesetzten. Oltbeck war immer erleichtert, wenn er Verantwortung von sich abwälzen konnte. Die Aussicht, einen komplizierten Fall nach Hannover delegieren zu können, verbesserte seine Laune erheblich.

„Halten Sie Brock auch für den Mörder von Huizinga?"

„Das werden die weiteren Ermittlungen zeigen, Herr Oltbeck. Ich erhoffe mir Aussagen von den Frauen, die unter Brocks Einfluss gestanden haben. Offenbar hat er psychogene Substanzen eingesetzt, um sie besser manipulieren zu können. Ich hoffe, dass sie bei nüchternem Verstand nicht mehr für Brock lügen werden."

„Halten Sie Brocks Vorwürfe gegen Herrn Moll für frei erfunden?"

Du merkst aber auch alles!, dachte Mona. Sie verkniff sich eine gehässige Bemerkung und sagte: „Ich bin sicher, dass zumindest Kossen seine Aussage gegen Enno Moll widerrufen wird. Der Tatverdächtige hat eine Polizistin angegriffen und ist außerdem in die Machenschaften seines Stiefvaters verwickelt. Womöglich hat Kossen auch Huizinga getötet. Er braucht jetzt dringend Pluspunkte, wenn er vor Gericht auf mildernde Umstände hoffen will."

In Wirklichkeit war Mona nicht so überzeugt davon, dass Kossen zum reuigen Sünder werden würde. Sie musste sich eingestehen, dass sie diesen kopfstehenden Muskelmann nur schwer einschätzen konnte.

„Ich kann jedenfalls Herrn Molls Suspendierung nicht eigenmächtig aufheben", sagte Oltbeck. „In jedem Fall muss ich das Dezernat für interne Ermittlungen über die neuesten Ereignisse informieren."

Mona bat Oltbeck, später gemeinsam mit ihr den Verdächtigen zu verhören. Während der Chef zum Telefon griff, um beim Landeskriminalamt anzurufen, kehrte die Kommissarin einstweilen zum Städtischen Krankenhaus zurück.

Dort bekam sie zunächst Gelegenheit, mit Sonja Gerdes zu sprechen. Die Frau hatte unter Schock gestanden, als Mona plötzlich nachts in ihre Sitzung mit Brock geplatzt war. Die Kommissarin nannte noch einmal ihren Namen und fragte, ob die Zeugin sich zu einem Gespräch in der Lage fühlte.

„Ja, irgendwie schon ... Ich habe so ein taubes Gefühl in meinem Inneren. Der Arzt sagte, dass ich ein Psychopharmakum bekommen hätte. Wie ist das denn nur möglich? Ich wusste nichts davon."

„Sie haben also nichts eingenommen?"

„Jeremias gab mir Vitaminpillen, um meine Abwehrkräfte gegen Infektionen zu stärken. Glauben Sie, er hat da etwas verwechselt?"

„Nach unseren Erkenntnissen wurden Ihnen und den übrigen Frauen in Brocks Haus systematisch verschreibungspflichtige Medikamente verabreicht. Allein das stellt schon einen Gesetzesverstoß dar, denn Brock ist bekanntlich kein Mediziner."

„Warum sollte er das tun?“, fragte Sonja Gerdes ungläubig. „Jeremias hat meine Depressionen mit der Kraft seiner Gedanken geheilt.“

„Offensichtlich nicht“, entgegnete Mona trocken. „Es wurden Reste eines starken Psychopharmakums in Ihrem Blut nachgewiesen.“

„Ich würde so ein Teufelszeug niemals freiwillig nehmen.“

„Das haben Sie ja auch nicht getan. Sie glaubten, Vitaminpillen zu schlucken“, stellte Mona fest. Sie zeigte Sonja Gerdes nun ein Foto von Laura Welling.

„Haben Sie diese Frau schon einmal gesehen?“

Die Zeugin kniff die Augen zusammen.

„Ja, vor einigen Tagen. Sie hielt sich in der Nähe des Hauses auf. Ich glaubte, sie sei einfach eine Spaziergängerin. Aber wenn ich näher darüber nachdenke, dann bin ich ihr öfter begegnet.“

Mona überlegte. Hatte Laura Welling trotz ihrer Angst das Haus beobachtet? Und vor wem hatte sie sich so gefürchtet? Vor Brock, vor Kossen oder vor einer anderen Person? Wenn Sonja Gerdes die Frau bemerkt hatte, dann war sie vielleicht auch von Kossen gesehen worden.

„Kennt eigentlich Brock Ihre Kontoverbindung, Frau Gerdes? Haben Sie ihm eine Vollmacht erteilt?“

„Ich habe mal ein Dokument unterschrieben, aber so genau habe ich das nicht mehr vor Augen.“

Unter den beschlagnahmten Tablettenschachteln aus dem Haus des Geistheilers waren etliche mit türkischsprachigen Aufschriften gewesen. Mona wusste, dass man in Istanbul und anderen Städten dieses orientalischen Landes problemlos auch verschreibungspflichtige Medizin für wenig Geld ohne Rezept erwerben konnte. Ihr wurde immer deutlicher, wie Brocks Geschäftsmodell funktioniert haben musste.

„Jeremias ist kein schlechter Mensch. Ich vertraue ihm weiterhin“, sagte die Zeugin zum Abschied. Es klang beinahe trotzig.

Mona führte sich vor Augen, dass Brock seine Opfer meisterhaft manipuliert haben musste. Immerhin war diese Methode nicht bei allen erfolgreich gewesen. Birte hatte es zum Glück geschafft, sich aus eigener Kraft aus dem Bann des Geistheilers zu lösen.

Aber was war mit Laura Welling? In welchem Verhältnis stand sie zu Brock?

Die Kommissarin ging zu Dr. Junker, dem momentan behandelnden Arzt der Verletzten.

„Frau Welling ist inzwischen aus ihrer Bewusstlosigkeit erwacht“, sagte der Mediziner. „Sind Sie die Polizeibeamtin, mit der meine Patientin nach ihrer Ankunft auf Borkum gesprochen hat?“

Mona nickte. Sie hatte plötzlich einen Kloß im Hals und wurde erneut von ihrem schlechten Gewissen geplagt.

„Frau Welling hat sich nach Ihnen erkundigt. Sie ist jetzt stabil, wir haben sie allerdings leicht sediert. Wenn Sie mit ihr sprechen, dann fassen Sie sich bitte kurz. Die Patientin braucht noch viel Ruhe.“

Mona versprach, Laura Welling nicht allzu sehr zu belasten. Ihr Pulsschlag beschleunigte sich, als sie das Krankenzimmer betrat. Die junge Frau lag im Bett. Sie schlug die Augen auf, als sie die Kommissarin bemerkte. Laura Wellings Gesicht war bleich. Aber sie lächelte, offenbar erkannte sie Mona.

Die Kommissarin nannte trotzdem noch einmal ihren Namen. Dann sagte sie: „Hier sind Sie in Sicherheit, niemand kann Ihnen etwas tun.“

Mona setzte sich auf einen der Besucherstühle. Sie schaute Laura Welling forschend an.

„Erinnern Sie sich daran, was geschehen ist?“

Das Verbrechensopfer zögerte. Das Sprechen kostete die Frau offenbar Überwindung.

„Ich wurde niedergeschlagen.“

„Konnten Sie den Täter erkennen?“

Laura Welling starrte vor sich hin.

„Es hat bereits eine Verhaftung gegeben“, sagte Mona nachdrücklich. „Die Polizei benötigt jede Zeugenaussage, die sie bekommen kann. Das Belastungsmaterial hilft, den oder die Täter ihrer gerechten Strafe zuzuführen.“

„Ja, ich habe ihn gesehen. Andreas hat mich mit einem Knüppel geschlagen. Er ist der Sohn des Mörders.“

„Meinen Sie Klaas Kossen?“, vergewisserte sich die Kommissarin. „Als er Sie in der Klinik besuchte, nannte er sich Andreas Brügge.“

„Ja, von diesem Mann spreche ich. Jedenfalls ist er der Sohn von Jeremias Brock.“

Mona machte sich Notizen.

„Sie haben eben das Wort Mörder benutzt, Frau Welling. Können Sie mir sagen, wer umgebracht wurde?“

„Die Seelen der Frauen. Ich kenne ihre Namen nicht."

Seelen? Mona runzelte die Stirn. Mit einer solchen Aussage brauchte sie dem Staatsanwalt nicht zu kommen. Trotzdem hatte die Kommissarin nicht den Eindruck, dass die Patientin geistesgestört war. Bisher war das Gespräch mit Laura Welling sehr vernünftig gewesen, wie Mona fand.

„Warum sind Sie nach Borkum gereist? Hat das etwas mit Brock zu tun?"

„Ich bin müde", murmelte die Patientin. „Können wir bitte später weiterreden?"

Laura Welling machte wirklich schon nach dem kurzen Wortwechsel einen erschöpften Eindruck. Die Kommissarin führte sich vor Augen, dass sie eine schwere Kopfverletzung erlitten hatte. Ihr Schädel war immer noch dick bandagiert.

Mona ging einstweilen fort, um die Befragung später fortzusetzen. Immerhin hatte sie nun eine Aussage gehört, die Klaas Kossen weiterhin schwer belastete. Brocks Stiefsohn hatte sich mit seinem Angriff auf Grietje und der anschließenden Flucht keinen Gefallen getan. Für Mona stand auch fest, dass er vor dem Krankenhaus gelauert hatte, um Laura Welling endgültig zu töten. Aber warum? Was machte diese Frau für Brock und Kossen so gefährlich?

Als die Kommissarin die Polizeiwache betrat, erwartete sie dort eine Überraschung.

„Nanu, Grietje? Du bist schon wieder im Dienst?"

Die junge Polizeimeisterin war zwar noch etwas blass um die Nase, wirkte aber ansonsten fit. In ihrer frisch gebügelten blauen Uniform sah sie gut aus.

„Es heißt zwar immer, Polizisten würden gern krankfeiern, aber man muss ja nicht jedes Vorurteil bestätigen. Zu Hause langweile ich mich ja doch bloß. Du hast übrigens Besuch."

Grietje deutete mit einer Kopfbewegung auf ein älteres Paar, das auf der Holzbank vor dem Besuchertresen Platz genommen hatte. Mona wandte sich ihnen zu.

„Moin, ich bin Kommissarin Sander. Was kann ich für Sie tun?"

Die Frau und der Mann stellten sich als Monika und Günter Welling vor. Mona erinnerte sich an die Stimme der Mutter, mit der sie telefoniert hatte. Die Ermittlerin lächelte den besorgten Eltern zu.

„Ich komme gerade von Ihrer Tochter. Es geht ihr den Umständen entsprechend, sie ist bei Bewusstsein und ansprechbar. Sie braucht allerdings noch viel Ruhe."

„Gott sei Dank." Frau Welling war die Erleichterung deutlich anzumerken. „Wissen Sie denn schon, wer Laura das angetan hat?"

„Ihre Tochter hat den Täter eindeutig identifiziert, er befindet sich bereits im Polizeigewahrsam", sagte Mona in bestem Amtsdeutsch. „Zu seinem Motiv kann ich noch nichts sagen."

Die Mutter der Verletzten öffnete ihre Handtasche und zog eine Chinakladde mit buntem Pappeinband hervor.

„Das hier ist ein Tagebuch meiner Tochter. Ich habe es zufällig gefunden. Vielleicht hilft es Ihnen bei Ihren Ermittlungen."

„Haben Sie darin gelesen?"

Frau Welling schüttelte den Kopf.

„Nein, ich konnte nicht. Das wäre mir falsch vorgekommen. Wenn Sie es tun, dann ist es etwas anderes. Laura ist nicht Ihr Kind, Sie haben keine emotionale Bindung an sie."

Abgesehen davon, dass ich mich deiner Tochter gegenüber schuldig fühle, dachte Mona. Sie nahm das Tagebuch schweigend entgegen, dann öffnete sie aber doch den Mund.

„Ich kann mir vorstellen, dass Sie jetzt gern Laura sehen wollen. Das Städtische Krankenhaus ist gar nicht weit von hier entfernt."

Die Kommissarin beschrieb den Weg zur Gartenstraße. Die Wellings machten sich sofort auf. Für Mona stand jetzt eigentlich das Verhör mit Klaas Kossen auf dem Programm. Aber sie setzte sich auf die Holzbank und las sich in den Aufzeichnungen fest. Nun begriff sie viel besser, was sich zwischen Laura Welling und Jeremias Brock abgespielt haben musste. Auch Kossens Rolle wurde nun noch deutlicher.

„Hallo? Ist jemand zu Hause?" Grietjes helle Stimme drang nur allmählich zu Mona durch. „Der Chef hat schon nach dir gefragt. Willst du Oltbecks Laune verderben?"

„Klar doch", entgegnete Mona zerstreut. Sie schlug das Tagebuch zu. „Ich komme gleich."

Der Dienststellenleiter schaute demonstrativ auf die Uhr, als sie sein Büro betrat.

„Da sind Sie ja endlich, Frau Sander. Das Landeskriminalamt wird Herrn Brocks Unterlagen prüfen, so viel konnte ich schon erreichen.

Allerdings wäre es gut zu wissen, wie Sie in den Besitz dieser Dokumente gelangt sind."

„Wie gesagt, sie wurden mir zugespielt. Wird Klaas Kossen nicht anwaltlich vertreten? Ich wette, dass sein Stiefvater einen Spitzenverteidiger für ihn engagiert hat."

Oltbeck nickte.

„Der Rechtsbeistand heißt Dr. Knut Eilers. Er befindet sich bereits an Bord der Fähre und müsste bald hier eintreffen. Konnten Sie denn in der Zwischenzeit noch mehr herausfinden?"

Mona berichtete von ihrem Gespräch mit Laura Welling, hob sich aber ihren größten Trumpf für das eigentliche Verhör auf.

Dr. Eilers hatte sich als Strafverteidiger einen Namen gemacht. Der magere Mann mit der randlosen Brille wirkte auf Mona sofort unsympathisch, was offenbar auf Gegenseitigkeit beruhte.

„Herr Brock hat mich bereits telefonisch von Ihrer beispiellosen illegalen Polizeiaktion in seinem Haus informiert", schnarrte Dr. Eilers. „Dafür werden Sie sich später noch zu verantworten haben, Frau Sander. Ich möchte jetzt zunächst mit Herrn Kossen unter vier Augen sprechen."

Der Verdächtige war bereits in den Verhörraum gebracht worden. Dort gesellte sich sein Anwalt nun zu ihm. Mona nutzte die Pause, um sich weiter in das Tagebuch zu vertiefen. Oltbeck warf ihr einen neugierigen Blick zu.

„Was haben Sie denn da, Frau Sander?"

Die Ermittlerin lächelte.

„Ein sehr wichtiges Beweisstück für die Machenschaften von Brock und Kossen."

„Dann will ich hoffen, dass Sie diesmal die Herkunft des Dokuments nachweisen können."

Mona nickte.

„Es wurde mir von Laura Wellings Eltern überlassen."

Bevor Mona und ihr Vorgesetzter die Unterredung noch vertiefen konnten, rief Dr. Eilers sie in den Verhörraum. Mona war überrascht, dass der Anwalt sich mit seinem Mandanten nur so kurz beraten hatte.

„Was werfen Sie Herrn Kossen eigentlich vor?", wollte der Verteidiger wissen, nachdem Mona und Oltbeck Platz genommen hatten.

„Tätlicher Angriff auf eine Polizeibeamtin, versuchter Mord an Laura Welling sowie Mord an Dr. Fokke Huizinga“, zählte Mona auf. Der Anwalt lachte, als ob sie einen Scherz gemacht hätte.

„Sie verfügen über eine blühende Fantasie, Frau Sanders.“

„Also hat Ihr Mandant diese Delikte nicht begangen?“, fragte Oltbeck.

„Den Mordversuch und den Mord können Sie Herrn Kossen nicht in die Schuhe schieben“, behauptete Dr. Eilers. „Und was die Auseinandersetzung mit Ihrer Kollegin angeht, so hat sie meinem Mandanten Pfefferspray ins Gesicht gesprüht. Er wehrte sich nur, indem er ihr einen leichten Klaps versetzte.“

„Das ist eine schöne Geschichte“, höhnte Mona. „Bedauerlicherweise haben Sie die Reihenfolge verwechselt. Erst wurde Polizeimeisterin Smit von Ihrem Mandanten geschlagen, daraufhin hat sie ihm eine Ladung Pfeffer verpasst. Dafür gibt es etliche Zeugen, die auf der Bismarckstraße die Auseinandersetzung beobachtet haben.“

„Wir werden sehen“, erwiderte der Anwalt. Mona ging nicht auf ihn ein, sondern schaute nun Kossen direkt ins Gesicht. Er saß ihr gegenüber.

„Wer ist Andreas Brügge, Herr Kossen?“

„Antworten Sie nicht, das ist eine Falle!“, fuhr Dr. Eilers dazwischen. Mona zuckte mit den Schultern.

„Ich habe eine ganz normale Frage gestellt. Ihr Mandant kann selbstverständlich von seinem Recht auf Aussageverweigerung Gebrauch machen.“

„Das wird er auch tun.“

Der Verteidiger plusterte sich auf.

„Andreas Brügge ist der falsche Name, unter dem Klaas Kossen Laura Welling in einer psychiatrischen Klinik mehrfach besucht hat. Er ist vom Personal eindeutig wiedererkannt worden.“

Kossens Lider zuckten. Das war natürlich noch kein Beweis für irgendetwas. Trotzdem spürte Mona, dass sie auf dem richtigen Weg war.

„Und daraus wollen Sie eine Mordanklage konstruieren?“, höhnte Dr. Eilers.

Mona schüttelte den Kopf.

„Man muss den Zusammenhang sehen. Laura Welling war eine geistig normale Medizinstudentin, als sie auf die Machenschaften von Jeremias Brock aufmerksam wurde. Seine Tätigkeit als Geistheiler kam ihr sehr verdächtig vor. Doch anstatt die Behörden zu verständigen, spielte sie Privatdetektivin. Und das war der Anfang vom Ende."

„Woher wollen Sie das wissen?"

„Ich habe hier die Tagebuchaufzeichnungen der Patientin, Herr Dr. Eilers. Die Lektüre ist spannender als so mancher Krimi. Laura versuchte, Beweise für Brocks falsches Spiel zu sammeln. Leider wurde er auf sie aufmerksam. Die junge Frau wusste zu dem Zeitpunkt nicht, dass Herr Kossen Brocks Stiefsohn war. Der Geistheiler setzte ihn auf Laura Welling an."

Mona wandte sich nun direkt an Klaas Kossen.

„Wie haben Sie Laura manipuliert? Flößten Sie ihr von Anfang an Psychopillen ein, um sie als geisteskrank erscheinen zu lassen? Oder benutzten Sie Techniken, die Sie von Ihrem Stiefvater gelernt haben?"

„Antworten Sie nicht, diese Frau hat nicht die geringsten Beweise für ihre Unterstellungen", fauchte Dr. Eilers, wobei er Mona vernichtend anstarrte.

Die Ermittlerin ließ sich nicht beirren.

„Klaas Kossen hat Laura Welling immer wieder in der Klinik besucht, damit sich ihr Zustand nicht verbesserte. Ob er dieses Ziel durch Manipulationstechniken oder heimlich verabreichte Pillen erreichte, weiß ich noch nicht. Sie hat schließlich die Reißleine gezogen und ist aus der Psychiatrie verschwunden. Laura Welling muss einen Rest von eigenem Willen gehabt haben, der sie an ihrem ursprünglichen Plan festhalten ließ. Sie wollte unbedingt Brock das Handwerk legen. Ich weiß nicht, woher sie das Geld hatte, um nach Borkum zu gelangen und sich in einer Pension einzumieten. Vielleicht hat sie es von Studienfreunden geliehen, aber das ist jetzt nebensächlich. Tatsache ist, dass sie auf die Insel gelangte. Allerdings hatte die zurückliegende Zeit ihre Spuren hinterlassen. Laura Welling war psychisch sehr labil. Aber dass sie sich von einem Mörder verfolgt fühlte, entsprach den Tatsachen."

„Und Sie behaupten, dass mein Mandant Frau Welling umbringen wollte?"

„Sie hat ihn eindeutig als ihren Angreifer identifiziert."

„Eine entlaufene Psychiatriepatientin!", spottete der Anwalt. „Da haben Sie ja eine erstklassige Zeugin aufgetan!"

Mona warf ihm einen harten Blick zu.
„Wenn Frau Welling für Ihren Mandanten so unwichtig ist, weshalb hat er ihr dann vor dem Krankenhaus aufgelauert? Dort konnte ich ihn nämlich verhaften."
Das hatte Dr. Eilers offenbar nicht gewusst. Er geriet aus dem Konzept und behauptete schließlich, auf einer so kleinen Insel wie Borkum wäre man ja überall in der Nähe der Klinik. Aber sein Gesichtsausdruck zeigte deutlich, dass er seinem Argument selbst nicht glaubte.
„Kommen wir nun zum Mord an Dr. Huizinga." Die Ermittlerin schaute den Anwalt direkt an. „Das Opfer war übrigens ein Berufskollege von Ihnen, ein bekannter ostfriesischer Strafverteidiger."
„Das mag sein, mein Mandant hat ihn auf jeden Fall nicht getötet."
„Womöglich kennt Herr Kossen aber den Täter. Dann wäre es jetzt eine gute Gelegenheit, uns reinen Wein einzuschenken. Eine solche Aussage könnte sich bei den anderen Fällen strafmindernd auswirken."
„Ich hab Huizinga nicht umgebracht, und mein Vater ist es auch nicht gewesen", sagte Kossen plötzlich. „Aber der Speerwurf, das war ich. Damit wollte ich Sie erschrecken, zu Schaden gekommen ist dabei ja niemand."
„Kein Wort mehr, Herr Kossen!", rief der Anwalt, aber Mona beachtete ihn gar nicht.
„Und wieso ausgerechnet ein Speer?", fragte sie.
„Damit der Verdacht auf diese Wikinger-Clowns fällt. Denen hab ich die Wurfwaffe übrigens auch geklaut. Sollte mich wundern, wenn sie den Diebstahl angezeigt hätten."
Das war wirklich nicht geschehen, und den Grund dafür konnte Mona sich denken. Hätten Bent Grode und die anderen Freizeit-Nordmänner zugegeben, dass sie Speere besaßen, wären sie erst recht in den Fokus der Ermittlungen geraten.
„Ich muss mich jetzt dringend mit meinem Mandanten beraten", forderte Dr. Eilers. Er warf Kossen drohende Blicke zu. Offenbar gefiel es ihm überhaupt nicht, dass der Verdächtige plötzlich so redselig war.
„Nur eine Sache noch." Mona war nicht zu bremsen. „Sie behaupten, in den Mord an Fokke Huizinga nicht verwickelt gewesen

zu sein. Weshalb wollten Sie dann trotzdem, dass wir uns auf den Wikinger-Freundeskreis einschießen?“

„Damit Sie damit aufhören, im Leben meines Stiefvaters herumzuschnüffeln. Deshalb haben wir ja auch die Sache mit der Dienstwaffe ...“

Mona merkte Kossen an, dass er am liebsten seine Zunge verschluckt hätte. Es nützte ihm nichts, dass er den letzten Satz nicht beendete.

„Was wollten Sie gerade sagen, Herr Kossen? Dass die Anschuldigungen gegen Oberkommissar Moll aus der Luft gegriffen sind?“

„Legen Sie meinem Mandanten keine Aussagen in den Mund“, fauchte Dr. Eilers. „Ich beantrage, das Verhör sofort zu unterbrechen.“

„Ich könnte jetzt sowieso einen Tee vertragen“, erwiderte die Kommissarin.

Kapitel 16

Die Polizeiaktion gegen den Geistheiler wurde zum Gesprächsthema Nummer eins auf Borkum. Als auch noch die Spezialisten vom Landeskriminalamt anrückten und Brocks Haus akribisch durchsuchten, meldeten sich immer mehr Frauen bei der Polizei, die während der letzten Jahre von dem Scharlatan „behandelt“ worden waren. Sie alle hatten bisher geschwiegen – manche aus Scham, andere glaubten vielleicht immer noch an Brocks spirituelle Kräfte.

„Also hat Brock seine Opfer unter Psychopharmaka gesetzt, ihnen das Geld abgeknöpft und den Gewinn unversteuert ins Ausland geschafft?“

Diese Frage stellte Grietje, als sie gemeinsam mit Mona Pause machte. Das Landeskriminalamt hatte wegen der internationalen Verwicklungen die Ermittlungen an sich gezogen, was niemand stärker bedauerte als die Kommissarin. Immerhin war auch Brock inzwischen verhaftet worden, er verweigerte aber die Aussage.

„Du hast Brocks Machenschaften perfekt mit einem Satz zusammengefasst“, sagte Mona zu ihrer jungen Kollegin. Bevor sie weitersprechen konnte, wurde die Tür zur Polizeiwache aufgestoßen. Monas Herz machte vor Freude einen Hüpfer, denn Enno trat ein.

Die Kommissarin fiel ihm spontan um den Hals.

„Das Traumpaar der Borkumer Polizei“, kommentierte Grietje. Aber Mona war in diesem Moment so glücklich, dass sie der Polizeimeisterin noch nicht einmal ihre Frechheit krummnahm. Außerdem hatte sich Monas Verhältnis zu der jüngeren Frau sehr stark gebessert, seit Grietje für Enno Kopf und Kragen riskiert hatte.

Der große, stämmige Ostfriese löste sich lächelnd von Mona.

„Ich bin einstweilen wieder im Dienst, sozusagen auf Bewährung.“

„Wie kam es denn zu diesem Sinneswandel?“

„Brocks Verteidiger schachert momentan mit der Staatsanwaltschaft, um für seinen Mandanten ein möglichst mildes Urteil herauszuschlagen. Es kann als tätige Reue gewertet werden, dass Brock und sein Stiefsohn ihre Falschaussage jetzt zugeben. Damit ist der Tatvorwurf gegen mich vom Tisch. Und wenn dieses saubere Duo die entlastende Aussage im Strafprozess nicht widerruft, dann bin ich endgültig rehabilitiert.“

„Wie großzügig von diesen ausgekochten Ganoven“, stieß Mona hervor. „Und was ist mit dem Mord an Huizinga? Wird der zu Körperverletzung mit Todesfolge abgeschwächt?“

Enno schüttelte den Kopf.

„Brock und Kossen leugnen nach wie vor, Huizinga getötet zu haben. Die Beweise für die halbseidenen Geistheiler-Geschäfte sind inzwischen erdrückend, die Kollegen vom LKA haben ganze Arbeit geleistet. Und auch die Anklage wegen des Angriffs auf Laura Welling steht so weit. Nur bei dem Tod von Huizinga beteuern die beiden ihre Unschuld.“

„Vielleicht, weil sie es auch gar nicht gewesen sind“, murmelte Mona. „Es ist wirklich zum Mäusemelken! Ich habe einen Zeugen, der die Identität des Mörders kennt. Aber Hoogstraat weigert sich, den Namen preiszugeben.“

„Davon hast du mir schon erzählt, Mona. Woher wissen wir, dass der Alte den Strafverteidiger nicht doch selbst erschlagen hat?“

„Einen Beweis dafür gibt es wirklich nicht, Enno. Aber wie hätte Hoogstraat sein späteres Opfer quer durch ganz Borkum bis zu seiner Yacht schaffen sollen, ohne dabei von jemandem gesehen zu werden? Das geht nur mit einem Auto, und er hatte hier auf der Insel keinen Zugriff auf ein Fahrzeug.“

„Wirklich nicht?“, hakte der Oberkommissar nach. „Er kann sich doch eine Karre geliehen haben, Yachtbesitzer helfen sich oft gegenseitig. Das sollten wir noch nachrecherchieren.“

Mona nickte. Einerseits war sie auf sich selbst sauer, weil ihr diese Möglichkeit nicht eingefallen war. Andererseits genoss sie das Gefühl, endlich wieder Enno an ihrer Seite zu haben. Ohne ihn hatte sie sich bei den Ermittlungen unvollständig gefühlt. Voller Tatendrang wollte sie gleich losstürmen, aber Enno bremste sie.

„Ich muss mich erst bei Oltbeck zurückmelden, obwohl die Kollegen vom Dezernat für interne Ermittlungen ihn bestimmt schon angerufen haben. Du weißt ja, wie sehr er es liebt, wenn alles vorschriftsmäßig verläuft.“

Mona schmunzelte.

„Ja, das kann man wohl sagen.“

Der Oberkommissar ging nach hinten zum Büro des Dienststellenleiters. Mona stand noch im Wachlokal vor dem Tresen, als die Außentür erneut geöffnet wurde. Eine sehr angespannt wirkende Dame trat ein. Sie schaute erst Mona, dann Grietje an.

„Dauert es bei Ihnen länger?“, fragte die Fremde. „Ich muss dringend eine Vermisstenanzeige aufgeben.“

Mona verstand nicht sofort. Aber dann wurde ihr klar, dass die andere Frau sie für eine Bürgerin hielt, die polizeiliche Hilfe benötigte. Die Kommissarin trug schließlich Zivil. Bevor sie etwas entgegnen konnte, wurde die Situation von Grietje aufgelöst.

„Kommissarin Sander gehört zu uns, sie wird Ihnen gern helfen.“

Und du kannst in Ruhe weiter Tetris spielen, sagte Mona in Gedanken zu ihrer jungen Kollegin. Aber es machte ihr nichts aus, eine Vermisstenanzeige aufzunehmen, obwohl das auch die junge Polizeimeisterin hätte machen können. Mona war einfach nur guter Dinge, weil Enno zurückgekehrt war.

Sie bat die Melderin, mit in ihr Büro zu kommen. Sie fuhr ihren PC hoch und bat die Dame, auf ihrem Besucherstuhl Platz zu nehmen.

„Also, wie lautet Ihr Name?“

„Tatje Schoonebek.“

Mona zuckte zusammen. Und sie fragte sich unwillkürlich, wann sie ihren Stalker zum letzten Mal gesehen hatte.

„Und der Name der vermissten Person?“

„Lars Schoonebek. Er ist mein Sohn.“

Die Kommissarin holte tief Luft und suchte nach den passenden Worten.

„Hören Sie, ich kenne Ihren Sohn persönlich. Er hat sich sehr für den Tod von Fokke Huizinga interessiert und wollte unbedingt etwas darüber schreiben. Dabei hat er mehrfach ernsthaft unsere Polizeiarbeit gestört.“

Die Mutter seufzte.

„Ich weiß, dass Lars manchmal übereifrig ist. Es ist sein großer Traum, Starreporter zu werden. Und ich weiß nicht, wie ich ihn davon abbringen soll. Bisher kam mir seine Leidenschaft harmlos vor. Aber jetzt ist er schon seit achtundvierzig Stunden fort. Allmählich mache ich mir große Sorgen um ihn.“

Die Kommissarin runzelte die Stirn.

„Sie machen doch auf Borkum Urlaub, nicht wahr? Ist es Ihnen nicht schon gestern seltsam vorgekommen, dass Ihr Sohn so lange Zeit abgängig ist?“

„Zunächst nicht. Lars erzählte mir, dass er nach Emden fahren wollte, um etwas zu recherchieren. Ich habe mir nichts dabei gedacht. Aber ich weiß gar nicht, ob er die Insel wirklich verlassen hat."

Mona durchforstete ihr Gedächtnis. Sie hatte diesen Unglücksraben zuletzt gesehen, als sie zum Fährhafen gefahren war. Da war Schoonebek ihr gefolgt. Was hatte er danach getan? Die Kommissarin hatte ihn nicht vermisst und war froh gewesen, dass sich die Nervensäge nicht mehr blicken ließ. Das konnte sie der Mutter natürlich nicht sagen.

„Haben Sie eine Idee, wo sich Ihr Sohn aufhalten könnte, Frau Schoonebek?"

„Darüber habe ich mir natürlich auch schon Gedanken gemacht. Lars hat mitbekommen, dass die Polizei diesen Geistheiler verdächtigt."

Mona seufzte innerlich. Seit Kossens und Brocks Verhaftung waren zahlreiche echte Journalisten auf Borkum eingefallen. Das Regionalfernsehen hatte ein Kamerateam geschickt, und Oltbeck hatte sich im TV äußern müssen. Auch die Kommissarin selbst war von mehreren Reportern angesprochen worden, die sie aber stets an die Pressestelle des Landeskriminalamtes verwiesen hatte.

Auf Borkum wusste inzwischen also jeder, wie verdächtig der Geistheiler und sein Stiefsohn waren.

„Zu laufenden Ermittlungen kann ich mich nicht äußern", sagte Mona steif.

Frau Schoonebek nickte.

„Das verstehe ich natürlich. Aber wenn ich genauer darüber nachdenke, bin ich mir sicher, dass mein Sohn diesen Leuten ihre Verbrechen nachweisen wollte. Glauben Sie, dass ihm das zum Verhängnis geworden ist?"

Die Mutter des Hobby-Reporters schaute die Kommissarin verängstigt an. Erst die Medizinstudentin Laura Welling, jetzt auch noch Lars Schoonebek – Mona war der Meinung, dass in diesem Fall zu viele selbst ernannte Detektive herumpfuschten. Sie versuchte zunächst, noch mehr Fakten zu sammeln.

„Ist Ihr Sohn mit dem Fahrrad unterwegs?"

„Ja, Frau Sander. Jedenfalls ist das Zweirad ebenso lange verschwunden wie Lars selbst."

„Ihr Sohn ist doch gewiss auch per Smartphone zu erreichen?"

Tatje Schoonebek nickte.

„Ich weiß nicht, wie oft ich die Nummer schon angerufen habe. Aber das Gerät ist aus."

Die Mutter machte einen gefassten Eindruck. Trotzdem war Mona sicher, dass sie sich sehr um ihren Sohn sorgte.

„Hat Lars Ihnen gesagt, mit wem er in Emden Kontakt aufnehmen wollte?"

Die Frau zögerte einen Moment mit der Antwort, denn nun betrat Enno den Raum. Mona stellte ihren Kollegen vor und berichtete ihm kurz, was geschehen war. Dann wandte sie sich wieder an Frau Schoonebek.

„Haben Sie ein aktuelles Foto von Lars?"

„Ja, auf meinem Handy."

Sie schickte die Aufnahme auf Monas Smartphone hinüber. Die Kommissarin legte beruhigend ihren Arm um die Schultern der Mutter.

„Wir werden jetzt zunächst die Insel systematisch nach Lars durchsuchen. Alle Polizisten bekommen sein Foto. Wenn das nichts fruchtet, können wir unsere Maßnahmen auch mithilfe der Emder Kollegen ausweiten."

„Wir kennen auf Borkum jeden Quadratmeter Boden, vom Alten Hafen bis zum Hoge Hörn", ergänzte Enno.

Mona und Tatje Schoonebek tauschten noch ihre Mobilfunknummern, um sich sofort gegenseitig Neuigkeiten mitteilen zu können.

„Gehen Sie zu Ihrer Pension zurück und lassen Sie uns unsere Arbeit tun", bat Mona die Mutter des Vermissten zum Abschied.

Die Suche nach einem möglicherweise von Hoogstraat geliehenen Auto musste warten, der vermisste Junge hatte absoluten Vorrang. Mona spürte, dass sich ein mieses Gefühl in ihrer Magengegend breitmachte.

Ob der Mörder von Huizinga noch ein weiteres Opfer auf dem Gewissen hatte?

Kapitel 17

Mona und Enno informierten ihren Vorgesetzten über den Vermisstenfall. Oltbeck wollte sofort Verstärkung vom Festland anfordern, um die unbewohnten Teile der Insel durchsuchen zu können. Die Kommissarin winkte ab.

„Das scheint mir zunächst noch nicht nötig, Herr Hauptkommissar. Lars Schoonebek wollte auf eigene Faust den Mord an Huizinga aufklären. Ich sehe sein Verschwinden im Zusammenhang mit dem Tötungsdelikt."

Der Revierleiter runzelte die Stirn.

„Glauben Sie, dass Brock oder Kossen den Jungen beseitigten?"

„Die Möglichkeit besteht", erwiderte Mona. „Als Schoonebek zuletzt gesehen wurde, war zumindest der Geistheiler noch auf freiem Fuß."

Die beiden Verdächtigen konnten nicht mehr von Mona und Enno befragt werden, weil sie in die Untersuchungshaft auf dem Festland geschafft worden waren. Nachdem die Unterredung mit Oltbeck beendet war, rief Mona beim Landeskriminalamt an. Sie bat darum, Brock und Kossen baldmöglichst nach Schoonebek zu fragen. Außerdem schickte sie den Kollegen das Foto des Jungen.

Danach fuhren die beiden Ermittler zum Haus des Geistheilers, das inzwischen leer stand und nach der kriminaltechnischen Untersuchung von der Polizei versiegelt worden war.

„Glaubst du, dass Schoonebek dort gefangen gehalten wird, Mona? Das Haus ist doch gründlich durchsucht worden."

„Nein, das kann ich mir nicht vorstellen. Wir sind doch hier nicht in einem Edgar-Wallace-Film, wo es von Falltüren und Geheimgängen nur so wimmelt. Aber vielleicht finden wir einen Hinweis auf diesen Unglücksraben Schoonebek. Darauf haben wir bisher nicht geachtet."

Der Oberkommissar schaute seine Kollegin prüfend von der Seite an.

„Machst du dir etwa schon wieder selbst Vorwürfe, Mona? Das solltest du dir gar nicht erst angewöhnen. Nach dem, was ich weiß, hast du Schoonebek eine klare Ansage gemacht. Wenn er trotzdem Detektiv spielen will, dann kannst du das nicht verhindern. Du bist nicht sein Kindermädchen."

Das wusste Mona natürlich auch. Trotzdem hatte sie immer noch das Bild vor Augen, als sie an Bord der Holland-Fähre gewesen war und Schoonebek ihr entgeistert hinterhergestarrt hatte. Ob er zu diesem Zeitpunkt schon etwas erfahren hatte, das ihm zum Verhängnis geworden war?

Sie parkten vor dem Haus. Mona brach das Siegel, und sie traten ein. Es herrschte jetzt eine gespenstische Ruhe. Die Kommissarin versuchte, sich in die Frauen zu versetzen, die Brock hier ausgeliefert gewesen waren. Was hatte Laura Welling noch gesagt? Der Geistheiler hätte ihre Seelen ermordet? Mona hoffte nur, dass keines der Opfer dauerhafte psychische Schäden davongetragen hatte.

Es war, als ob Enno ihre Gedanken lesen würde.

„Ich habe dir noch gar nicht erzählt, dass Birte jetzt die Ergebnisse ihrer Krebsuntersuchung bekommen hat. Es ist alles in Ordnung, sie hat kein Karzinom in ihrem Körper."

Mona lächelte.

„Das ist wirklich eine gute Nachricht. – Hast du eine Theorie zu Schoonebek? Könnte er wirklich von Brock ermordet worden sein?"

„Wir müssen bei diesem Täter von absoluter Skrupellosigkeit ausgehen. Ich bin auch sicher, dass Brock seinen Stiefsohn dazu angestiftet hat, Laura Welling umzubringen. Ob sich das beweisen lässt, steht allerdings auf einem anderen Blatt. Wenn es zwischen Brock und Schoonebek einen Kampf gegeben hat, müssten allerdings auf dem Körper des Mörders Abwehrverletzungen erkennbar sein. Davon haben uns die Kollegen nichts berichtet."

Brock war medizinisch untersucht worden, als der Haftrichter die Untersuchungshaft angeordnet hatte. Normalerweise wäre dem Geistheiler das Gefängnis wahrscheinlich erspart geblieben. Aber wegen seiner Auslandskonten ging das Gericht davon aus, dass Brock bei nächster Gelegenheit Deutschland auf Nimmerwiedersehen verlassen würde.

Mona hatte nichts dagegen, dass sich ihr Hauptverdächtiger bereits hinter Gittern befand. Momentan deutete allerdings nichts auf eine Ermordung Schoonebeks durch den Geistheiler hin.

Hätte dieser unerfahrene Junge dem Kriminellen wirklich gefährlich werden können?

Monas Smartphone klingelte. Schoonebeks Mutter war am Apparat. Sie klang sehr aufgeregt.

„Frau Sander, ich habe gerade noch einmal in den Sachen meines Sohnes gestöbert. Es fehlen keine Kleidungsstücke oder persönlichen Dinge. Lars muss also nicht davon ausgegangen sein, freiwillig länger fortzubleiben.“

„Gut, dann können wir diese Möglichkeit ausschließen.“

„Mir ist eine Sache aufgefallen, die wichtig sein könnte. In Lars’ Notizen steht eine Zahlenfolge, die für mich wie eine Mobilfunknummer aussieht. Daneben hat mein Sohn die Worte ‚Anschluss Klaas‘ sowie ein Fragezeichen gekritzelt.“

Mona horchte auf. Sie bat Frau Schoonebek darum, ihr die Nummer durchzugeben.

„Kann das eine Spur sein?“, fragte die Mutter hoffnungsvoll. Mona antwortete neutral, sie wollte keine allzu großen Erwartungen wecken.

„Wir gehen dem Hinweis nach, dann melden wir uns wieder bei Ihnen, Frau Schoonebek.“

Enno hatte mitgehört und bereits seinen Notizblock aufgeschlagen.

„Die Zahlen stimmen auf jeden Fall nicht mit Klaas Kossens Mobilfunknummer überein. Wahrscheinlich hast du auch sofort an den Stiefsohn gedacht, oder?“

„Du sagst es, Enno. Andererseits wäre es möglich, dass Klaas Kossen mehrere Handys besitzt. Bei seiner Verhaftung hatte er wirklich nur das Gerät bei sich, dessen Nummer wir schon kennen. Das muss aber nichts bedeuten.“

Mona hatte bereits zu ihrem eigenen Smartphone gegriffen. Sie rief nun beim Landeskriminalamt an, nannte die unbekannte Nummer und bat um eine Handyortung.

„Glaubst du, Klaas Kossen hat das Telefon an dem Ort liegen lassen, wo er Lars Schoonebek gefangen hält?“, wollte der Oberkommissar wissen.

„Das wäre die Variante, die mir am besten gefiele. Das würde nämlich bedeuten, dass der Hobby-Reporter noch lebt.“

Die Ermittler brachen die Durchsuchung von Brocks Haus ab, weil sie keine Hinweise finden konnten. Falls sich Schoonebek in dem Gebäude aufgehalten hatte, waren keine Spuren mehr davon zu entdecken.

Mona versiegelte die Tür erneut. Wenig später klingelte ihr Telefon. Der Pulsschlag der Kommissarin beschleunigte sich erheblich.

„Die Kollegen konnten das Signal orten. Die Zahlenfolge gehört wirklich zu einem Handy. Und es ist an der Kiebitzdelle-Westdüne eingeschaltet!“

Mona und Enno sprangen in ihren Dienstwagen und rasten mit blinkendem Blaulicht in Richtung Südstrand. Dabei mussten sie am Bahnübergang warten, weil gerade einer der bunten Kleinbahnzüge Richtung Reede fuhr. Mona trommelte nervös mit den Fingern auf das Lenkrad.

„Hoffentlich kommen wir nicht zu spät.“

„Mach dich nicht verrückt. So lange ist der Junge noch nicht abgängig. Selbst wenn er nichts zu trinken bekommen hat, kann er immer noch leben.“

Diese Tatsache war der Kommissarin bekannt. Trotzdem tat es einfach gut, Ennos beruhigende Stimme zu hören. Wie hatte sie es nur ohne ihn ausgehalten? Die Wahrheit lautete, dass es beinahe unerträglich gewesen war, allein ermitteln zu müssen. Deshalb verdrängte die Kommissarin auch den Gedanken, dass Enno in nicht allzu ferner Zukunft in Pension gehen würde.

Der Oberkommissar richtete den Blick seiner blauen Augen auf den Horizont, während Mona den Wagen erneut startete.

„Ich überlege gerade, wo genau der Junge gefangen gehalten werden könnte. Da kommt in der Straße eigentlich nur ein Haus infrage. Es ist ein Feriendomizil, das aber wegen eines Erbschaftsstreits seit Jahren leer steht.“

Mona bog bereits in die Kiebitzdelle-Westdüne ein. Die Straße wurde von gepflegten Einfamilienhäusern gesäumt, viele im traditionellen Friesenstil. Einige davon waren als Ferienhäuser vermietet. Enno dirigierte seine Kollegin zu dem Haus, von dem er gesprochen hatte.

Zunächst deutete nichts darauf hin, dass es bewohnt gewesen wäre. Aber als Mona durch ein Fenster linste, sah sie die Beine eines Gefesselten auf einem Sofa. Sie gab dem Oberkommissar ein Zeichen. Enno fackelte nicht lange und drückte mit seinen Bärenkräften die Tür ein.

Die beiden Ermittler stürmten in das Ferienhaus.

Lars Schoonebek war allein in dem Gebäude. Er lag gefesselt im Tiefschlaf auf der Couch. Neben ihm auf dem Boden befand sich ein einfaches Prepaid-Handy.

Kapitel 18

Enno verständigte eine Ambulanz, damit der Junge umgehend ins Krankenhaus gebracht wurde. Mona schaute sich in dem Haus um. Nichts deutete darauf hin, dass sich dort noch eine andere Person länger aufgehalten hatte. War Lars Schoonebek als Geisel gedacht gewesen? Oder hatte nur Klaas Kossens Verhaftung seinen Tod verhindert? Die Kommissarin fand, dass einige Dinge nicht zusammenpassten.

Auf der Garagenzufahrt entdeckte sie Reifenspuren. Glücklicherweise hatte sie selbst den Opel Vectra auf der Straße geparkt, sodass die Spuren nicht durch das Polizeifahrzeug zerstört wurden. Sie deutete auf den Abrieb.

„Enno, wir brauchen die Kriminaltechnik hier. Schoonebek wird wohl kaum auf seinen eigenen Beinen hierher gekommen sein. Mit etwas Glück können wir endlich nachweisen, welchen Wagen der oder die Täter benutzt haben."

Enno zwinkerte ihr zu.

„Mein Bauchgefühl sagt mir, dass du Brock und Kossen nicht für die Täter hältst."

„Ich habe einen Verdacht, der aber ziemlich schräg ist. Bevor ich damit um die Ecke komme, muss ich noch ein paar Hinweise überprüfen. Ich möchte nämlich nicht von dir ausgelacht werden."

„Das würde ich mir doch niemals erlauben."

Mona tat das Prepaid-Handy in eine Tüte für Beweismittel. Dann rief sie Frau Schoonebek an, um ihr die erlösende Nachricht zu verkünden. Die Mutter wollte gleich zur Klinik, um nach ihrem Sohn zu sehen. Außerdem bedankte sie sich überschwänglich bei Mona.

„Könnten Sie bitte zur Polizeiwache kommen, nachdem Sie Lars besucht haben? Es wären noch ein paar Kleinigkeiten zu klären."

Tatje Schoonebek versprach hoch und heilig, später Mona aufzusuchen. Enno schaute die Kommissarin fragend an, nachdem sie das Telefonat beendet hatte.

„Was für Kleinigkeiten willst du denn noch aus der Welt schaffen?"

„Zum Beispiel die Frage, wer Huizinga wirklich getötet hat."

Ennos verblüffter Gesichtsausdruck war Gold wert, wie Mona fand. Sie grinste und kniff ihm scherzhaft in die Wange.

„Du hast mir bei dieser Ermittlung gefehlt, mein Lieber. Dennoch glaube ich, dass ich der Wahrheit inzwischen ziemlich nahe gekommen bin. Lass mich nur machen, dann wird sich alles aufklären."

„Ich lasse mich gern mal überraschen", versicherte der Oberkommissar. Mona musste noch einige Telefongespräche erledigen und auch persönliche Gespräche führen. Außerdem fing sie die wenig später eintreffenden Kriminaltechniker am Fährhafen ab und schickte sie außer zur Kiebitzdelle-Westdüne noch zu einer anderen Adresse.

Als Tatje Schoonebek das Büro der beiden Ermittler betrat, war Mona auch gerade eben zurückgekehrt.

„Es ist schon seltsam", sinnierte die Kommissarin. „Manche Kriminelle sind sehr eifrig dabei, ihre Schuld auf andere Täter abzuwälzen. Und dadurch stellen sie sich selbst ein Bein."

Tatje Schoonebek lächelte unsicher.

„Ich verstehe nicht ganz. Wodurch hat sich Brock selbst ein Bein gestellt?"

„Von dem Geistheiler spreche ich gar nicht. Es geht mir um Sie, Frau Schoonebek. Und darum, dass Sie Dr. Fokke Huizinga getötet haben."

Die Beschuldigte zuckte zusammen.

„Falls das ein Scherz sein soll, kann ich nicht darüber lachen, Frau Sander."

„Mir ist auch nicht nach Witzen zumute. Ich mache Sie darauf aufmerksam, dass wir Sie ab sofort als Beschuldigte einer Straftat vernehmen. Sie haben das Recht, sich anwaltlich beraten zu lassen."

Tatje Schoonebek verschränkte die Arme vor den Brüsten.

„Das wird nicht nötig sein, da ich unschuldig bin. Ich weiß nicht, was plötzlich in Sie gefahren ist, Frau Sander. Liegt es nicht auf der Hand, dass dieser obskure Geistheiler meinen Sohn entführt hat?"

Mona nickte.

„Die Machenschaften von Jeremias Brock sind inzwischen Inselgespräch. Womöglich ist inzwischen sogar allgemein bekannt, dass die Ehefrau von Dr. Huizinga ebenfalls von Brock behandelt wurde. Ein perfektes Mordmotiv, nicht wahr? Wenn der Scharlatan die Tat leugnete, wer würde ihm glauben? Zumal der einzige Zeuge versprochen hat, seinen Mund zu halten. Wie gut, dass auf Henk Hoogstraat Verlass ist, nicht wahr?"

Tatje Schoonebek zuckte zusammen, als der Name fiel. Trotzdem schüttelte sie den Kopf.

„Ich weiß nicht, wer dieser Hoogstraat sein sollte."

Mona lehnte sich in ihrem Bürostuhl zurück.

„Oh, Sie haben ihn vor längerer Zeit kennengelernt. Damals, bei dem Strafprozess gegen den Raser, wissen Sie noch? Da saß Hoogstraat im Publikum. Und Sie selbst arbeiteten seinerzeit als Rechtsanwalts- und Notariatsgehilfin für Dr. Fokke Huizinga. Haben Sie ihn an allen Prozesstagen begleitet?"

Ennos erstaunter Blick traf erst seine Kollegin, dann die Mordverdächtige. Mona war ein wenig stolz auf sich, weil sie während eines kurzen Zeitraums sehr viel herausgefunden hatte. Wenn man die Puzzleteile erst zusammensetzte, ergab sich ein komplettes Bild.

Tatje Schoonebek presste die Lippen aufeinander, öffnete dann aber doch wieder den Mund.

„Ja, ich kannte Herrn Dr. Huizinga. Aber wieso sollte ich ihn ermordet haben?"

„Den Grund werden Sie selbst am besten kennen. Mir liegen Zeugenaussagen vor, dass Huizinga in seiner Jugend eine Freundin namens Tatje hatte. Sie wurde dann von ihm aufs Abstellgleis geschoben, als er seine spätere Ehefrau Annika kennenlernte."

„Und das soll ein Beweis sein? Tatje ist vielleicht in Bayern oder in Sachsen ein exotischer Vorname, hier in Ostfriesland aber ganz bestimmt nicht."

„Zugegeben, Ihr Name allein macht Sie noch nicht verdächtig. Mir ist übrigens aufgefallen, dass Sie hinken."

Tatje Schoonebek riss die Augen auf.

„Ja, ich habe Arthrose im linken Fußknöchel. Macht mich das etwa zur Mörderin?"

Mona schüttelte den Kopf.

„Nein, natürlich nicht. Aber es fällt Ihnen schwer, längere Strecken zu Fuß zu gehen, vermute ich. Auf einer kleinen Insel wie Baltrum mag das noch angehen, aber wir befinden uns hier bekanntlich auf dem größten ostfriesischen Eiland. Wie gut, dass Ihre Pensionswirtin Ihnen gelegentlich ihr Auto geliehen hat."

Die Verdächtige warf der Kommissarin einen verzweifelten Blick zu. Mona schlug weiter in die Kerbe.

„Das Fahrzeug ist ein Dacia Duster – geräumig genug, um größere Einkäufe zu transportieren. Oder eben eine Leiche. Meine Kollegen von der Kriminaltechnik nehmen sich das Auto gerade vor. Die meisten Laien unterschätzen völlig, wie lange Blutspuren noch nachweisbar sind. Selbst mikroskopisch kleine Mengen reichen aus.“

Tatje Schoonebek begann zu weinen.

„Hören Sie doch endlich auf! Ja, ich habe Fokke getötet. Aber es war gewiss kein Mord. Ich wollte gar nicht, dass es geschieht!“

Die Ermittler warteten, bis die Frau sich halbwegs beruhigt hatte. Enno reichte ihr ein Papiertaschentuch.

„Erzählen Sie uns einfach, was geschehen ist“, bat Mona.

Tatje Schoonebek musste sich noch einen Moment lang sammeln, dann begann sie zu sprechen.

„An dem Tag hatte sich Lars schon mit dem Fahrrad auf den Weg gemacht, um die Insel zu erkunden. Mein Fuß tat mir weh und ich wollte noch länger auf dem Zimmer bleiben. Später lieh ich mir dann das Auto der Vermieterin. Ich fuhr zum Hafen hinunter, als ich plötzlich ein bekanntes Gesicht sah. Ich hatte Henk Hoogstraat sofort wiedererkannt. Er war mir gegenüber erst etwas reserviert. Schließlich hatte ich ja damals für den Verteidiger dieses verflixten Rasers gearbeitet. Aber ich sagte ihm, dass ich mit Huizinga schon längst nichts mehr zu tun hätte. Ich unterhielt mich ein wenig mit dem Alten, dann setzte ich meine Spazierfahrt fort. Und plötzlich erblickte ich meinen damaligen Liebhaber in dieser albernen Wikinger-Aufmachung.“

„Sie waren also nicht mit Huizinga verabredet gewesen?“

„Nein, gewiss nicht. Und es war ein Fehler, ihn im Auto mitzunehmen. Es kam mir wie ein Wink des Schicksals vor, dass ich am selben Tag zwei Männer aus meiner Vergangenheit traf. Ich wollte also spontan mit Fokke reden, obwohl wir so lange keinen Kontakt mehr hatten.“

„Weshalb?“

„Fokke sollte mitbekommen, dass ich mein Leben auch ohne ihn erfolgreich gestalten kann. Ich bin ja alleinerziehend, wie Sie wahrscheinlich schon herausgefunden haben. Und ich arbeite nicht mehr als einfache Rechtsanwaltsgehilfin. Inzwischen bin ich Chefsekretärin in einer Steuerberatungskanzlei.“

„War Huizinga der Vater Ihres Sohnes?“, fragte Mona und schaute Tatje Schoonebek direkt an.

„Ja, obwohl er von Lars und mir nichts wissen wollte. Ich gab mich damals mit einer größeren Abfindung zufrieden. Das war ein Fehler, ich hätte Fokke auf Unterhalt verklagen sollen. Aber ich habe es nicht getan."

„Warum nicht?"

„Er war ein dominanter Typ, bis zu seinem Tod. Er drohte damals, mir und meinem Kind das Leben zur Hölle zu machen. Und ein Prozess? Ich weiß doch durch meinen damaligen Job, wie so etwas läuft. Haben Sie schon mal versucht, einen Juristen zu verklagen? Sie kennen doch bestimmt den Spruch: Eine Krähe hackt der anderen kein Auge aus."

Die Kommissarin hatte sich schon oft mit Anwälten angelegt, aber darum ging es jetzt nicht.

„Also wollten Sie Huizinga beweisen, dass Sie nicht auf ihn angewiesen sind? Dass Sie im Leben Ihren Platz gefunden haben?"

„Ich muss zugeben, dass er mich irgendwie immer noch faszinierte. Und das lag gewiss nicht an seinem Wikingerkostüm. Er war charmant, jedenfalls zuerst. Er war erst später mit seinen Freunden verabredet, also fuhr ich mit ihm zu einer einsamen Stelle im Ostland."

„Und dann?", hakte Mona nach.

„Wir hatten Sex. Ich weiß bis heute nicht, was über mich gekommen ist. Vielleicht liegt es daran, dass ich so lange keinen Freund hatte. Ich hätte wissen müssen, dass Fokke ein Mistkerl war. Ich fragte ihn, ob wir uns wiedersehen könnten. Da lachte er. Und er wollte wissen, ob ich nun einen Vater für meinen Bastard bräuchte. Als er mir den Rücken zudrehte, schlug ich mit dem Wagenheber zu. Ich wollte ihn wirklich nicht umbringen. Ich sah einfach rot, fühlte mich von ihm gedemütigt und ausgenutzt. Er lag plötzlich regungslos auf dem Boden."

„Ich dachte, Huizinga hätte einen Helm getragen."

„Ja, den hat er aber abgenommen, als wir … zusammen waren. Wie gesagt, ich wollte das alles nicht. Ich war plötzlich außer mir vor Wut."

„Sie kamen nicht auf die Idee, einen Rettungswagen zu rufen?"

„Nein, ich stand unter Schock. Irgendwie gelang es mir, den Toten ins Auto zu schaffen. Ich legte eine Decke über ihn. Ursprünglich wollte ich ihn einfach ins Meer werfen. Aber am Strand hätte man ihn doch sofort gefunden, nicht wahr? Da fiel mir in meiner Verzweiflung ein, dass ich Hoogstraat einweihen konnte."

„War es kein Risiko, einen Mitwisser zu haben?"

„Wenn der Holländer mich an die Polizei ausgeliefert hätte, wäre es mir auch egal gewesen. Ich konnte nicht allein handeln, und meinen Sohn wollte ich nicht in die Sache hineinziehen."

Das hatte Tatje Schoonebek ja später doch getan, aber darauf würde die Rede gewiss noch kommen.

„Und Hoogstraat half Ihnen?"

„Oh ja. Von ihm stammte auch die Idee mit dem Wikingerbegräbnis. Ich wusste gar nichts von dieser Sitte, und Hoogstraat opferte dafür sogar sein Beiboot."

„Also hat Hoogstraat das Ruderboot in Emden gekauft?"

„Das nehme ich an, jedenfalls hatte er das Boot schon, als wir den Toten im Schutz der Dunkelheit an Bord schafften."

Auch Hoogstraat verfügte über einen Vollbart, auf ihn passte also die ungenaue Personenbeschreibung von Frau Remsma.

„Und wozu sollte diese Inszenierung mit dem brennenden Boot dienen?", fragte Mona, obwohl sie die Antwort ahnte.

„Wir hielten es für eine gute Idee, um den Verdacht in eine völlig andere Richtung zu lenken. Fokke hatte uns ja eine Steilvorlage gegeben, indem er dieses Wikingerkostüm anlegte. Ich handelte, ohne nachzudenken. Als dann die *Phoebe* auslief, wurde ich plötzlich ganz ruhig."

„Waren Sie mit an Bord?"

Enno stellte diese Frage. Er hatte den Wortwechsel zwischen den beiden Frauen bisher schweigend verfolgt. Tatje Schoonebek nickte mit dem Kopf.

„Ja, die Beseitigung der Leiche auf hoher See war für einen einzelnen Menschen zu viel. Ich habe selbst das Benzin über die Leiche geschüttet. Und ich empfand nichts dabei, obwohl ich diesen Mann einmal geliebt hatte. Ich fühlte mich erleichtert, als Fokke plötzlich für immer fort war. Niemand hatte gesehen, dass er zu mir ins Auto gestiegen war. Die Blutflecken hatte ich beseitigt und den Wagenheber abgewischt."

„Blutrückstände sind nur sehr schwer hundertprozentig zu entfernen", stellte Mona klar. Dann kam sie auf einen anderen Punkt zu sprechen.

„Und was sagten Sie dazu, dass Lars aus diesem Fall eine Sensationsreportage machen wollte?"

„Natürlich wusste ich schon länger, dass mein Sohn von einer journalistischen Karriere träumte. Mir erschien das immer als eine

Traumtänzerei, ehrlich gesagt. Ich glaube nämlich, dass Reporter ziemlich hartgesotten sein müssen. Und Lars ist eher ein wirklichkeitsfremder Fantast. Ich konnte mir nicht vorstellen, dass er wirklich etwas herausfinden würde."

„Wieso kamen Sie dann darauf, seine Entführung vorzutäuschen?"

Tatje Schoonebek zögerte einen Moment, bevor sie antwortete.

„Eigentlich ist das Ihre Schuld, Frau Kommissarin."

Mit dieser Aussage hatte Mona nicht gerechnet.

„Meine Schuld?", echote sie ungläubig.

„Indirekt jedenfalls", stellte die Täterin richtig. „Obwohl ich meinen Sohn an der langen Leine ließ, bekam ich doch viel von dem mit, was er so trieb. Und ich bemerkte natürlich, dass Lars sozusagen in Ihrem Windschatten segelte, Frau Sander. Ich könnte mir sogar vorstellen, dass er ein wenig in Sie verliebt ist. Eine Mutter spürt so etwas. Nun ja, es gibt Schlimmeres, als sich in eine Kriminalbeamtin zu verlieben. Und Sie mögen meinen Lars doch auch, oder? Schließlich haben Sie ihn schon einmal nach Hause gebracht."

Mona errötete, denn nun warf auch noch Enno ihr einen prüfenden Blick zu.

„Ich habe ihn zur Pension begleitet, weil wir mit einem Speer angegriffen wurden", erwiderte sie ärgerlich. „Hier geht es jetzt nicht um mich. Ich möchte wissen, weshalb Sie das Kidnapping in Szene setzten."

„Können Sie sich das nicht denken? Nachdem ich den Verdacht nicht auf diese anderen Hobby-Wikinger lenken konnte, bot sich doch der Geistheiler perfekt als Sündenbock an. Man konnte ja hier auf Borkum so einiges über ihn in Erfahrung bringen. Es wäre ja wirklich denkbar gewesen, dass Brock Huizinga getötet hatte. Haben Sie diesen Verdacht nicht auch gehabt?"

„Ich muss unsere Ermittlungen nicht mit Ihnen diskutieren", erwiderte Mona ärgerlich. Sie hatte sich wirklich viel zu lange auf Brock und Kossen konzentriert. Auch wenn diese Männer sich nun wegen anderer Delikte vor Gericht verantworten mussten, waren sie doch keine Mörder. Auch wenn im Fall von Laura Welling nicht viel daran gefehlt hätte.

„Mir kam der Zufall zu Hilfe, als Klaas Kossen vor der Polizei floh", fuhr Tatje Schoonebek fort. „Ihm fiel nämlich sein Handy aus der Tasche. Ich steckte es ein und entwickelte schnell einen Plan. Es ist ja allgemein bekannt, dass die Polizei Handys orten kann. Also würden Sie meinen Sohn finden, wenn ich das Mobiltelefon in seiner Nähe deponierte."

„Woher wussten Sie von dem leer stehenden Ferienhaus?"

„Von meiner Vermieterin. Dieser Erbschaftsstreit ist offenbar Inselgespräch auf Borkum."

„Wie schafften Sie Ihren Sohn dorthin?"

Tatje Schoonebek lächelte.

„Darauf bin ich ein wenig stolz. Ich schrieb ihm eine Nachricht mit verstellter Handschrift. Er sollte zu der Adresse kommen, weil es dort etwas zu sehen gäbe. Und ich unterschrieb mit Mona."

Enno musste sich ein Lachen verkneifen. Mona war irritiert, blieb aber bei der Sache.

„Schön, dann hoffte also Ihr Sohn auf eine sensationelle Neuigkeit und vielleicht auch auf eine romantische Stunde mit mir. Und wie schafften Sie es, ihn zu betäuben?"

„Das war nicht schwer. Ich tat ihm ein paar zerstoßene Schlaftabletten in seinen Kakao. Ich weiß, wie dieses Medikament wirkt, ich nehme es seit Jahren. Während er auf Sie wartete, schlummerte er im Handumdrehen ein. Dann musste ich ihn nur noch ein wenig fesseln. Mir war ja klar, dass Lars nicht lange allein dort bleiben würde, nachdem ich Ihnen die Handynummer verraten hatte."

Nach Monas Meinung wies Tatjes Vorhaben einige Schwachstellen auf. Beispielsweise würde sich Lars nach seinem Erwachen daran erinnern, dass er angeblich eine Nachricht von der Kommissarin bekommen haben sollte. Vielleicht hatte sie sich über die Folgen auch gar keine Gedanken gemacht.

Das eigentliche Verbrechen war ja ebenfalls spontan geschehen. Mona hatte jedenfalls keine Zweifel an Tatjes Darstellung.

Kapitel 19

„Ich kann es immer noch nicht fassen, dass meine Mama eine Mörderin sein soll."

Diesen Satz sagte Lars Schoonebek zu Mona, als er einen Tag später aus dem Krankenhaus entlassen wurde und die Insel verlassen wollte. Seine Mutter war schon zuvor aufs Festland gebracht worden, um dem Haftrichter vorgeführt zu werden.

Mona hatte einen Kloß im Hals. Bisher war der junge Mann ihr stets gewaltig auf den Wecker gegangen, aber in diesem Moment tat er ihr einfach nur leid. Ob er überhaupt schon realisiert hatte, dass das Todesopfer vermutlich sein leiblicher Vater war? Die Kommissarin konnte jedenfalls darauf verzichten, ihm das auf die Nase zu binden. Sie fühlte sich dazu verpflichtet, etwas Tröstendes zu sagen.

„Ich bin keine Richterin, aber in meinen Augen wird es wohl eher auf eine Anklage wegen Totschlag im Affekt hinauslaufen. So eine Straftat wird nicht so hart geahndet wie ein heimtückischer Mord. Und da deine Mutter nicht vorbestraft ist, muss sie vielleicht gar nicht allzu lange ins Gefängnis."

„Wollen wir es hoffen."

Lars ließ den Kopf hängen. Als die Autofähre eintraf, umarmte Mona ihn ganz undienstlich. Dann wandte sie sich ab, weil sie nicht heulen wollte. Irgendwie hatte dieser Fall nur Verlierer produziert, jedenfalls kam es ihr so vor. Aber dann hörte sie eine vertraute tiefe Stimme.

„Ich wette, du hast jetzt Hunger."

Enno war so überraschend aufgetaucht, als ob er aus dem Boden gewachsen wäre. Rings um Mona wimmelte es von ankommenden und abfahrenden Borkum-Urlaubern, aber den baumlangen Ostfriesen konnte man unmöglich übersehen.

Mona blickte zu ihm auf und zwang sich zu einem Lächeln.

„Ich weiß nicht, ob ich überhaupt Appetit habe."

„*Dumm Tüch*, Birte hat gekocht. Und wir haben jetzt sowieso Feierabend, sonst kriegt Oltbeck wegen der Überstunden noch eine Krise."

Sie setzten sich in den Wagen und fuhren zu Ennos Haus.

„Was wird jetzt eigentlich aus Hoogstraat?", fragte Mona.

„Um den Holländer soll sich die Staatsanwaltschaft kümmern. Wahrscheinlich muss er sich auf eine Anklage wegen Beteiligung an der Leichenbeseitigung gefasst machen. Dafür müssen sie ihn aber erst mal erwischen. In der Karibik kann man ja leicht untertauchen, habe ich gehört."

Darauf erwiderte Mona nichts. Sie war immer noch nicht sicher, ob sie auf Hoogstraat sauer sein sollte oder nicht. Er hätte ihr durch eine Aussage die Arbeit erheblich erleichtern können. Aber letztlich war der Fall ja doch aufgeklärt.

Köstlicher Duft begrüßte sie, als Enno die Haustür aufschloss. Birte lächelte Mona an. Trotzdem kam es der Kommissarin so vor, als ob es Ennos Frau peinlich wäre, sie zu treffen. Das konnte Mona verstehen. Immerhin hatte sie live mitbekommen, dass Birte unter dem Einfluss des Scharlatans gewesen war.

„Was gibt es denn Leckeres?", fragte Mona, während sie in der gemütlichen Wohnküche Platz nahm. Obwohl sie schon länger auf Borkum lebte, hatte sie noch nicht alle Spezialitäten der ostfriesischen Küche gekostet.

„Snirtjebraten mit Uppstöfft Kohlrabi", sagte die Hausherrin stolz. Alle ließen sich den Schweinebraten mit Gemüse in Mehlschwitze schmecken. Hinterher gab es noch einen Weizenkorn zur Verdauung.

„Warum kann es nicht immer so harmonisch sein?", sinnierte Enno.

„Weil wir dann keine Arbeit mehr hätten", erwiderte Mona augenzwinkernd.

Ostfrieslandkrimi Empfehlungen des Klarant Verlages

Lernen Sie die Ostfrieslandkrimi-Serie „Mona Sander und Enno Moll ermitteln“ von Sina Jorritsma kennen:

Friesische Inselidylle? Von wegen! Auf der ostfriesischen Insel Borkum lösen Kommissarin Mona Sander und ihr Kollege Enno Moll knifflige Mordfälle. Die emotionale Kommissarin geht bei der Verbrecherjagd gerne ihren eigenen Weg und scheut dabei kein Risiko … Bei der Krimireihe der Autorin Sina Jorritsma ist Hochspannung garantiert!

In der Serie sind bereits folgende Ostfrieslandkrimis erschienen:

„Friesenbraut“, Band 1
Taschenbuch ISBN: 978-3-95573-557-9
eBook ISBN: 978-3-95573-556-2

Auf der ostfriesischen Insel Borkum verschwindet eine Braut kurz vor der Eheschließung. Zunächst glauben die Kommissare Mona Sander und Enno Moll noch an einen dummen Streich. Aber wenig später wird das blutverschmierte Brautkleid gefunden. Ist die dunkelhaarige Schönheit einem Gewaltverbrechen zum Opfer gefallen? Die Inselkommissare finden Indizien, die aber nicht zusammenpassen. Hat der undurchsichtige Exfreund der Braut seine Hände im Spiel? Wer war an den geheimen Sex-Spielen im Ferienhaus beteiligt? Und welches Interesse verfolgt der machtbesessene zukünftige Schwiegervater? Dann findet die Polizei eine Leiche – und muss feststellen, dass die Dinge ganz anders sind, als sie auf den ersten Blick scheinen. Die Mörderjagd versetzt nicht nur die friedliche Nordseeinsel in Aufruhr, sondern wird auch zur persönlichen Herausforderung für Mona Sander. Sie wird selbst zur Zielscheibe des Mörders…

„Friesenkreuz", Band 2
Taschenbuch ISBN: 978-3-95573-552-4
eBook ISBN: 978-3-95573-600-2

Eine Leiche in den Dünen von Borkum gibt Kommissarin Mona Sander und ihrem Kollegen Enno Moll Rätsel auf. War es Mord? Wie lange liegt der Tote schon unter dem Sand begraben? Als die Identität des Mannes geklärt ist, nimmt der Fall erst recht an Fahrt auf. Plötzlich geschieht ein weiteres Verbrechen, und Mona Sander kommt einem Mordverdächtigen persönlich näher. In dem ostfriesischen Idyll gibt es viele Menschen, die etwas zu verbergen haben. Um den Täter entlarven zu können, muss die Kommissarin ein dunkles Geheimnis aus der Vergangenheit lösen…

„Friesenlauf", Band 3
Taschenbuch ISBN: 978-3-95573-553-1
eBook ISBN: 978-3-95573-618-7

Ein Jogger beißt ins Dünengras und stirbt scheinbar eines natürlichen Todes. Hat sich Hardy Lohmann beim traditionellen Meilenlauf auf Borkum einfach zu viel zugetraut? Kommissarin Mona Sander ist als Ersthelferin vor Ort und bemerkt verdächtige Symptome. Eine Obduktion des Toten schafft Gewissheit: Das Opfer wurde vergiftet. Hat seine junge schöne Geliebte ihre Hand im Spiel gehabt? Und welche Rolle kommt einem zwielichtigen Abmahnanwalt zu? Wem gehören die 100.000 Euro, die in Lohmanns Ferienhaus gefunden werden? Mona Sander und ihr Kollege Enno Moll beginnen mit der Untersuchung des Mordfalls. Doch als plötzlich ein undurchsichtiger Mann aus Monas Vergangenheit auftaucht, spitzen sich die Ereignisse dramatisch zu…

„Friesenflirt“, Band 4
Taschenbuch ISBN: 978-3-95573-542-5
eBook ISBN: 978-3-95573-541-8

Ein rätselhafter Todesfall erschüttert die ostfriesische Insel Borkum. Im Hotel Teutonia wird eine junge Frau erhängt aufgefunden. Zunächst spricht einiges für einen Selbstmord, doch bei der Obduktion werden Spermaspuren von zwei Männern an der Toten entdeckt. Ist ihr ein scheinbar harmloser Flirt zum Verhängnis geworden?
Die Inselkommissare Mona Sander und Enno Moll ermitteln und finden heraus, dass die attraktive Blondine als Treutesterin gearbeitet hat. In Verdacht: Markus Winter, der dubiose Chef der Treuetest-Agentur. Er war zur Tatzeit auch auf Borkum und verstrickt sich immer mehr in Widersprüche… Andere Hinweise deuten auf ein mysteriöses Doppelleben der Toten. Kommissarin Mona Sander lässt nicht locker und kommt dem Täter dabei gefährlich nah …

Klarant Verlag

Lernen Sie die Ostfrieslandkrimi-Titel des Klarant Verlages kennen und besuchen Sie uns im Internet unter:

www.ostfrieslandkrimi.de

und

www.klarant.de

Sie können dort Näheres über unsere Autoren erfahren, viele weitere interessante Bücher und eBooks finden und Leseproben herunterladen. Mit dem kostenlosen Newsletter auf

www.ostfrieslandkrimi-lesen.de

erhalten Sie aktuelle Informationen rund um das Verlags-programm, wie beispielsweise spannende Neuerscheinungen und Gewinnspiele.